徳 間 文 庫

安倍晴明くれない秘抄

六 道 　慧

徳 間 書 店

目次

第一帖　葉二つ

一

「ここは、糺ノ森」

不意にだれかの聲がひびいた。少女はぼんやりと周囲を見やる。空を飛んでいるように、地上の風景がいきおいよく眼下を流れていった。思わず叫びそうになったが、下に落ちるかもしれない。悲鳴を呑み込んで、こらえた。

長保元年（九九九）五月。

京の賀茂川と高野川が合流する北側に、下鴨神社があり、糺ノ森は神社のほぼ全域を覆っている。夏の今は深い緑が、とても涼しげに感じられた。竹やケヤキ、ムクノキ、カツラなどが森に濃淡をつけている。川岸に広がる竹林が、風に吹かれてザワザワと音をたてていた。

「あ」

少女は笛の音をとらえた。聞いたことがないほど美しい音色で、鳥の鳴き声に思えたりもする。眼下に気持ちを戻した瞬間、風景が変わった。僧服姿の男たちが槍や刀、弓を駆使して争っていた。あちこちであがる火は、附け火だろうか。都でも去年の三月、大火が起きてかなりの貴族が邸を失っていた。そのほとんどは、附け火によるものとされていた。

笛の音色が変わる。

「実権を失った傀儡天皇の後宮を賭け金として、藤原一族は同族だけでなく、他氏族間とも凄まじい闘いを続けている」

ふたたび響いた聲は、おどろおどろしい欲望が衝突し、華やかに見える宮廷の背後に潜む暗黒の野望を告げていた。

まずは藤原氏の娘が入内、めでたく皇子が生まれれば、その皇子がのちに天皇の位に就く。皇子を産んだ娘は天皇の母・すなわち国母と言われる立場になり、その親である藤原家の者が天皇の外祖父となる。その立場を手に入れるため、血で血を洗う騒ぎになることも珍しくなかった。

「敢えて見たくはないだろうが」

不可思議な聲と同時に瞬きをする。大内裏のなかに内裏という造りが目に入った刹那、少女は京都御所らしき建物の廊下に立っていた。仗座（閣議の席上）において藤原道長と藤原伊周は、同席者たちが注視するほどの大口論を繰り広げた。

「関白だった父・藤原道隆が亡くなった今、関白の座を継ぐのは、わたしだ。われらに無断で帝に取り入るとは……許せぬ」

若き内大臣・伊周の訴えを、道長は平然と受け流した。

「なにか勘違いなされているようだな。わたしは関白に非ず、左大臣である。内大臣殿はお若いゆえ、帝はご懸念なされたのであろう。案ずることはない。帝の定子様へのご寵愛は揺らぐまいさ。妹君の唐衣のお袖にしっかりとしがみついて離さぬことだな」

皮肉たっぷりの言葉を投げる。

藤原定子は伊周の見目麗しい同母の妹君であり、藤原道隆と高階貴子との間に生まれた。道隆が関白に任じられた正暦元年（九九〇）の正月に十四歳で入内。元服したばかりだった三歳下の一条天皇のもとに、添臥として入った。

添臥とは、天皇や東宮などが、元服後に初めて共寝をする女性のことだが、そういう事情で入内したにもかかわらず、二人はよく気が合い、仲のよい姉弟のようだと少女も噂で耳にしていた。

「叔父上」

気色ばんだ伊周を、同母弟の隆家や居並ぶ貴族たちが必死に止めた。なんとかその場はおさまったものの、数日後には道長と隆家の従者同士が、七条大路で派手な乱闘騒ぎを引き起こした。

――まわりの状況は悪くなるばかりだった。

少女は我知らず吐息をついた。

長徳二年（九九六）四月二十四日。

のちに『長徳の変』と呼ばれる騒ぎが原因となって、藤原伊周は大宰権帥、そして、中宮・定子の弟でもある隆家は出雲権守に左遷されることが決定。このとき、定子は自ら鋏を取って落飾した。

貴族の婦人にとって黒髪は、命に次ぐほど重要であり、それは女の美しさ、生命の象徴でもある。僧侶による正式な出家ではないが、一度、髪をおろした以上、共寝は辞退となるのが普通なのだが……。

「定子は、朕が守る」

一条天皇の深い愛は変わらず、初めての御子（みこ）となる内親王を定子が出産した後も、宿直（とのい）にお召しになっている。

八雲立つ　京の八重垣妻ごみに
　八重垣つくる　その八重垣を
（雲がたくさん重なっている京の地で、妻を守れるようにたくさんの垣根を重ねた家をつくろう）

日本神話で須佐之男命（すさのおのみこと）が、新婚のときに詠（よ）んだとされる日本最古の和歌を口にして、一条天皇は誓ったとされていた。「出雲八重垣妻ごみに」の出雲という箇所を『京の』に変えたらしいが、心細い日々を過ごす定子にとっては、なによりの贈り物だったかもしれない。

三度（みたび）、笛の音がひびいた。

「そなたは」

突如、後ろでだれかが言った。振り向いた少女は、御所らしき場所の庭に立つ老人の姿を認めた。年は七十代後半ぐらいだろうか。地味な色目の狩衣（かりぎぬ）姿だったが、鋭い目の輝きに射ぬかれていた。動けない。

これは夢ではないのだろうか、あるいは魂が脱け出して飛んだのか。

「どなた、ですか」

少女が問いを口にするのと同時に、笛の音がいちだんと大きくなる。心地よい音だったものが、不快なひびきになっていた。

二

少女――小鹿(こじか)は、はっとして目覚めた。

「ここは」

目を凝(こ)らしてみたが、周囲はまだ暗くてよく見えない。板間にのべた薄縁(うすべり)の感触が、背中にあるのを確かめて安堵(あんど)した。平安京の貧民街の路上に寝ていたのではなく、隣に行き倒れた亡骸(なきがら)が横たわっているわけではない。深く息を吸い込み、死臭や糞尿(ふんにょう)の臭(にお)いが漂っていないのを確認していた。

――そう、ここは京都御所。わたしは先月のなかばから中宮・定子様のもとに出仕したのだった。

寝殿造りの東、内裏からは少し離れた区域に定子の仮の住まいが設けられていた。母屋の内裏同様、周囲にぐるりと一間（約百八十センチ）の庇をめぐらせた内部は、壁代・几帳・屏風などの屏障具で仕切られており、厨子や二階棚、机といった家具も置かれていた。小鹿は、衝立や屏風で仕切られた庇に近いところを夜の居室として使っている。

「いい薫り」

どこからともなく薫ってくるのは、高価な香の薫りだった。なんという香なのかはわからないが、それだけでも贅沢な目覚めといえる。この世に生を受けて、十五年。両親は死んだと聞かされて育ち、きょうだいや祖母や伯父、伯母といった存在もいない。

捨て子だった小鹿を引き取ったのは、旅から旅へと興行してまわる白拍子の女だった。怪しげな託宣や呪いなども行っていたが、ろくに飯も与えられない暮らしだったのは確かだろう。

つい最近、姉がいるのかもしれないという流れにはなっているが、それとてはっきりした話ではなかった。

——天涯孤独の身だから気楽ではあるけれど。

淋しくないと言えば嘘になる。何度、顔がないのっぺらぼうの家族の夢を見たことか。公卿でなくてもいい、裕福な、いや、貧乏でもいい。おまえはわたしたちの大事な子どもなのだとだれかが言ってくれたら……そんな儚い夢を見た。

「それにしても」

おかしな夢だと思った。糺ノ森から始まって、緑豊かな下鴨神社、さらに僧兵の戦いや火事まで視えた。気がつけば最後にいたのは御所の内裏らしき廊下。

「あのご老人は、だれなのかしら」

麗しい男君なら大歓迎だが、どこか近寄りがたい雰囲気の年寄りとなれば警戒心が湧いてくる。強い光を宿した二つの眼が、瞼の裏に焼きついていた。

まるで明けの明星のような輝きを放つ二つの眼。

奇妙な話であるのはもちろんだが、見知らぬ老人が現れたことにも違和感を覚えている。何度か響いた聲の主さえ、わからなかった。

——聲の主や笛の音は、あのご老人だったのかもしれない。

などと考えているうちに、ふたたび眠りに落ちそうになる。

「さて、と」

かなり努力して気持ちを切り替えた。いつまでも、不可解な事柄に浸っていられなかった。おかしな夢のせいなのか、やけに身体が重く感じられる。泥の沼から這い出るようにして、衝立に掛けておいた小袖に手を通した。

——夜明けだわ。

うすぼんやりと明るくなってきた。中庭に面した場所に置いた衝立を動かしてみる。ようやく明るくなったのを見て安堵した。目覚めたつもりだが、これも悪夢の続きではないのか。そんなふうに思ったからである。

「あら？」

遅ればせながら、いつも隣にいるはずの女子がいないことに気づいた。下方（一般）の女子ではあるものの、御所に出仕できるのは富裕層の子女と限られている。逃げたのだろうか。

「結局、定子様付きの針女は、わたしひとりになりましたとさ」

ふざけた口調で言い、無理に笑みを押しあげる。針女は縫い物や掃除、洗濯といった下働きの役目を担う者の呼び名だ。定子は一条天皇の后ではあるものの、関白だった父の道隆と母を四年前に相次いで亡くして以来、心許ない日々を過ごしている。同じ年、さらに里第（実家）が焼亡するという不幸が続き、帰る家も失っていた。後ろ盾を失った女御ほど惨めな者はない。

「昨日の姫君は、今日の侍女」

だれかが言っていた言葉を呟き、ふっと笑った。それでも定子には、一条天皇がいる。謁見したこともなければ、雇い主であるはずの定子にも目通りしたことはないが、夢とは思えないやり取りが真実だったとすれば……。

「想いを込めた和歌は、これ以上ないほどの後ろ盾よね。それに夢で見た定子様は麗しい方だった。どんな境遇になろうとも、凛と背筋をのばしていらっしゃるような近寄りがたい女君。殿上人らしいというか、なんというか」

定子と思しき女君は、正式ではないとはいえ、出家した身だからなのか、青みがかった鈍色（濃い鼠色）の喪服を着ていた。肩のあたりで切り揃えた髪は前髪を切っていることもあって、女童のようにも見えた。若々しく、麗しく、理知的な容貌は、『ときめく日の宮』という異名そのままだった。

「いずれにせよ、わたしとは住む世界が違うお方」

またもや皮肉っぽい呟きが口をついて出た。と同時に、だれかが飛び込んで来る。わずかにずらしていた衝立を、押し倒さんばかりの勢いに感じられた。

「こ、小鹿」

夜明けの爽やかな風を、小袖姿の女子が塞いでいた。裏地をつけていない夏用の単衣仕立てのものだろう。わずかばかりの風が遮られてしまい、急に暑さを覚えた。

「おはようございます、少納言様」

他人行儀に言って辞儀をする。

眼前の女子は、内裏では少納言の君と呼ばれる清少納言で、中宮・定子に懇請されて出仕した。村上朝から円融朝にかけて活躍した有名な歌人・清原元輔の実の娘であり、定子を敬愛してやまない忠実な女房だ。

年は三十二、三だろうか。役職名の上に名字である清原家の『清』を冠するのが通例であるため、公の場では清少納言、あるいは少納言の君と呼ばれている。優秀であるのは言うまでもないことだった。

信じられないことに二月ほど前、亡くなって何年も経つ清原元輔の書き付けが見つかったらしく、少納言が京の貧民街を訪ねて来たのである。

「父の書き付けに、そなたは自分の娘だと記されておりました。居所も記されていたので家司に探させた次第です」

家司は、執事のような役割を務める者だが、真実かどうか定かではない話で、小鹿は清原家の下働きとして引き取られた。つまり、清少納言は姉かもしれないのだが、高齢で老耄が始まっていた元輔の勘違い説が自分の中では有力になっている。あるいは、次々に女房や針女が辞めてしまう定子の局を手伝わせたかったのか。

真実はわからない。

それでも……雨露をしのげる場所と、食べ物には困らない暮らしが得られただけでありがたかった。

「そな、そなた」

少納言は唇をわななかせ、身体が小刻みに震えている。かなり驚いているようだが、それよりも暑くてかなわなかった。

「なにかありましたか」

さりげなく身体を押して庇に出る。夜明けを迎えた御所の庭からは、緑の多さを示すような心地良い風が吹いていた。暑さを一時、追いやってくれる。

「なにかではありませんよ。そなた、本当に憶えていないのですか」

問いには首を傾げるしかない。

「なんのことでしょうか」

「同部屋の椿が、真っ青になって知らせに来たのです。なんとか落ち着かせて、別室に控えさせておりますけれどね。そなた、椿が出て行ったことにも気づかなかったのですか」

椿は御所内での呼び名であり、小鹿も本名ではなかった。

「いなくなっていたのは、わかっています。ですが、御所務めがいやになって逃げたのだと思っていました。椿さんの里第（実家）は、煎じ物用の薬草を手広く商う家だとか。堅苦しい御所に無理して務める必要はないと思ったのではないかと」

推測をまじえて答えた。煎じ物は薬湯のことであり、薬草を扱う裕福な商家の娘が、わざわざ御所に務める意味を小鹿なりに考えている。御所に質の良い薬草が集まるのは自明の理。典薬寮はその最たる部署といえるだろう。

役人に賄賂を送れば、質の良い薬草を比較的、安価な値段で分けてもらえるのではないだろうか。また、薬草が不足して手に入りにくいときなどは、なにかと便宜をはかってもらえるのではないか。

そんな憶測が胸に在る。

「椿から里第の話を聞いていたのですか。それなりに親しくしているようですね」

少納言は言い、多少、窺うような目になった。なにも知らない貧民街の小娘と思っていたに違いない。そもそも清原元輔の娘という話自体、眉唾ものと受け止めているふしがあった。もっとも小鹿自身、下働きとして出仕させたかったための偽りだろうと、心のどこかで思っている。

「父上の書き付けには、愚鈍ではないと記されておりました。下働きぐらいは務まるだろうとのことでしたが」

思わず出た感じの呟きには、苦笑いするしかなかった。親きょうだいがいないだけでなく、氏素性もはっきりしない小鹿を、天皇の后のもとに出仕させる点に、定子の凋落ぶりが表れている。女房や針女、女孺といった奉公人たちに見限られた結果が今の姿だ。

「なにがおかしいのですか。そなたはよく、そうやって人を小馬鹿にしたような笑みを浮かべますね。悪い癖ですよ。気をつけなさい」

長くなりそうな小言を素早く遮る。

「御用の向きはなんでしょうか」

「あ、そうでした。これです」

と、懐から一枚の紙を出した。明るくなってきたとはいえ、互いの顔がやっと判別できる程度でしかない。墨で記された文字を、小鹿は穴が開くほど凝視める。

「『葉二つ』ですか」

簡単な漢字であればどうにか読めるが、それでもある程度の時間を要した。負けないほどに凝視していた少納言は、吐息とともに答えた。

「これぐらいの漢字は、読めるのですね。平仮名がやっとのようだったので、少しほっとしましたよ。どういう意味かは、当然、わかっていますね」

なぜか、ちらりと視線を小鹿の右手に向ける。いちいち癪（しゃく）にさわる言い方は、癖だと思うことで折り合いをつけるようになっていた。皮肉屋でさがな者（意地悪）なのはわかっている。真に受けていたら、それこそ貴人の罹（かか）る風病（鬱（うつ）病）になりかねない。

「わかりません」

きっぱり言ったとたん、

「あぁ、それでは、やはり」

清少納言は額（ひたい）に手をあて、よろめきかける。これまた、よく見せる大仰な驚きの仕草だったが、

「大丈夫ですか」

小鹿も合わせて軽く支えた。たとえ「ふり」でも、それを仕草として表すことが御所では重要であるのを短期間のうちに悟っていた。

「え、ええ、どうにか」

頷（うなず）いてわずかに距離を取る。動揺ぶりを示すように、胸が忙（せわ）しく上下していた。少納言は落ち着かせるように何度か唾を呑み込み、目をあげる。

「『葉二つ』というのは、この世に列びなき笛と言われている名器のひとつです。だれもが手に入れたいと望みながらも、手に入れられない笛であり、別名、鬼の笛とも呼ばれています」

「鬼の笛」

もしや、夢の中でひびいていたあれが、そうなのだろうか。笛の音というよりは、鳥の囀りのようなかろやかさと心に染み入る澄んだ美しさを感じた。最後の部分は耳をつんざくような音に変わっていたが、なにか意味があったのかもしれない。

「心あたりが、あるのですね」

その問いには確信が込められていた。なにを根拠にした問いかけなのか。怪訝な顔を向けた小鹿の右手を、少納言は無遠慮に掴み、顔の前に持ってくる。そこで初めて、自分の右手の指先が汚れているのに気づいた。

かすかに墨の匂いが漂う。

「指先に付いているのは、なんですか」

少納言の問いに答えた。

「墨、でしょうか？」

自信がなくて小声になる。

「そうです、墨ですよ。そなたは未明にやおら起きあがって庇に出、墨や筆、紙といった書くものが置かれた場所へ行き、墨を磨って紙に『葉二つ』と書いたのです」

「まさか。わたしは、漢字は書けません」

即座に否定したが、少納言は強く頭を振った。

「本当の話です。気配でたまたま目が覚めた椿は、後をつけて一部始終を見た由。もっとも暗かったのでなにをしたのかわからず、そなたがここに戻った後、書いた場所に入ってわかったとか」

逃げないように見張らせていたのかもしれない。小鹿も椿に不審な動きがあったときは、すぐに知らせなさいと命じられていた。互いを見張らせることもまた、定子が置かれた立場を示しているように思えた。

少納言は、明けてきた空を顎で指して、続ける。

「月は雲で隠れてしまい、星明かりが頼りだったようですが、そなたは一点を見つめたまま墨を磨って、これを書きあげたそうです。椿は震えながら、わたしのところへ来ましたよ。震えが止まらない状態でしたが、必死になだめました」

紙を突きつけて、迫る。

「どうですか、椿は偽りを申しのべているのですか。それとも偽りを言っているのは、あなたなのですか。あるいは、書いたことを本当に憶えていないのですか」

「……憶えていません」

一拍、遅れたのは、懸命に記憶を探っていたからだ。いくら思い出そうとしても、辿り着けないのだから恐ろしい。不意に力が抜けてしまい、その場に座り込んだ。

「小鹿」

清少納言の方が動揺を見せる。屈み込んで目を合わせると、落ち着かせるように背中を撫ではじめた。后付きの女房らしく、ほのかに香の薫りを漂わせている。昨夜、伏籠に中宮の御衣を掛けて香を焚きしめたのかもしれない。

蒸し暑い夏には、欠かせない作業のひとつだった。

「偽りではないようですね。そうなると、よけいに厄介かもしれません」

どこか遠くを見て呟いた。小鹿は急に不安になる。

「厄介とは？」

「物の怪や妖怪の仕業かもしれないでしょう。そなたにだれかが術をかけて操ったのか。陰陽師や呪禁師が動いているとなれば、さらに奇妙なことが起きるかもしれません。定子様を陥れようとする輩が、動いているのかもしれませんね」

今をときめく中宮として、定子は落飾した後も一条天皇の寵愛を一心に受けている。

二年前の六月、皇女を抱いて参内し、それからは毎夜のように宿直に召されるようになっていた。

つい先日もお召しがあって寝所に参ったが、すでに二人目の御子を宿している身でありながら、夜御殿を務めるのは異例なことである。

「わたしは、どうすればいいのでしょうか。陰陽師の方に……」

小鹿の言葉を遮る声が起きた。

「かような刻限から何事ですか」

小袖姿の女君が、こちらに向かってくる。地味な色目だけを見ると年老いた感じを受けるが、遠目では顔までよくわからない。

「お年召し様の藤袴様だわ」

清少納言はさも不快そうに眉を寄せて立ちあがった。仕草で促された小鹿は、立ちあがりながら訊ねる。

「お年召し様とは、どういうお方ですか」

「後宮に十人ほどいるお年寄りのことですよ。かつては高位の女房として仕えた優秀な方であるのは言うまでもありません。今でも下方の者たちに、短歌や雅楽、縫い物の指南を務めたりもなさいます」

「後宮で生涯、暮らせるのですか」

初めて聞く話に大きな驚きを覚えた。

「行くあてのない後宮の老女を、主上は終生面倒を見てくださるのです。ありがたいことですが、さて、彼のお方はそれをおわかりかどうか」

皮肉まじりの言葉と笑みは、瞬時のうちにおさめた。行くあてのない老女の部分で、小鹿はつい我が身と重ね合わせている。複雑な気持ちになっていた。

三

「どなたかと思えば、藤袴様ではないですか。朝早くからお騒がせいたしまして申し訳ありません。出仕してまだ日の浅い下働きの女子が気になりまして、様子を見に来たのでございます」

少納言は詫びながら辞儀をした。小鹿が書いた『葉二つ』の紙は、素早く懐におさめている。右へ倣えで深々と辞儀をした。

「中宮様付きの少納言の君でしたか」

藤袴は安堵したのか、小さく吐息をつく。お年召し様と言うからには、六十以上の老女を想像していたが、意外にも若々しい顔と豊かな黒髪の持ち主だった。五十歳ぐらいだろうか。目尻に細かい皺（しわ）があるものの、生来、きめ細かな肌の持ち主なのだろう。皺さえも美しく見える老い方をしていた。

柔和（にゅうわ）な目が小鹿に向けられる。

「もしや、こちらは後宮で噂になっている『樋洗（ひすまし）の君』ですか」

いささか笑いを含んだ言葉に聞こえた。馬鹿にまではしていないが、笑わずにはいられない噂話。樋洗は貴人が排泄物をする箱であり、その箱に溜（た）められた糞尿を処理する係の呼び名でもある。自分への揶揄（やゆ）だとわかって、小鹿は赤面した。

「噂になっているとは」

少納言の頰（ほお）が強張（こわば）る。老女が立ち去ったとたん、小言の嵐となるのは間違いない。

それを察したのか、

「下方の者たちが、新参者にいやな役目を押しつけているのでしょう。おとなしく従うことはありませんよ。その旨、わたくしから申し伝えておきます」

藤袴が言った。庇（かば）うような言葉になっていたが、少納言が別の考えにとらわれたのはあきらか。顔に険しさが浮かびあがった。

「今の話はまことですか。なぜ、断らなかったのです。そなた、まさか、幾ばくかの礼金を受け取っていたのでは……」

「礼金などは受け取っていません」

覆い被(かぶ)せるように告げた。きっぱりと否定したつもりだったが、疑いを消せなかったのかもしれない。

「とても信じられません。新参者だから仕方がないと思っていたのですか。わからないことがあれば、なんでも訊(き)くように言ったはずですが、おかしいと思った事柄があればという件(くだり)も加えるべきだったでしょうか」

きつい語調になっていた。なにを言っても叱責(しっせき)されるのはわかっている。答えあぐねていると、表情を読んだのだろう。

——自分の気持ちをお伝えしなさい。

というように、藤袴が小さく頷いて先を促した。

「綺麗事(きれいごと)かもしれませんが」

前置きして続ける。

「だれかがやらなければならない仕事です。あと、新参者の役目なのかもしれないとも思いました。それに」

躊躇(ためら)いが先にたち、さすがにやめた。少納言はますます苛立(いらだ)った表情になっている。

「それに、なんなのですか。途中でやめられるのは、気持ちが悪いですよ。最後までちゃんと言いなさい」

「そんな恐い顔で言われたら答えられませんよ」

ねえ、と、藤袴が笑った。小鹿は曖昧な笑みを返すしかない。「はい」とはっきり同意すれば、あとで叱られかねなかった。さすがに言い過ぎたと思ったのではないだろうか。

「まあ、だれかがやらなければならないのは事実です」

少納言は言った。

「ですが、そなたは定子様付きの針女。清原家の娘として、いずれは女房になる身なのですよ。都合よく利用されてはなりません。かような場に暮らす身なれど、いえ、だからこそです。誇りを失ってはなりません」

毅然と顎をあげた仕草とは逆に、声が小さくなったのは、定子が職の御曹司を住まいにしているからだろう。ここは中宮職という庁舎の一角で、火災のときなど一時的に天皇が住んだり、皇妃の在所にあてられた先例はあるが、本来、天皇の后が居住するための場所ではない。定子は四年前に相次いで両親を失った後、里第が焼亡してしまい、居場所がない状態になっていた。

そういう不幸な出来事が重なったせいなのか。惨めではないと周囲に知らしめるためなのか。少納言は神経を逆立てる状態が続いていた。相手のちょっとした言いまわしや表情を異常なほど気にするのだ。

「あまり苛々すると、心だけでなく、身体もおかしくなりますよ」

藤袴がやんわりと諭した。

「仕える者たちも、顔色を窺うようになってしまいます。他からお耳に入る前にと思い、敢えて口にいたしましたが、樋洗の件は、あまり騒ぎ立てない方が良いと思います。噂になるうちが華ですから」

その通りですと頷きかけたが、

「定子様を貶める話です」

少納言はむきになっていた。

「小鹿の話に思わせながら、その実、定子様を嘲笑っているのです。わかっておりますよ、出家した身でありながら、なぜ、と言いたいのでしょうが」

途中から聞き取れなくなっていた。さすがに憚られると思ったに違いない。あるいは小鹿が書いた『葉二つ』の件もよぎったのか。

「ちょうど良い機会をいただきました。是非、お智恵を拝借いたしたく思います。藤袴様におかれましては、鬼の笛の異名を持つ『葉二つ』の在処をご存じでしょうか」

不意に訊ねた。

「『葉二つ』ですか」

質問した意味を探るように、じっと少納言を見つめる。若い頃はさぞやと思われる端整な顔立ちは、射干玉の黒髪と相まって気品を高めていた。

「残念ながら、だれのもとにあるのかはわかりません。そもそも本当に存在する笛なのか。伝説の名器を手に入れることは、世界をゆるがす力を手に入れるのと同じだと言われたりしますが、少し騒がれすぎているような気がしなくもありません。しょせん、人が作った道具ですよ。あまり気にしない方が、よろしいかと存じます」

そういえば、と、続けた。

「主上は笛を習い始めた由」

「はい。ですが、『葉二つ』を手に入れたいなどとは仰せになってはおりません。関係ありませんので」

牽制するような言葉が出る。探しているわけではない、ましてや、中宮・定子に関わりなきこと。よけいな詮索は無用と表情でも告げていた。頭脳明晰なのは、だれもが認めるところだろう。

「上に立つ者は」

そう言いかけて藤袴は言葉を切る。似たような話の繰り返しになると思ったのかもしれない。

「わたくしは、これで失礼いたします。年寄りは朝が早いので、些細な事柄が気になりました。話し声というのは、存外、ひびくものなのですよ」

「申し訳ありませんでした。以後、気をつけます」

「小鹿さんでしたか。なにかあったら遠慮なく訪ねておいでなさい。及ばずながら、相談にのりますよ」

「ありがとうございます」

一礼した小鹿に、今度は少納言が倣い、辞儀をする。これから始まるであろう小言を覚悟して、肩に力が入った。

廊下を曲がって藤袴の姿が見えなくなった瞬間、

「あのお方は、お年召し様ではありませんね」

意外な呟きが出る。ついさっき、お年召し様だという話をしたばかりではないか。どういう意味なのか。

「え？」

「藤袴様は、齢八十になられるとか」

少納言の言葉には、即座に苦笑を返した。

「からかっておられるのですか。とても信じられません」

どう見ても五十歳がいいところではないか。小鹿は貧民街で七十という老女に会ったことがあるが、顔は皺とシミだらけのうえ腰は曲がり、白髪は抜け落ち歯もほとんどなくて、もっと年上ではないのかと思ったほどだ。

しかし、藤袴は肌も若々しく、背筋も伸びて歩き方はしっかりしていた。老耄でないのは、会話から充分察せられる。華やかな色目の小袖をまとえば、四十歳ぐらいにしか見えないように思えた。

「まことなのですよ。変若水や紫雪を用いて、若さを保っていると聞きました。間近でお話しするのは初めてですが、噂は真実なのかもしれないと思いましたよ。ゆえに『お年召し様』ではないと言うたのです。女房たちは密かに、若返りの水を分けてもらっているとも聞きました。いい商いになるでしょうね」

最後の部分では、得意の皮肉っぽい笑みが浮かんだ。羨望なのか、嫉みなのか、あるいは両方なのか。

「紫雪とはなんですか」

小鹿の疑問に答える。

「不老長寿の薬と言われているものです。変若水は説明するまでもありませんね。飲むと若返ると言われている水です。お髪は染めておられるのかもしれませんが、あのきめ細かな白い肌には驚きました」

「それでは、本当に八十歳なのですか」

目の前で見ても信じられなくて確認する。

「ええ。わたしもはじめは信じられなくて、色々訊いてみたのです。もはや、藤袴様と同じ世代の方はほとんどいないのですが、六十歳ぐらいのときに子どもを産んだという噂も聞きました。なにか、そう、妖術でも使うのかもしれませんね。あるいは、腕のいい陰陽師や呪禁師が後ろにいるのか」

陰陽師や呪禁師で思い出したに違いない。

「そなたのこれですが」

懐を軽く叩いて声をひそめた。

「お筆先と言われるものかもしれませんね」

何度目かのざわつく言葉が出る。強い不安を覚えた。お筆先は心霊筆記現象とも言えるものであり、小鹿が住んでいた貧民街にも落ちぶれた民間巫覡師がいたうえ、育わかる。

ての親が怪しげな呪いなども行っていたことから、心霊現象については最低限の話は

「また、起きるでしょうか」

訊かずにいられない。不可思議な夢の話をしておいた方がいいだろうか。だが、叱責されるのが恐くて言い出せなかった。

「起きないことを祈るしかありませんね。定子様は身籠もっておいでになりますが、陰陽師を頼んでも来てくれませんから」

深い、深い溜息が出た。宮廷陰陽師の地位は医師よりも高く、具合が悪くなればまず祈禱をとなるのだが、後見役のいない定子を助ける術師はいないのが現実だ。左大臣の藤原道長に遠慮しているのは確かだろう。

「あの」

小鹿は思いきって口にする。

「『八雲立つ、京の八重垣妻ごみに、八重垣つくる、その八重垣を』という歌ですが」

聞いたとたん、少納言は小さな声をあげた。

四

「まあぁ、そなたの口から、須佐之男命が詠んだという我が国初めての和歌を聞く日がくるとは思いませんでした。『京の』という部分は『出雲』ですが、来月は父上のご命日。あまりにも小鹿の出来が悪いので、耐えきれず夢枕に立ちましたか」

　皮肉屋らしい言葉になる。

「あらためて言いますが、清原家は代々宮中における氷室の氷や水を管掌する家柄。貴公子や貴婦人たちは、夏に氷室の雪を食することを楽しみにしておられます。父の清原元輔は主水司の長官を務めました。誉れのある家なのですよ。それなのに、そなたときたら」

「愛の歌という解釈で、間違いないでしょうか。いとしい妻を守れるように、たくさんの垣根を重ねた家をつくろう。そんな意味の歌ですか」

　またもや小言を素早く遮る。

「そうですが」

　目と声に、不審が加わった。

「だれに聞いたのですか、よもや父ではありませんよね。父が夢枕に立って教えたなどとは……」

「夢を見ました。主上と思しき男君と、定子様らしき女君が現れまして、男君が今の和歌を口になされたのです」

一部を告げた。すべては教えたくないが、天皇と定子の場面は伝えたかった。沈みがちな少納言を慰めたい気持ちがある。

「一条天皇と定子様ですか」

不審は消えず、疑惑が強くなったように感じられた。だが、あながち的外れではなかったのかもしれない。つまり、一条天皇はなにがあろうとも后は自分が守ると本当に言ったのだろう。おそらく非難の嵐だろうが、落飾した定子をお召しになる点に、恋々とした想いが表れているように思えた。

「他にはどうですか。憶えている事柄はありませんか」

「火事」

ふと浮かんだ紅蓮の炎を告げた。鳥になって空から見たような風景が浮かんでいる。糺ノ森や戦う僧兵、下鴨神社も気になるが、声に出そうとすると言葉が喉でとまる。言うなと制されているような感じがした。

「火事は日常的に起きていますよ。五年ほど前からでしょうか。ほとんどは附け火でしょうが、なぜか同時期に麻疹や疱瘡が、すぐ流行りますね。落ち着いたと思う間もなく、麻疹。それがおさまったとたん、そう、去年はおそろしい疱瘡が広がりました」

青白い顔に、憂いが浮かんだ。それでも貧民街に比べれば、御所はましではないだろうか。少納言は川面を埋めつくす膨れあがった亡骸の凄まじさを知るまい。死体を押しのけて水を飲んだ結果、さらに病が広がるという悪循環なのだった。

「定子様が無事に御子をお産みあそばされるのを祈るしかありません。まあ、祈るといっても、だれも来てくれませんけれど」

同じ話になったことに気づき、小鹿は訊いた。

「定子様は御所でお子を産むのですか」

「いいえ、ここではありません。出産は出血を伴うので、宮中では不吉なもの、不浄なものとされるのです。通常は里第に帰るのですが、それはできませんからね。左大臣様より通達のあった平生昌邸に行くしかないでしょう。主は愚鈍な冴えない男君ですが、世話になるしかありません」

「あ」

　小鹿は、こちらに来る椿を見、仕草で教えた。同い年の十五歳、心の余裕を表すような、あたたかくやさしい印象を持つ少女だ。つられて肩越しに振り向いた少納言は、身体の向きを変える。

「藤袴様のお話を伺い、椿の問いかけの意味がわかりましたよ」

　独り言のような呟きに、小鹿は怪訝な目を返した。

「どのような問いかけですか」

「椿は『小鹿さんから聞きましたか？』と問いかけたのです。そなたひとりに樋洗のお役目を押しつけていたのでしょう。わたしに言いつけたのではないかと思ったに違いありません」

　少納言は、そばに来た椿を見る。

「定子様がお目覚めになられたのですか」

「はい。それもありますが、使いの方がお見えになりました。藤原斉信様です。急いでおられるご様子でした」

　藤原斉信は三十前後で勘解由長官を務めている。華やかな色合いの衣裳がよく似合う艶麗な﨟たけた貴公子だ。一条天皇と定子を繋ぐ大事な役目であり、中宮方にしばしば参上して職責をはたしていた。

貴種中の貴種であり、出世街道を突き進んでいるのは間違いない。

「斉信様が」

少納言の青白い顔が、ほんのり紅を指したように染まる。どうやら何度か褥をともにしたことがあるらしく、文を交わし合ったりもしていた。斉信の方は仕事のひとつなのかもしれないが、ここしばらくの不機嫌な言動がおさまるかもしれないと思い、小鹿は胸を撫でおろした。

「すぐに参ります。ああ、小鹿」

歩きかけて振り向いた。

「はい？」

「定子様がそなたに会いたいと仰せになられているのです。わたしの妹かもしれないとお伝えしたので、ご興味をいだかれたのかもしれませんね。午過ぎになると思いますが、それまでに支度を調えなければなりませんよ。わかりましたね」

お目通りがあるとは思わなかったので心底、驚いた。

「あ、はい」

「椿にも同席してもらいます。詳しい話はあとで」

言い置いて、走るように居室の方へ戻って行った。いつもは走るのなどは御法度、ゆるゆる落ち着いてと言うくせに、通常の嗜みが見事に吹き飛んでいる。

小鹿と椿は、どちらからともなく顔を見合わせていた。

「わかりやすいお方」

小鹿の言葉に、笑みを向ける。

「本当に」

答えた後で未明からの騒ぎを思い出したに違いない。

「あの……すみませんでした。告げ口をするようでいやだったのですが、恐くなったんです。小鹿さんのことも心配でしたので」

言い添えた最後の部分に、隠しようのない気持ちが浮かびあがっている、ように思えた。恵まれたなかで育ったからだろうか。素直で、少納言のような皮肉屋ではなかった。

人は人を映す水鏡。

少納言と話していたときには消えなかった不安が、おさまっていた。

「謝らなくてもいいですよ。それよりも気がついてくれて助かりました。暗闇に覆われた時刻に後宮を彷徨う悪癖が、常のことになってしまったら恐いですから」

本音が口をついて出る。二人は衝立や屏風で囲われた居室に入って、夜具を片付け始めた。やや緊張気味だった椿の表情がやわらぐ。

「よかった。薄気味悪い噂を聞いたんです。仁寿殿に夜毎、御灯油を盗みにくる妖怪がいるとか。小鹿さんが取り憑かれてしまったら大変だと思って」

「え？」

夜具を片付ける手が止まった。恐ろしかっただろうに、赤の他人を案じて動いてくれたとは……胸にあたたかいものが満ちてくるのを感じた。たとえ少納言に見張りを命じられていたとしても、闇に覆われた不気味な場所を歩くのは勇気がいる。

「ありがとう、椿さん」

心からの礼が出る。

「いいえ。御礼を言うのは、わたしの方です。いやな樋洗の御役目を引き受けてもらい、嬉しかったんですよ。定子様付きの下働きだから馬鹿にしているのか、みんなに押しつけられてしまって」

椿の答えには、少納言の正しい読みが表れていた。他の殿舎の樋洗まで押しつけられたのに否とは言えず、毎日、ひとりで奮闘していたに違いない。

「小鹿さんは黙って引き受けてくれたでしょう。少納言の君にも言わないでくれたんじゃないですか？」

推測まじりの問いには、確信のようなものが含まれていた。少納言とのやり取りで察したのだろう。このあたりにも、椿の利発さが表れていた。

「言う必要のない話だと思いました。わたしのことを『樋洗の君』などと噂している人がいるみたいですが、そんなにいやな御役目だとは感じていません。どんな貴人であろうとも、食べれば出るものは同じじゃないですか。自分とさして変わらない方々なのだとわかって、親しみが湧いたほどなのです」

先程、少納言に告げなかった部分を素直に話していた。椿の言動で互いの心が、一歩、近づいたのを感じている。

奇妙な答えだと思ったのか、

「親しみが湧いた」

一部を繰り返して、小首を傾げた。

「小鹿さんは、面白い考え方をしますね。樋洗の御役目を押しつけられて、貴人の方々に親しさを覚える方は少ないと思います。それでだれかに選ばれたのかしら？」

自問するような言葉を告げる。くだけた口調になっていた。

「だれかに選ばれたとは？」

今度は小鹿が小首を傾げる。

「お筆先です。後をつけていたとき、かすかに笛の音が聴こえました。あんな時刻に笛のお稽古をする人はいないと思いますけど、小鹿さんを操っていただれかが、吹いていたのかもしれないと思って」

「笛の音で操っていたと?」

「わかりません。思いつくまま、勝手に言ってみただけです。笛の音は途切れとぎれで、はっきり聴こえたわけじゃありません。ただ、小鹿さんが記した『葉二つ』は、名器のひとつだと父に聞いた憶えがあります。記された文言を見たとき、ああ、それで笛の音が聴こえたのかもしれないと思いました」

なかなか鋭い読みをする。さらに込み入った話を理解している自分にも驚いていた。ろくに学んだことがないのに、なぜ、わかるのだろう。お筆先の影響だろうか。小鹿は思いついたことを口にする。

「さっきの話、御灯油を盗みに来る物の怪だけれど」

「心当たりがあるのですか」

「いえ、物の怪ではなくて、ヒトじゃないのかと思っただけ。物の怪のふりをして高価な油を盗み、京の市場で売り捌いて幾ばくかの金を得る。夏は暑くて戸を開け放しているでしょう。忍び込むのは、さほどむずかしくないはずですから」

口をついて出た推測に、またしても内心、驚きを覚えたが表情には出さない。椿はぽかんと口を開けていた。

「どうかしましたか」

「いえ、凄いことを考えるなと思ったんです。物の怪じゃなくて、ヒト、それも盗人の仕業かもしれないと考える人はいないですよ。本当に同い年ですか」

「ええ、わたしは椿さんと同い年の十五歳です」

小鹿は言葉を止めて中庭を見やる。行き交う人が、やけに増えていた。あまり身分の高くない者が多いのか、冴えない色目の狩衣姿が目立っていた。

「少納言の君が」

椿の視線の先には、二人の方に近づいて来る険しい表情の少納言がいた。藤原斉信の訪れは、小鹿が思うような甘いものではなかったのかもしれない。

不吉なざわめきが広がっていった。

五

「後宮の飛香舎（藤壺）の庭に、二体の亡骸が置かれておりました」

藤原斉信は、重い口調で切り出した。

「火事は珍しくありませんが、このようなことは初めて。大いなる穢れです。帝は心を痛めておられます」

淡々と告げる。役目柄、感情が表れないようにしているのか、面のように冷ややかだった。麗しい顔立ちの持ち主だけに、よけい怜悧さが際立っている。

「わざわざお知らせいただきまして、申し訳ありませんでした。ありがたく思うております」

少納言も負けないほどの無表情さで応じた。時間ごとに蒸し暑さが増すなか、彼女だけは唐衣や裳を着けた女房装束の正装である。衝立や几帳、御簾などで仕切られた部屋で対面しているのだが、定子は御簾の向こうに座しているのだろう。

小鹿と椿は単衣襲に生袴を着け、生絹の唐衣を羽織り、庇に控えていた。夏用の略式装束とはいえ、暑いことに変わりはない。

三人いるはずの女房は、定子や内親王・脩子のそばに付いているため、男君に顔をさらす場にいるのは少納言と小鹿たちだけだった。

気詰まりな沈黙の後、

「お心あたりは、ありませんか。飛香舎は今年中には入内なさるご予定の、左大臣・

道長様が娘・彰子様の殿舎となる場でございます。準備に余念がないなか、触穢とも言うべき事態が起きました。由々しき事態であると存じます」

斉信は躊躇いがちに言った。

触穢は、死穢や弔喪、産穢、月経などの穢れに触れることであり、自邸で親族や家人らに不幸があったとか、犬の死骸が見つかったというような不浄な出来事が起こった際には届け出るのが定めだ。自邸で起きた場合は、所定の日数だけ出仕を自粛する。

疑いをかけられるのは、腹立たしいことこのうえなかった。

「…………」

少納言は顔色を変えた。中宮・定子になにかと問題の多い兄と弟がいるのは、だれもが知るところだろう。斉信は彼の者たちの関与を言外に匂わせていた。

悪質ないやがらせと考えた結果、定子の兄弟が浮かんだのではないだろうか。亡くなった定子の父・藤原道隆は、他の女御の入内を快く思わなかったため、蚊帳の外に置かれた者たちが、定子一族に対して冷ややかな気持ちがあるのは想像できる。

――想像できる、ですって？

思わず苦笑していた。つらつら浮かんだ定子の過去は、むろん小鹿が知る由もない話だった。わかりやすい表現を使い、だれかが伝えてくれているような感じがする。斉信の問いが濡れ衣であるのは確かなように思えた。

「心あたりなど、あろうはずがありません」

少納言はきっぱり撥ねのけた。

「今年の二月、彰子様が母君とともに、従三位に叙せられた話は伺いました。入内を前提とした準備であるのは、承知しております。なれど彰子様の殿舎が飛香舎になることは、今、伺うたばかりです。いやがらせなど、できるわけがありません」

「そうですか」

斉信は言葉を切って、不自然な間を空ける。言おうかどうしようかと思い悩んでいるのが伝わってきた。少納言も感じたに違いない。

「他にもなにかおありでしたら仰ってください」

硬い表情のまま促した。

「これは公にはされていないことなのですが、昨年から何度か、承香殿の前庭に犬の死骸が置かれるようになっておりまして」

「…………」

少納言はおそろしい形相で睨みつける。少し離れた庇からでも、鬼と化した顔が

わかった。小鹿は震えあがったが、

「関わりを疑っているわけではありません」

斉信は相変わらず淡々としていた。

「承香殿はご存じのとおり、藤原元子様の殿舎です。里第でご静養なされていた元子様は、出仕なさるご予定だったのですが、体調をくずされてしまい、取りやめとなりました。帝のご心痛は深まるばかりです」

承香殿は、仁寿殿の北に位置する七間四面の大きな建物であり、渡殿によってさまざまな場に繋がっていた。天皇の私的な空間・清涼殿も近く、殿舎としては格好の位置を占めている。ここを与えられたのはすなわち、帝の寵愛が深いからだろう。定子の強敵と言えるが、昨年の六月、流産してしまい、内裏にあがれない状態が続いていた。

「騒ぎの後、承香殿の女御・元子様が、ご体調をくずされたことは存じております。昨年は色々ありましたから、よけい具合がお悪くなられたのでしょう。元子様におかれましても大変な年でございました」

自分たちも大変な年だったのだと「元子様におかれましても」という最後の一言に込めていた。そして、平らかな日々は戻っていない。定子に比べれば、いくつかの役職を兼務する父親・藤原顕光(あきみつ)の強力な後ろ盾がある元子は、恵まれているとしか思えなかった。

「承香殿の騒ぎはもちろんでございますが、飛香舎の庭に亡骸を置くなどという、おぞましい真似(まね)をするわけがございません。話を聞くだけで総毛立ちました」

小さく身体を震わせた。青かった顔色は、紙のように白くなっている。唇をわななかせていた。

――騒ぎを起こして得をする者。

小鹿は冷静に「考えて」いる。お筆先が発端(ほったん)になった力なのかもしれないが、知りたいことは山ほどあった。突然、自分が賢くなったような違和感はあるものの、流れに気持ちをまかせた。

偽りを申し立てて邪魔な相手を僻地(へきち)に流した先例に倣い(なら)、定子を御所から追い出そうとしているのではないか。いなくなれば、一条天皇の気持ちは他の女御に向くだろう。娘・彰子の入内を間近に控えた藤原道長が、にんまりとほくそえむのは間違いない。

――後ろにいるのは左大臣・道長様の可能性が高い。

自分の変化を受け入れながら、眼前の会話にも気持ちを向けていた。

「失礼いたしました。お役目ですので、ご理解いただきたく思います。他の方々にも伺うて……」

　斉信の儀礼的な答えを、少納言が仕草で遮る。

「今、お役目と仰せになりましたが、通常、こういった調べは、検非違使（警察官）の頭として動く源頼定様が執り行うように思います。なぜ、勘解由長官の斉信様がおいでになられたのでしょうか」

　他人行儀な物言いは、最大限の皮肉を込めているに違いない。役目に徹する少納言の言動を見て、斉信は唇の端をつりあげた。負けじと皮肉めいた微笑を返したつもりのように思えた。

「源頼定様は、犬の死骸騒ぎが起きた承香殿の女御・元子様とは母方の従兄になります。また、定子様の兄君・伊周様とも親しい間柄。そういったことを慮られたのではないかと存じます」

「どなたの命を受けて、ここにいらしたのですか」

　少納言は追及の手をゆるめない。小鹿と同じように、道長の影をとらえているのではないだろうか。問いかけても真実を答えないとわかっているのだろうが、訊かなければならない流れになっていた。

「帝でございます」

あらかじめ決めていたような答えを返した。

「とても信じられません」

すぐに反論する。

「言うまでもないことですが、定子様は主上の第一子・内親王の脩子様をすでにお産みあそばされているうえ、さらにご懐妊なされました。親王が生まれると都合の悪いお方が、いるのではないですか。定子様を内裏から追い出したいと考えて……」

「少納言」

御簾から涼やかな制止がかかる。小鹿は、定子の顔は夢で視ただけであり、声を聞くのも初めてだった。静かでありながら、有無を言わさぬ強い意志を秘めた呼びかけ。斉信は無言でその場にかしこまる。

たったひと声で場の空気が一変していた。息苦しくなるような刺々(とげとげ)しさが消えて、呼吸をするのが楽になる。知らぬ間に力が入っていたことに、小鹿は気づいた。

まさに爽(さわ)やかな一陣の風だった。

「こちらへ」

二度目の呼びかけで、動こうとしなかった少納言は膝行(しっこう)して御簾に近づいて行った。

出仕する前、彼女から自分の立ち居振る舞いを真似るよう、厳しく申し渡されている。しかし、とうてい務まらないと思い知らされるのが常だった。飛び出して行きたい衝動を懸命に抑えている。

――ここにいれば、とりあえず食べられる。

自分に言い聞かせた。きわめて現実的な考えだが、御所の外はそれだけ悲惨な状況なのだ。流行り病は多少おさまってきたかもしれない。が、火事や強盗、暴力の横行で、人が死ぬのは珍しくもない話だった。御所内にいれば、少なくとも衣食住を保障される。そのうえ幾ばくかの銭がもらえるのだから、我慢するしかなかった。

御簾内に入った少納言が静かに現れる。ふたたび膝行で、もといた場所に戻った。

「失礼いたしました」

深々と一礼して顔をあげた。

「先程のお話ですが、まったく身に憶えのないことでございます。ひとつ伺いますが、飛香舎の庭に置かれていた二体の亡骸について、身許はわかっているのですか」

「いいえ。わかっておりません。着ていたもの、これは狩衣なのですが、その色目などを考えますと、染殿の下働きに思えなくもないため、確かめさせているところです」

すべてではないが、役職によっては衣服の色で等級を分けている場所もある。とはいえ、御所だけでも奉公人の数は、七、八千人と言われていた。狩衣の色だけでは、身許を判別するのはむずかしいのではないだろうか。

「染殿の……では、御所の奉公人なのですね」

少納言の確認に、斉信は一瞬、間を空ける。

「断定まではできかねます。あるいは、御所務めに思わせるべく、役職と同じ色目の狩衣を着ていたのかもしれません」

「殺められたのですか」

「おそらく、そうではないかと存じます。ひとりは胸を刺しつらぬかれておりました。もうひとりは、すでに骨になっておりました。詳しいことはわかりかねます。近頃は京も物騒になっておりますので、諍いに巻き込まれたのかもしれません」

「京で刺し殺されたかもしれない者の亡骸を、わざわざ内裏に運び、棄てたとお考えになられているわけですか。物騒になっているのは、御所も同じかもしれませんね。二体もの亡骸をだれにも見咎められることなく、飛香舎の前庭まで運び入れられたわけですから」

「ご無礼つかまつりました。殺められたのは、御所内かもしれません。詳しいことは、なにもわからないのです。亡骸がどこの、だれなのか、それさえもまだ……」

「なにもわかっていないのに、斉信様は、まずここにおいでなされた」

少納言は鋭く遮る。会話を続けたのは、反論のためなのだと小鹿は悟った。最初は直接、怒りをぶつけかけたが、定子に諭されたのだろう。攻め方を変えて斉信を追い詰めていった。

——おそろしいお方。

女房としての優秀さを、あらためて感じた。

「はじめに、お伝えしたいと思ったのです」

斉信は言った。情をかわした仲なればこそ、自分の口から知らせたかったのだと告げていた。感情が昂ぶったに違いない。斉信の頬が少し赤く染まっていた。

「…………」

はっとしたように少納言は目をあげる。ほんの一瞬、目と目が合った。最愛の女とまでは言えないだろうが、彼なりの誠意を精一杯、示したつもりなのは間違いない。

「飛香舎は、承香殿と同じように、帝がおわす清涼殿に近い殿舎でございます。騒ぎを起こすには最適な場であるように思えなくもありません。手口が似ておりますので、もしかすると、犬の死骸のときと同じ者の企てかもしれません」

斉信は穏やかに続ける。疑いはまだ、あるのかもしれないが、定子派の無実の可能性も示唆していた。道長派への疑惑は口にしなかったものの、斉信の気持ちは伝わったのではないだろうか。

「いっそう気をつけたいと思うております」

少納言は答えた。真剣な表情をしていた。濡れ衣をきせられないよう、今まで以上に目配り、気配りをするしかない。御所に巣くう闇にとらえられたが最後、哀れな結果になるのはだれもが知るところだ。

罠に陥ちた菅原道真や花山天皇の例を見るまでもなかった。

「はっきりした答えが得られた後で、伺うべきだったと恥じております。第二子を身籠もっておられる定子様におかれましては、大変、申し訳なく思います次第。これにてお暇つかまつります」

挨拶をして、斉信は居心地が良いとは言えない仮の殿舎を辞した。張り詰めていた気持ちがゆるんだのかもしれない。少納言が大きく息をついた。

「少納言。小鹿をこれへ」

御簾の中から定子と思しき声がひびいた。物思いにとらわれていたのか、少納言は宙を見据えている。御簾が揺れて女房のひとりが白い顔を覗かせた。

「少納言の君」

そこでようやく少納言は顔をあげた。

「あ、はい」

「定子様が、小鹿にお目もじなさる由。御前に」

「承知いたしました」

促されて、小鹿はごくりと唾を呑む。不安でいっぱいになり、隣に座していた椿を見ていた。

大丈夫です。

というように、そっと手を握りしめてくれる。頷き返して、小鹿は庇から室内に膝行で進んだ。

香の薫りが、漂ってくる。少納言までの距離が永遠にも感じられた。

第二帖　後宮十二司

一

厳かに御簾があげられる。

「ゆっくり顔をあげなさい」

少納言に促されて、小鹿は答えた。

「はい」

緊張が高まり、口がカラカラに乾いていた。かろうじて答えた声は掠れて、額には汗が噴き出している。暑さのせいばかりではなかった。

目をあげた刹那、

「…………」

小鹿は声を失っていた。御簾の中に座していたのは、この世のものとは思えないほど美しい女君。鈍色(にび)の喪服姿なのに、後光が射(さ)しているかのごとく、光り輝いて見えた。小鹿が夢で見た姿よりも麗しく、肩のあたりで切り揃えられた黒髪や喪服のためなのか。艶(つや)やかな白い顔が、いちだんと華やいでいるように感じられた。

ときめく日の宮。

まさに異名通りの女君だった。

「小鹿、これ、失礼ですよ」

少納言に窘(たしな)められる。

「目を合わせてはいけません。非礼にあたります」

「かまいませんよ、少納言」

穏やかに定子は告げ、艶麗(えんれい)な笑みを浮かべた。斉信(ただのぶ)がいたときに覆われていた暗黒の重苦しさが、すみやかに一掃されている。本当に生きている女(ひと)なのだろうか。すぐれた職人によって生み出された人形ではないのか。

完璧すぎる貴婦人を前にして、平静ではいられない。

「小鹿」

二度目の呼びかけは、案じるような含みが感じられた。目を開けたまま失神したとかなかった。

でも思ったのではないだろうか。乾ききった唇を湿らせようとするのだが、うまくいかなかった。

「し、失礼いたしました」

謝辞とともに深々と一礼する。なにを、どう言ったらよいのか、まるでわからない。冷や汗だけが、あふれてきた。

とそのとき、目の端に奇妙なものが入った。椿の隣に立っているのだが、翼を持つ鳥のような姿なのに、頭に山伏が被るものを着けている。大きさは五寸（約十五センチ）程度だろうか。後宮の清涼殿で猫や鳥が飼われているのは聞いていたが、二本足で立つ鳥は、初めてだった。慣れた足取りで堂々と対面の場に入って来る。

御簾の前で立ち止まり、小鹿の方を見て座る。だれも気にしていないらしく、目を向ける者はいなかった。

「十五歳と聞きましたが、大人びていますね。わたくしが入内したのは十四歳でしたが、ずっと落ち着いているように思えます」

不意に定子が言った。直に話しかけることがあるのだと思い、驚きと当惑にとらわれる。それでも冷静に考えていた。

——早く大人になる必要がありました。

小鹿は、心の中で答える。地獄のような貧民街に暮らす者は、一刻も早く大人にならねば生き残れない。幸いにも他者の考えを読むことに長(た)けていたため、かろうじて一日一食ぐらいは手に入れられた。

「去年ぐらいまでは、遠縁の者がいたようです」

答えられない小鹿の代わりに、少納言が告げた。遠縁の者というのは、育ての親の白拍子のことだろう。遊び女(め)も務める女では体裁(ていさい)が悪いので、身内なのだと口にしたように思えた。

「上等とは言えない暮らしだったようですが、民間の巫覡師(ふげきし)だったとか。生きる術(すべ)を教えられたのでしょう。他者の気持ちがよくわかるようです」

血の繋がりがあるとは言えない白拍子の巫覡師とやらは、親のない子を何人も自分のまわりに置いていた。女子ばかりだったことから、いずれ遊女にして稼がせるつもりだったに違いない。実際、小鹿より三歳ほど年上の女子は、客を取らされていた。

――その娘に刺されて、自称・遠縁の者は命を落とした。

あまり思い出したくない過去が、いやでも甦(よみがえ)る。少納言の言葉が固く閉じていた扉を一気に開けた。十五歳が幼いか、大人なのかはなんとも言えない。それでも確かに育ての親だった白拍子は、生きる術を教えてくれたように感じていた。

「そうですか」

定子の答えが終わらないうちに、御簾の前に座していた鳥もどきが動いた。椿が控えている庇の方へ飛ぶ。ほどなく地味な色目の直衣姿の男が、なんの前ぶれもなく現れた。

「藤原顕光様」

少納言がいきおいよく立ちあがる。両手を広げて定子を隠す間に、女房が素早く御簾を引き降ろした。気色ばんだ顔で、少納言は顕光の前に立ち塞がる。

「右大臣様とは思えない無礼な振る舞いですね。ここは主上の后・定子様の殿舎でございますよ。訪ねるときは事前に、使いの者や文を届けるのが慣わしではありませんか。お年を召されて、失念なされましたか」

痛烈な言葉を叩きつけた。

右大臣従二位藤原朝臣顕光は、先程、話に出た承香殿の女御・元子の父親で年は五十代なかば。色男とは言えない顔立ちの持ち主だが、息子や娘は母親に似たのだろう。美男美女揃いだった。左大臣・道長の手先、いや、手足となって動いている。

野心満々なのに要領が悪いからなのか、だれもが認める凡愚さからなのか。若い貴族たちからも馬鹿にされていた。

「い、いや、勘解由長官、藤原斉信殿に伝えておきましたが」

もごもごと口ごもるあたりに、偽りが表れていた。殿舎を持たない出家した中宮に礼をつくす必要はないと考えた結果の行動ではないのか。

「それで無礼な訪いの目的は？」

少納言は訊いた。皮肉を通り越して痛烈な批判になっていたが、顕光は当然、覚悟していたに違いない。

「中宮様のご機嫌伺いでございます。産み月はいつ頃なのかと思いましてな。典薬寮の者が定期的に様子を見に来ているようですが、祈禱はいっさい行われていないとか。はてさて、いかがなされたのであろうかと案じたがゆえの訪いでございます」

白々しい言葉を口にする。陰陽師の出入りを禁じているであろう道長側の人間がなにを言うのか。小鹿でさえ怒りを覚えた。

「産み月は定かではありませんが」

少納言は言葉を止め、大きく深呼吸する。心をしずめるためなのは確かだろう。

「定子様におかれましては、すこやかにお過ごしでございます。陰陽師の方々につきましては、頼む必要がないのでお願いしないだけのことです。右大臣様におかれましては、よけいなお気遣いはなされないのがよろしかろうと存じます。それよりも」

ひと息ついて続けた。

「承香殿の女御・元子様のご体調はいかがでございましょうか。昨年は大変な年になりました。案じたがゆえの問いにございますれば、お許しいただきたく思います」

案じたがゆえと顕光の言葉を繰り返すことで、嫌味を込めた切り返しになっていた。さがな者（意地悪）になるのも無理からぬことかもしれない。小鹿でさえ、腹が立つような状況なのである。

——あの鳥。

小鹿は飛びまわる奇妙な二本足の鳥を目で追いかけた。飛びながら顕光の頭を何度も小さな刀で突いている。身体の大きさに合った刀で、いちおう武器に思えた。顕光は何度か頭に手をやっていたが、姿は視えていないのか。特に騒ぎ立てたりはしなかった。

「道長様より暑中見舞いのお品を届けるように申しつけられまして」

顕光の目顔を受け、見えない位置に控えていた従者が庇に現れて籠（かご）を置いた。真桑（まくわ）瓜（うり）と西瓜（すいか）が盛られている。少納言は嬉しかったのだろう。小鹿の位置からは横顔しか見えないが、身体から力が抜けたのを感じた。

「初物（はつもの）ですね」

声がはずんでいる。

「はい」

答えて顕光は、にやりと笑った。

「毒などは仕込んでおりません。安心してお召しあがりください」

とうてい笑えない言葉だったが、本人は冗談のつもりだったに違いない。顕光はこんなふうに、大きくずれている部分があった。

彼が伝領（でんりょう）（土地の相続）した堀河院（ほりかわいん）は、摂関家屈指の名邸とされており、主たちは『堀河の大臣（おとど）』と呼ばれたが、顕光に関しては相応（ふさわ）しくない呼び名と思うのだろう。だれもそう呼ばなかった。

「…………」

少納言の身体が、ぐっと緊張する。嬉しくて力を抜いたはずなのに、前以上の警戒心にとらわれたように思えた。奇怪な鳥はとどめとばかりに、顕光の頭頂部に小さな刀を突き立てる。

「うっ」

と、小さく呻（うめ）いて頭にふれた。

「なんでしょうな。急に頭が痛くなりました」

「それはいけませんね。病の兆しかもしれません。暑中見舞いのお品、ありがたく頂戴(ちょうだい)いたします。左大臣様には、くれぐれもよろしくお伝えください」

少納言は籠を取って、傍らに置いた。早くお帰りくださいと言動で示している。果物は贅沢品であり、特にあまり余裕のない定子の殿舎では后といえども口に入らない品かもしれない。思っていたよりずっと倹(つま)しい暮らしであることに、小鹿は内心、意外さを覚えていた。

――貴族にも色々いる。

ここにきて、それを知った。豊かな暮らしをしているのは、公卿となったほんの一握りの上級貴族であり、あとは昇進もままならず、給金が増えるわけでもなく、どうにか日々を繋いでいるような有様だ。出家する者が多いのは、口減らしのためもあるように思えた。

「お見送りを」

少納言の言葉で、小鹿は椿と庇に出る。顕光はろくに挨拶もせず、踵(きびす)を返して従者と歩き出していた。頭にいた奇妙な鳥が、ふわりとこちらに飛んで来る。小鹿は思わず避(よ)けそうになったが、いち早く右肩にとまっていた。

――椿さんには、視えていないのかしら?

椿は、顕光を見送るために隣で頭をさげ続けていた。奇妙な鳥を目で追いかけもしていないし、小鹿の肩にとまったことを気にとめるふうもない。そういえば、少納言もまったく視えていないようだった。

——あちらへ行きなさい。

小鹿は右肩から払いのけようとする。さわるのは恐いので、さりげなく追い払おうとしたが、奇妙な鳥は飛び立たない。頭を刀で刺されるのはいやだと思い、つい手で庇っていた。

「どうしたのですか」

椿が訊いた。不思議そうな顔をしていた。

「いいえ、おかしな鳥が」

なにげなく庭を見やったとき、

「あ」

小さな声をあげる。松の木の近くに、あの老人が立っていた。夢で見たときと同じような地味な色目の直衣姿で、隣に四十なかばぐらいの男を伴(ともな)っている。風貌が似ていることから親子という印象を受けた。

戻れ。

というように四十代なかばぐらいの男が合図する。と、小鹿の右肩にいた奇妙な鳥が、真っ直ぐ戻って、消えた。

庇に立ったままなのを不審に思ったのだろう、

「いつまで見送っているのですか」

少納言が出て来た。

「無礼者に、そこまで礼をつくす必要はありませんよ。定子様が真桑瓜を食したいと仰せです。早く洗って……安倍晴明様!?」

視線を追いかけたとたん、叫ぶように言った。名を呼ばれた老人と四十なかばぐらいの男は小さく会釈する。

これが小鹿と稀代の陰陽師・安倍晴明との出逢いだった。

二

安倍晴明は、宮廷陰陽師のひとりである。

齢はすでに八十前後、人の運命を知るのはむろんのこと、鬼を視る見鬼としての能力や、箱になにが入っているのかを当てる射覆、なにもかも見通す天眼通といった能力の持ち主とされていた。さすがに足腰の衰えは隠せないが、公卿や上級貴族たちから頼りにされているのは言うまでもない。

同道していた長男の吉平(よしひら)は、晴明ほどのカリスマ性はないものの、陰陽師としてはまずまずの腕前であり、二男の吉昌(よしまさ)と力を合わせて安倍家を支えているのだが……。

「霊力が消えてしもうた」

晴明は言った。小鹿と二人で話したいと言ったため、居室に用いている場所で向かい合わせに座している。衝立や几帳で囲い、外の庇には吉平が座していた。見張り役であり、だれかが近づいて来たときには、いったん話をやめると最初に言われていた。

「そう、ですか」

小鹿はとりあえず答えた。なんと返事をしたらよいのか、わからない。安倍晴明の霊力と自分に、どのような関わりがあるのか。想像もできなかった。

「困り果ててしもうてな。吉平がわしの霊力を感じると言うたことから、式神(しきがみ)、そら、先程、そなたの肩にとまったあれよ。われら陰陽師の尖兵(せんぺい)役を飛ばしてもらい、わしの霊力の軌跡(きせき)を追わせたのじゃ。わずかに漂う程度だったが、躊躇(ためら)うことなく飛んで行ったわ」

顎で衝立を指した。そこには件(くだん)の奇妙な鳥がとまっていたが、姿がいささか違っているように思えた。先刻の式神よりも衣裳や羽の色が鮮やかで美しい。

「あれも吉平様の式神ですか？」

小鹿の問いに、晴明は小さく頭を振る。

「わしじゃ。式神がはっきり視えるのはすなわち、霊力が使える証。そなたの近くにいると、今まで通りに霊力が使えるらしゅうてな。すぐに式神が現れた。なぜかはわからぬが、そういうことらしい」

「そういうことらしい」

くすっと微笑ってしまう。それだけで得心している晴明が、なんとなく、おかしかったのである。理屈っぽい少納言と突然、御所暮らしをするようになったせいだろうか。多少、うるさく感じていたのは間違いなかった。

「夢を視たな」

晴明は確認の問いを投げた。

「はい」

「はじめから話してくれぬか」

二度目の言葉にうなずき返して、告げる。

『ここは糺ノ森』という言葉で始まった空中からの俯瞰図。下鴨神社に行く途中では、僧兵と思しき者たちが争っていた。都のあちこちであがる紅蓮の炎。次の瞬間、小鹿の意識は御所に戻った。

「一条天皇らしきお方と、定子様がおられました。主上は『定子は、朕(ちん)が守る』と仰せになられて、歌を詠(よ)まれたのです」

八雲立つ　京の八重垣妻ごみに
　八重垣つくる　その八重垣を

「少納言様は、須佐之男命(すさのおのみこと)が詠まれた我が国初の歌であり、『京の』という部分は『出雲』が正しいのだと仰って」

「なるほど。目覚めた後はいかがであった。なにか変わったことは……」

「ありました」

遮るように言った。

「ただ、目覚めた後ではなくて目覚める前、まさに夢を視ているときだと思います。まったく憶えていないのですが、わたしはここを出て硯(すずり)や墨が置かれている部屋に行ったとか。相部屋の椿さんの話では、墨を磨って紙に文字を書いたそうです」

「なんという文字を?」

「『葉二つ』です」

「名器の笛、別名、鬼の笛か」

ふぅむと晴明は腕を組む。夢の中で視たときよりも、両目は穏やかで恐ろしさを感じなかった。齢八十とは思えない並々ならぬ生気は感じるが、少納言といるときのような常に顔色を窺う卑屈な気持ちにはならない。

「晴明様におかれましては、『葉二つ』の在処がわかりますか」

さして興味はなかったが訊いた。もとより、鼓や琵琶はむろんだが、笛を吹くこともできなかった。

「わかるやもしれぬが」

多少、自信がなさそうだった。

——やはり、評判倒れなのかもしれない。

と、小鹿が思ったとき、

「そなた、なにゆえ、小袖の袂にボロボロの草鞋を入れている? とうてい履けるとは思えぬが、火を熾すときにでも使うのか」

いきなり晴明は射覆の術を用いた。小鹿は狼狽えながら、思わず右袖を押さえる。

「あ、こ、これは、御所内で捨てられていた草鞋を拾い集めたものです。使えそうな部分で新たな草鞋を作るんです。京の七条大路の裏手、貧民街ですが、そこで売ればわずかでも稼げるので」

驚きとともに老人を見つめた。

——びっくりした。本当にわかるのね。なるほど。わたしが評判倒れと思ったことに対する答えのようなものなんだわ。

そう思うと同時に、晴明は笑い始める。

「さよう、本当にわかるのだ。特に射覆は、わしが得意とする技のひとつでな。さほど集中しなくても当てられる。なれど、近頃はひどく疲れるようになった。こたびのこれも、年老いたためかと思うたのだが、先程、言うた通りよ。倅（せがれ）の吉平が『父上の霊力に似たものがとらえられます』と言うたので式神を飛ばした次第じゃ」

「それでは、『葉二つ』と書いたあれは晴明様のお霊力（ちから）によるものでしょうか。そして、わたしの頭に響いていた聲は、晴明様のものですか」

「わからぬ」

即答する。

「なれど、そなたが聴いた聲は、まったく憶えがないゆえ、わしのものではないと思うがな。いずれにしても、お筆先のときに強い霊力が動いたのは確かであろう。ゆえにいささか鈍いところのある吉平の式神でも感知できた」

「父上。鈍い云々(うんぬん)は、よけいでございます」

すかさず庇の吉平が告げた。晴明はふたたび愉(たの)しげに笑う。

「許せ。おまえの式神が動いてくれたお陰で、小鹿と出逢えた。困るのは、そなたがおらぬと術がほとんど使えぬことよ。先程、そなたが少納言の君と話しているときに試してみたのだが、十間(約十八メートル)ほど離れたとたん、ただの年寄りになってしもうた。厄介なことじゃ」

言葉ほど厄介とは思っていない様子に思えた。むしろ愉しんでいるように感じたが、小鹿は訊かずにいられない。

「このように大切な話を、わたしなどに教えてもよいのでしょうか。霊力を使えないことが、御所や都中に知れ渡ってしまうかもしれません」

心許ない気持ちになっている。悪い噂が流れたとき、疑われるのは自分だ。広めたと思われて面倒な事態になる不安が浮かんでいた。

「若さに似合わぬ先読みは、苦労性とも言うな。案ずることはない。安倍晴明が普通の翁(おきな)になったという噂が広まったとしても、そなたを疑ったりはせぬゆえ」

的確な言葉を聞き、ふたたび驚きに包まれる。

「今、言われて気づきました。先読みしたがゆえに覚えた不安だったのかと……お筆先の騒ぎ以来、なんというのか、その、わずかながらですが賢くなったように感じるのです。聞いてもわからなかった話が、急にわかるようになりました。気味が悪くて」

正直に胸の内を明かした。少納言は定子を守ることで精一杯なのだろう。苛々するばかりで、相談相手にはなってもらえなかった。

「たとえ教えられたとしても、わからぬ者もいる。小鹿は元々、良き資質を持っていたように思うがな。だれかが教えてくれるように感じるのか？」

「はい。『糺ノ森』のときのように、聲が聴こえるわけではありませんが、なんとなく、わかるのです」

「わからないよりは、わかった方がいいであろう。素地があっただけのことよ。姿の視えぬ指南役が、寄り添っているのやもしれぬ。そなたの守り神ではあるまいか」

晴明の言葉は、思いのほか気持ちを落ち着かせてくれた。御所はあまり良い氣が満ちているとは思えない。むろん京の貧民街よりはましだが、ともすれば闇にとらわれてしまいそうになる。なにかと落ち着かない場所なのは確かだった。

「仰せの通り、守り神と考えるようにいたします。それで、わたしはなにをすれば良いのでしょうか。晴明様はどのように考えておられるのですか」

「そなたといれば霊力が使えるのかどうか、今ひとつ、定かではない。なれど、わしへの依頼があったとき、できませんでは話にならぬ。少しの間、試してみたいのだ。わしの考えが正しいのか、単に年老いたせいなのか」

「おそらく後者ではないかと」

衝立越しに吉平が、笑いを含んだ揶揄(やゆ)を投げる。

「そうかもしれぬが、それならそれで隠退すればよいだけの話じゃ。このように、はっきりしない状態が一番困る。小鹿に頼みたいのは、わしが必要とされたとき、一緒に動いてほしいということじゃ。むろん、幾ばくかの銭は支払う。いかがであろうか」

晴明は真顔で言った。

「でも、わたしは定子様の針女(しんみょう)です。勝手な真似はできません」

「中宮様と少納言の君には、きちんと話を通す。そうじゃ、代わりの下働きを世話しようではないか。中宮様の殿舎は人手不足と聞いている。『樋洗(ひすまし)の君』と密かに呼ばれる小鹿が手伝えぬと困るだろうからな」

笑っていたが、馬鹿にするような雰囲気はなかった。小鹿はしばし考え込み、顔をあげる。

「お金は要りません。その代わりといってはなんですが、中宮様付きの陰陽師として祈禱やお祓いを執り行っていただけませんか」

「ほう、金は要らぬか。なれど、御所での暮らしにかかる金は、すべて実家持ちというのが定めじゃ。衣裳代や化粧代をまかなえぬため、泣くなくお暇願いを出す女房がどれほど多いことか」

「そうなのですか」

「うむ。そなたの分は、おそらく少納言の君が出しているのであろう。衣裳は使うていた古い品かもしれぬが、いつまでも甘えてはおられぬぞ。金はあっても邪魔になるまいさ」

これまた、初めて聞く話だった。小袖や肌着、化粧品などは、少納言が使わない物を貸してくれたのだと思っていたが……確かに新しいとしか思えない単衣や小袖も何枚かまじっていた。やはり、どこで暮らすにも金が要る。

「初めて聞きました。晴明様の仰る通り、お金は要りますね。でも」

「わかった」

晴明は仕草で遮る。

「小鹿の気持ちを受けようではないか。わしは中宮様の陰陽師として、祈禱やお祓いをさせていただく。むろん、言うたように、そなたにも銭を支払う。それでどうじゃ」

「もちろん、ありがたくお受けいたします」

でも、と、ふたたび心の中に疑問が湧いた。齢八十の翁となれば、隠退しても不思議ではない。のんびり余生を過ごせばいいものを、なぜ、こんなに無理をするのか。

「好きなのじゃ」

晴明は笑って、続けた。

「陰陽師として人の役に立つことがな、わしの生き甲斐でもある。助かった、救われたという言葉が、年寄りにとってはなによりの薬よ。よし、明日も頑張るかという気持ちになれる」

心を読んだのはあきらか。が、なぜか嫌ではなかった。

「わかりました。中宮様と少納言様のお許しをいただけるのであれば、晴明様のお手伝いをしたいと思います」

答えつつ、無意識のうちに耳を澄ましていた。だれかが笛の稽古をしているのか、美しい笛の音が聞こえている。

小鹿の様子に気づいたのだろう、

「どうかしたのか」

晴明が訊いた。

「聴こえませんか。あのときと同じような笛の音が……」

言葉は最後まで続けられない。

笛の音と同時に、濃密な香の薫りが漂った。

三

「あ」

瞬(まばた)きした瞬間、小鹿は渡殿(わたどの)を歩いていた。内裏の殿舎だろうか。自分の前を女房装束の女君が歩いている。桜色であるのはわかったが、襲(かさね)の名称まではわからない。艶(あで)やかな唐衣(からぎぬ)が、目に眩(まぶ)しいほどだった。動くたびに揺れる長い黒髪もまた、麗(うるわ)しい女君であるのを示しているように思えた。

笛の音が、遠くに響いている。

「あれは桜襲（さくらがさね）の十二単衣。春の装いです」

疑問にあの聲が答えた。

――あなたは、どなたなのですか。

急いで訊いたが、なにも答えない。

「すべて手筈（てはず）通りに進みました。苦労しましたが、お喜びあそばされるでしょう。早くお届けしたいものです」

桜襲の女君は呟いて、居室と思しき場所に入って行った。几帳や衝立、机、棚、化粧筐（ばこ）などから見て高位の女房だろう。小鹿は庇に立っていたが、こちらの姿は視えていないようだ。女君は一顧（いっこ）だにしなかった。

――顔が見たい。

動こうとしても自由にならないし、小鹿からは女君の後ろ姿しか視えない。漂う香の薫りは、いっそう濃くなっている。酔いそうなほどだった。

「お客様がお見えになりました」

女童（めのわらわ）が知らせに来る。彼の者も素晴らしい装束だったが、夏の装いなのが気になった。主の女君は春の装いなのに、どうして、下方（したかた）は夏の色目（いろめ）なのだろう。

「お通ししてください」

　女君が答えたとき、

「小鹿！」

　晴明の肉声が聞こえた。はっとして、小鹿は周囲を見る。そこは職の御曹司の一郭であり、晴明と吉平が、案じるように顔を覗き込んでいた。

「わたしは」

　頭がぼんやりしてしまい、自分の声が遠くに感じられた。

「大丈夫か」

　晴明の問いに答える。

「はい。美しい笛の音が聴こえたのです。次の瞬間、わたしは渡殿を歩いていました。内裏なのかどうかはわかりません。桜襲の十二単衣を着ていた女君のあとを……」

「無理して話さずともよい。わしにも同じ景色が視えていた。笛の音や不可思議な聲も聴こえたぞ。だれなのか探ろうとしたが、壁のようなものに遮断されて追うことができなんだわ」

「わたしは、どうしたのでしょうか」

「魂が脱け出したようじゃ。鳥の鳴き声のような笛の音が聴こえていたな。あれで誘因したのではあるまいか。『糺ノ森』の時点で暗示をかけられたのかもしれぬ。さすれば、術に引き込みやすくなるゆえ」

「笛の音が、きっかけになるということですか」

念のために確認する。

「さよう。わしの耳にもかすかに聴こえていたが、陰陽師としてそれなりに鍛えておるからであろうな。己を保っていられたに違いない。さて、あの女君だが」

「心当たりがあるのですか」

吉平が口をはさんだ。いい年をしてと責めているような雰囲気を感じた。晴明は軽く睨みつける。

「桜襲の女君については、残念ながら褥をともにした憶えはない、はずじゃ。わしも小鹿と同じ疑問を持った次第よ。客の訪れを知らせた女童は、夏の装いをしていた。なにゆえ、女君は春の十二単衣だったのか」

「過去と現在が、ないまぜになっているのではありますまいか。笛の音によって導かれた世界ですからな。おかしな点はあるでしょう」

吉平が冷静な意見を述べた。晴明は冷ややかな目を向ける。

「いつまでここにいるのじゃ。小鹿の魂は戻った。おまえは外を見張れ」

「承知いたしました」

名残(なごり)惜しそうに庇へ出て行った。どちらからともなく、顔を見合わせている。

「いささか気のまわらぬ倅でな。目から鼻に抜けるようにとはいかぬ。跡継ぎとしては頼りないが」

「申し訳ありません」

衝立越しの謝罪を聞いて、小鹿は笑った。

「お二人のお陰で心細さがやわらぎました。不思議なご縁ですが、わたしにできることをお手伝いしたいと思っています。なんなりとお申しつけください」

「そなたの薫り」

晴明は鼻をうごめかした。

「桜襲の女君の薫りかもしれぬ。薫りを追っていけば、居場所がわかるかもしれぬな。室内の調度品から見ても、高位の女房なのは確かであろう。御所なのか、あるいは上級貴族に雇われた女房なのか」

笛の音による怪異は気になるが、それよりも中宮・定子のことだ。祈禱とお祓いが今すぐ必要に思えた。

「先程、勘解由(かげゆ)長官・藤原斉信(ただのぶ)様がおいでになりました。言いがかりとしか思えない話をなさったのです。飛香舎（藤壺）のお庭に、二体の亡骸が置かれていたと」

「噂は聞いた。定子様を貶めたいがゆえの触穢騒ぎであろう。なれど、ここには手足となって動く侍がおらぬ。男手なしには成り立たぬ嫌がらせじゃ。間の抜けた罠を考えたのは、知らせに訪れた右大臣様あたりだろうがな」

侍は、主人の入浴・排泄・私室の掃除をするために雇われる男だ。言うなれば女房の男性版で、ときに『男房』とも呼ばれた。

清明の推測に問いを返した。

「なぜ、そう思われたのですか」

「ご気質をわかっているからじゃ。いつものように、藤原道長様のご機嫌取りであろう。裏ではあれこれ言うくせに、表では召使いのごとく従順な家臣を装うのが常のお方。だれの企みであるかは、みな察しているだろうさ。下手に騒がぬほうがよい」

「わかりました。桜襲の女君ですが、式神に命じて薫りを辿れますか」

「気になるのか」

「少しだけ」

殿上人など関係ない、どうでもいいという気持ちの片隅に、どうして白昼夢のような世界に導かれたのか、という疑問がある。また、笛の音は『葉二つ』なのだろうか。

それも引っかかっていた。

「ふぅむ、薫りを辿るのは初めてだが、おもしろそうな課題ではある。うまくいくかわからぬが、試してみようではないか」

「年寄りの冷や水ですぞ、父上」

吉平が衝立の端から顔を突き出した。

「霊力が不安定な今、新たな試みを行うのは控えるべきであろうと存じます。お迎えが来てしまうかもしれません」

「好奇心を失わぬのが、長生きの秘訣よ」

答えるや、晴明は呪文（じゅもん）を唱えた。と、犬のような姿をした式神が、小鹿の肩に現れる。先程とは違う風貌が目を引いた。吉平は苦笑いして庇に戻る。

「犬のような姿の式神ですね」

鮮明に視えるこれが、式神とは信じられない。顔はまさに犬で、ヒトのように二本足で立ち、背中には小さな翼をそなえている。さわってみると、生き物のように体温も感じられた。

「薫りを追うには、鼻の利く犬がよかろうと思うてな。それが容貌（かたち）になったようじゃ。小鹿から漂う薫りを憶えさせておる」

「式神は、どこから現れるのですか」

「どこから、か。目には視えぬ空間よ。控えの間とでも言おうか。ふだんはそこに控えておるのじゃ。それにしても、魂で飛んだ先の薫りが身体にはっきり染み込むとは、不可解なことがあるものよ」

ふたたび晴明は呪文を唱え始める。長生きの晴明をもってしても、初めて尽くしのことらしい。少しの間、小鹿の肩にとまっていた犬顔式神が、音もなく飛び立った。

「気づいたのでしょうか」

「さあて、どうであろうか。わしに似て行き当たりばったりなのかもしれぬ。とりあえず、似た薫りの方へ飛んだのではあるまいか」

明るい笑顔を見せていた。逆に小鹿は心配になる。

「大丈夫でしょうか」

さまざまな気持ちを込めた問いの意味を、晴明は即座に察した。

「横槍(よこやり)が入るかもしれぬが、年老いた陰陽師には関わりなきこと、おお、そうじゃ。新たな弟子を雇うたと言おうではないか。さすれば、あれこれ詮索されまい。心配性の小鹿も、ゆるりと眠れるであろう」

「ありがとうございます」

安堵の吐息が出た。以心伝心なのが嬉しい。

「わたしは走るのが速いですし、射的場で働いたこともあるので小弓（こゆみ）が得意です。晴明様のお役に立てればと思います」

思いもよらない流れは、定子にとっても良い兆（きざ）しではないだろうか。孤立無援とまではいかないが、他の女御（にょうご）に比べれば、定子は不自由を強いられている。それでも明るさと穏やかな気持ちを失わず、下方にまでやさしく接する姿に、小鹿は強い尊敬の念をいだき始めていた。

御簾の中に座した麗しい姿が、脳裏に焼きついている。

「小弓が得意なのか。武器は持っていた方がよいからな。適当なものを探してみよう」

「父上」

吉平の緊張した呼びかけがひびいた。

「彼方（かなた）で黒い煙があがっております。附け火かもしれませぬな。念のため、中宮様には避難していただいた方がよろしいのではないかと思いますが」

「なに？」

庇に出た晴明とともに、小鹿も飛び出した。南西の方角で煙が見える。ここは内裏のすぐそばだ。

「少納言様に知らせてまいります」

走り出した小鹿を晴明が追いかける。

「わしも行こう」

風に乗って焦臭さが流れて来た。御所は文字通り、焦臭い事態になっている。内裏で起きた附け火だとすれば……本当に鬼が、自由に出入りしているのかもしれなかった。

四

風がびょうびょうと鳴っている。

未の刻（午後二時〜午後四時前後）ぐらいだろうか。

晴れていた空には黒雲が湧きあがり、風に煽られて煙がいきおいよく流れていた。雨の臭いを含む湿った風に変わっている。雷が近づいているのか、ゴロゴロと遠雷が聞こえてきた。煙があがっている場所は、蜂の巣を突いたような騒ぎに見舞われている。

内裏からは少し離れているものの、大内裏の敷地内である点に危険が感じられた。

「勝手に品物を持って行くな」

検非違使（警察官）たちが、口々に叫んでいた。二藍（紅と藍を掛け合わせた色）の狩衣姿で、手には各々刀を握りしめている。空模様と同じく、剣呑な空気になっていた。

「そこの男、聞こえなかったのか。中に納められている品は、すべて帝のものだ。持って行ってはならぬ」

「切り捨てるぞ！」

ひとりが、盗人に切りかかる。盗人は鉈のような武器で応戦した。あちこちで刃鳴りの音が響いている。炎は見えないが、不気味な黒煙が立ちのぼっていた。強風に流されて嫌な臭いが広がっている。

「ここは？」

小鹿は、左に立つ晴明の直衣の袖をきつく握りしめた。大内裏のなかに内裏があることぐらいは知っているが、建物の名称まではわからない。右には吉平が立ち、なにやら呪文を唱えていた。すでに自分の式神を飛ばして、内部の様子を探っているようだ。

「長橋の局と言われる場所よ。御所に贈られる数多くの品々を取り纏めながら、管理するところだ。帝のもとには凄まじい数の贈答品が集まるからな。余った品を皇族の方々や臣下に下賜するのであろうさ」

「それでは彼の者たちは、勝手に賜るべく押しかけた不届き者でしょうか」

小鹿の言葉を聞いて笑い声をあげた。

「洒落た物言いをするではないか。勝手に賜るべく余っている品々を取りに来た不届き者か。別名、盗人。それにしても、帝がおわす内裏の近くで、このような狼藉が昼日中に起きるとは」

話している間、小鹿たち三人に目を向ける輩はいなかった。賊が検非違使たちと争う出入り口の、かなり近くに立っているのだが、だれひとりとして気にとめる様子はない。

「結界を張っておるのよ」

晴明が心を読んで告げた。

「盗人どもに、われらの真の姿は視えぬ」

「では、わたしたちは幽霊のようなものなのですか」

「幽霊とは、ちと違うな。さよう、見えてはいるのだが、木や岩だと思うているはずじゃ。正しい姿は視えぬ。強い力を持つ呪禁師が使う式神は視破るやもしれぬが、たとえ術師であろうとも、さして霊力のない者にはわからぬ」

「戻ってまいりました」

小鹿は、吉平の式神が戻って来たのを視た。すぐに放った主の右肩にとまる。吉平は晴明を見やった。

「幸いにも火は広がっておらぬようです。なれど、品物は次々に運び出されている由。僧の姿をしている者が多いように思いました。私度の僧かもしれませぬ」

私度の僧とは、天皇の許可を得ずに出家した者のことだ。僧兵の多くがこれであり、乱暴狼藉を働く輩が少なくない。年々増える荘園を守らせるため、公卿や上級貴族が私兵として雇ったりもしていた。

そういった事情から必要悪のような形で増加している。

──『紅ノ森』のときにも僧兵が現れた。

関係ないだろうが、思い出していた。火事にはなっていないものの、附け火と僧兵は切っても切り離せない組み合わせではないだろうか。今は運良く火が広がっていないだけの話である。

風が強いため、いつ飛び火するかわからない。気は抜けなかった。

「蔵から荷を出す者、運び荷車に積む者、さらに荷車を曳く者と、役割が決まっているように感じました。後ろで糸を引く頭役がいるように感じました次第。もっとも、その頭役の後ろには真の頭、頭領がいるかもしれませんが」

吉平の報告に、晴明は小さく頷いた。

「警備が手薄な御所は、悪党どもにとっては格好の場所。特に夏は暑いゆえ、内裏では戸を閉めぬ殿舎が多い。忍び込むのは、たやすいことよ」

警備が手薄、忍び込むのはたやすいこと。それを聞いたとき、小鹿は同役の椿の話を思い出した。

「それでは、やはり、仁寿殿に夜毎、御灯油を盗みに来る化け物というのは、物の怪ではなく、ヒトなのですね」

高価な油を売り捌いているに違いない。確認の問いになっていた。

「そうかもしれぬ。御所では御灯鬼と噂になっているが、物の怪よりも、ヒトであろう。売れば食い扶持の足しぐらいにはなる。醍醐天皇の折に出没したとされた鬼よ。それを知っていた不届き者が、真似たに相違ない」

「醍醐天皇のときに現れたのは、真の物の怪なのですか」

とても信じられなくて訊いた。

「おそらく、な。小鹿は物の怪や妖怪の類を信じぬ方か」

「はい。本当に恐いのは人間だと……」

「父上っ」

突然、吉平が叫んだ。小鹿は晴明ともども突き飛ばされる。矢のようなものが飛来したように思えたが定かではない。晴明と一緒に倒れたが、抱きかかえてくれたお陰で背中や腰を打たずに済んだ。晴明が下になっている。

「せ、晴明様！」

小鹿は慌てて立ちあがった。なにが起きたのだろう。とにかく倒れていた晴明に手を貸して立ちあがらせた。

「イタタタタ」

「大丈夫ですか、父上」

吉平は周囲に目を配りながら、父の腰を撫でている。

「陰陽師か、はたまた呪禁師か。見事な腕前ですな。父上の結界を、いともたやすく破るとは」

「のんびり感心しているときではないぞ。見るがよい。結界を破られたせいで盗人どもに気づかれたわ」

金目のものを持っているとでも思ったのか、長橋の局の入り口付近にいた数人の賊が、鉈や小刀を手に襲いかかって来る。晴明は印を結び、素早く呪文を唱えた。

「オン・バサラ・アラタン・ノーオン・タラク・ソワカ！」

叫びきった刹那、賊が吹っ飛ぶ。投げ飛ばされたかのように、三人が頭から地面に叩きつけられた。大男に投げられたように見えた。

「検非違使の方々、賊でございます」

吉平が大声で呼ぶ。こちらに来た数人が、失神した三人を素早く縄で縛りあげた。

晴明親子はいいカモに見えるのか、新たな賊が襲いかかって来る。晴明は背中に小鹿を庇いつつ、何度も鋭い呪文を叫んだ。

「うわっ」

「な、なんだ!?」

二人が悲鳴をあげる。巨大な手に吊りあげられたがごとく宙を浮き、放り投げられた。不思議な光景を目の当たりにして恐ろしくなったのだろう。賊はいっせいに逃げ始める。しかし、晴明が印を切った瞬間、七、八人の盗人たちは突然、動きを止めた。

不意に風がやんだ。

術の影響なのか、賊は木偶人形のように動かない。激しい風や雷の音が聞こえなくなった分、よけい不気味さが増した。

　身体にのしかかるような静寂のなか、

「あ……」

　ひとりが目だけ動かして晴明を見やる。極端な横目になっていた。おそらく動けないであろう賊は、仏師の彫った像のごとく硬直していた。

　検非違使も異様な光景に肝を冷やしたのかもしれない。役目を忘れたように、唖然として立ちつくしている。眼前の光景に、目と心を奪われていた。

「賊を捕らえてください！」

　吉平が告げた。その声で正気を取り戻したのだろう。検非違使がいっせいに動き、賊を縛りあげた。

「晴明様」

　年嵩のひとりが、駆け寄って来る。頭役かもしれない。年は三十代後半ぐらいで、ひとりだけ狩衣の色が違っていた。過酷な役目であるため、四十を超えた者が続けるのはむずかしいように思えた。

「ご助力、ありがとうございました。晴明様がいなければ取り逃がすところでございました。何人かは逃げたようですが、ほとんどは捕らえられたと思います」

「伜が煙に気づきましてな。お役に立てればと思い、駆けつけました次第」

いったん言葉を切り、顎で内裏の方を指した。

「飛香舎の庭に遺棄されていた二体の亡骸についてはいかがか。姓名の儀、わかりましたか」

勘解由長官・藤原斉信が持ち込んだ厄介な話について訊ねる。おそらく定子を陥れるための策だろうが、無実の証は立てられない。せめて、どこのだれかがわかれば、濡れ衣であることを知らしめられるかもしれないと考えたのだろう。

「姓名の儀はまだ、わかりませんが、ひとりは独鈷を懐に入れておりました。修験者か僧兵かもしれません」

独鈷は主に修験者が持つ道具のひとつだ。霊力を集中するときや、武器として用いることもある。小鹿も僧兵と思しき男が、所持していたのを見たことがあった。

「飛香舎の亡骸も僧の可能性が高いか。吉平が言ったように、私度の僧かもしれぬな。もしくは、出家した下級貴族の跡継ぎか」

「貴族の跡継ぎが、出家するのですか」

小鹿は驚きを禁じえない。下級とはいえ、貴族ではないか。しかも跡継ぎが出家とは、どういうことなのか。

「小鹿は、蔭位(おんい)を存じよるか」

逆に訊き返されたが、首を傾げるしかなかった。

「わかりません」

「貴族になれるのは貴族の子という定めよ。高い位階を有する公卿の子弟だけが、初めから高い位階を授けられる制度のことじゃ。しかし、貴族にもピンからキリまでいる。豊かに暮らせるのは上級貴族の一部のみ。帝にお仕えできたとしても、安い賃金で働かねばならぬ。上級貴族にこき使われるしかないのが下級貴族の現状じゃ」

「下々とさして変わらないのですか」

「そう、違わないな。言葉は悪いかもしれぬが、出家して荘園を持つ裕福な寺を狙い、乗っ取ることができれば安泰じゃ。上級貴族は寺に荘園を寄進するため、一部の寺は非常に裕福になっておる。富と権力が偏(かたよ)っているのは間違いない」

受けた晴明は、暗くなった空を気にしていた。術が解けたとたん、風が激しく吹き、雷の音も近づいている。屋内に避難するのが得策だろう。

「それでは失礼いたします」

暇(いとま)を告げた検非違使の男に、晴明は会釈で応えた。少し離れた場所にいた吉平が空を指している。

「戻って参りましたぞ」

先程、放った犬の姿をした式神が晴明の肩にとまる。ぽつりと大粒の雨が頬を打った。小鹿は吉平に促されて、建物内に足を向ける。少し遅れて晴明も来た。真っ暗になった空に稲光(いなびかり)が走る。

殿舎の戸が、慌ただしく閉められていった。

五

「きゃっ」

小鹿は耳を塞いで座り込む。近くに落ちたのだろう、重い地響きが起きた。小鹿たちは戸を少し開けたまま、外の様子を見ている。

「父上、早く戸を閉めて殿舎の奥にまいりましょう。火事になるかもしれませんが、雷に打たれて死ぬよりはましです」

吉平の言葉に、晴明は頭を振る。

「いや、わしは内裏の殿舎に行く。小鹿が霊視した『桜襲の女君』という女房の居所がわかったゆえ」

霊視という表現は初めて聞いたが、頭に刻みつける。こういうやり取りに慣れなければ、御所務めはできないし、晴明の手助けもできない。

「御所にいるのですか。女房として、どなたかに仕えているのですか」

小鹿は訊いた。

「おそらくな。仕える主まではわからなんだが、暮らす殿舎は摑んだ。調度品や衣裳の様子からして、高位の女房であるのは間違いない。なぜ、小鹿が彼の者を視たのか、わしは気になってならぬのよ」

晴明は答えて目を向ける。

「そなたは中宮様のもとに戻るがよい。盗人騒ぎが落ち着けば、職の御曹司に戻られるであろう。心細さを覚えていらっしゃるに相違ない。お側に侍る者は、ひとりでも多い方がよいからな」

「よろしいのですか」

小鹿は言った。十間、離れたら霊力が使えなくなるかもしれませんよ、そう仰ったのは晴明様ではありませんか。脅すような含みがあったかもしれない。

「む」

眉間に深い皺が寄る。

「わたしも参ります。気になりますので」

稲光が走るたび、ドーンという地響きが起きた。雨はいっそう激しさを増している。嵐のような天候になっていた。御所は高い建物があるせいか、よく雷が落ちて火事になるので恐ろしい。

「とりあえず、雨がやむのを待ちませんか」

吉平の妥協案を、二人は同時に拒絶する。

「行きます」

「ひとりでは行かせられぬ」

大きな雨音に負けまいとして声を張りあげた。庇に出たとたん、びしょ濡れになってしまうのは確かだろう。それでも小鹿は、行かなければと思った。

――呼ばれているような気がする。

決然とした意志を感じ取ったに違いない、

「居所がわかったのであれば、慌てることはないと思いますが……言っても無駄なようですな。まいりましょうか」

吉平は仕方なさそうに折れた。

「行け」

晴明は、肩にとまっていた犬顔式神に命じる。飛びあがった式神のあとを、小鹿たち三人は追いかけ始めた。凄まじい風と雨が吹きつける庇を歩く酔狂な輩はいない、と思ったが、

「晴明様」

勘解由長官・藤原斉信が駆け寄って来た。晴明の話に出た典型的な貴種であり、蔭位の定め通りに出世コースを駆けあがっているのは間違いない。

烏帽子は吹き飛ばされたのだろう、手に持っている。直衣や袴はすでに濡れそぼって、袴の裾をたくしあげていた。烏帽子を取るのは閨や私的な場だけであるため、外した姿を目にするのは滅多にないこと。麗しい男君ゆえ、雨に濡れた姿もなかなか風情がある。

「斉信殿。駆り出されましたか」

「はい」

「定子様は大丈夫ですか」

小鹿は大声を張りあげる。当然、斉信は定子たちの手配りをしたうえで来たに違いないが、確かめずにいられなかった。役目への責任感からなのか、斉信は悪天候にもかかわらず、律儀に見廻りをしていたようだ。

「大内裏の外へ避難していただくよう、牛車の手配りをいたしました。すでにここを出たはずです。定子様は『大丈夫です』と仰せになりましたが、お腹のお子に障りが出てはならぬと思いまして」

なぜ、晴明と定子の針女が一緒にいるのか。しげしげと見つめる表情には、そんな言葉が浮かびあがっていた。

得意の天眼通――すべてを見通す霊力で読み取ったのだろう。

「小鹿は、わしの弟子じゃ」

代弁するように晴明が言った。

「弟子とは……晴明様にしては、珍しいこともあるものです。星の数ほど弟子入り志願者はいるのに、決して許さなかったと聞きましたが」

「年寄りの気まぐれかもしれぬ。そういった繋がりから、わしは中宮・定子様のもとへ出入りすることと相成りました次第。なにかありましたときには、すぐに駆けつけるつもりでおります」

内裏ではあたたかい目で見られていない中宮に、陰陽師として仕える旨、公言した。小鹿は斉信がどう思うか心配だったが、

「そうですか」

表情がやわらかくなる。

「定子様のお側に宮廷陰陽師がおられぬことを、帝は常々案じておられました。晴明様が名乗り出てくださったとなれば、杞憂も晴れるのではないかと存じます。わたしも安堵いたしました」

「父上」

吉平が口をはさんだ。のんびり立ち話をしているときではありませんぞ、と、言いたかったのかもしれない。

「斉信殿。わしはちと気になることがありましてな。少し先で宙に浮いたままの犬顔式神を指さした。内裏の殿舎に行きたいのです。よろしければ一緒にまいられよ」

晴明は返事を待たずに庇を走り出した。小鹿も追いかける。

「え?」

動くのが遅れた斉信を、吉平が促して走った。雷と雨はおさまっていた。夏の通り雨という感じだったが、濡れた庇は気をつけないと滑る。いまだ殿舎の戸は開けられておらず、殿舎の周囲に設けられた庇は静まり返っていた。

「あまり急ぐと転びますぞ」

吉平の忠告など右から左、晴明は飛ぶように走る。小鹿は斉信と同じように、袴の裾を両手でたくしあげて追いかけた。少納言が見たら、はしたないと怒るだろうが、犬顔式神は止まらない。躊躇うことなく、殿舎のひとつに向かっていた。

——こんなところまで来たことはない。

仕えるときに渡された内裏図を頭に広げている。天皇や東宮、かれらの后、あるいは女御、さらには彼の者たちに仕える女房が住む区域は、いくつもの殿舎で成り立っていた。天皇がくつろぐ清涼殿は、私的空間として設えられている。

後宮のもっとも重要な場所であるのは確かだろう。渡殿で繋がれた殿舎は、固く戸が閉ざされている。このまま戸を開けずに夜を迎えるつもりなのかもしれない。風雨が去った庇は、少し明るくなっていた。

陽が長くなっている。

「待て」

晴明が手で合図する。先頭を飛んでいた犬顔式神が、ひとつの殿舎の出入り口で止まっていた。そこだけは不自然に戸が開いている。他はすべて閉ざしているだけに、違和感を覚えずにいられない。室内には雨が吹き込んだのではないだろうか。

——この薫り。

霊視したときに立ちのぼった薫りが流れてきた。大雨のあとだからだろう、かなり強く薫っている。

「…………」

殿舎を覗き込んだ晴明が、声を失っていた。

「晴明様」

「小鹿はそこで待て」

その制止が終わらないうちに、小鹿は殿舎の中を見た。

女君が仰向けに倒れている。胸から大量に流れ出る血が、薄縁を赤く染めていた。刺されたようだが、刀までは見えない。衣裳は桜襲であることから、小鹿が霊視した女君であろう。桜襲の十二単衣は確かめられたが……。

顔がなかった。

女君の顔は、のっぺらぼうのように、つるりとしていた。

「あ……」

叫びそうになった小鹿の両目を、後ろからだれかが塞ぐ。ふわりと香の薫りが漂った刹那、その場に崩れ落ちていた。

第三帖　八雲立つ

一

顔を失くした女君の名は、雪路。年は三十前後ということしか、今はわかっていない。むろん内裏での呼び名だが、素晴らしい衣裳や調度品が示す通りの、いや、それ以上かもしれない。『廂の御方』という呼び名に相応しい高位の女房だった。

「雪路様は、後宮十二司の尚侍でした」

少納言が告げた。

後宮十二司は、尚侍を筆頭に、蔵司——天皇位の象徴としての鏡や剣を管理する役職や書司——書籍や文房具、楽器などを管理する役職といった十二の宮司から構成されていた。筆頭は尚侍であり、雪路は最高位に就いていたわけである。天皇の私的な場所・清涼殿に近い殿舎の一隅を賜って、日々、滞りなくお役目をこなしていたようだ。

「すぐれた女房だったのは、だれもが認めるところでしょう。ずっと書司のお役目に就いていたようですが、現在は尚侍として十二の宮司を統べていた由。それにしても」

なぜ、あのような姿に。

その呟きは、ほとんど聞き取れないほどだった。表情がいっそうくもる。蔵人頭とその配下・検非違使たちの調べだけでなく、宮廷陰陽師も総出で祈禱を行っていた。臨時の陰陽頭として指揮を執っていた安倍晴明は、疲労困憊したらしく、中宮・定子に与えられた殿舎――職の御曹司の一郭で休んでいた。

内裏で起きた触穢であることから、天皇や定子、女御たちは別の場所にいた。長橋の局で起きた火事や盗人騒ぎのときに避難したまま戻って来ていない。不吉な事柄が続き、だれもが不安を覚えているのは確かだろう。

小鹿は晴明の近くにいなければならないことから、失神していたときは雪路の殿舎にいたらしい。正気づいた後、晴明と一緒にここへ戻ったものの、眠れないまま夜明けを迎えていた。

お筆先で記された『葉二つ』と呼ばれる名器の笛、突然、霊力が使えなくなった安倍晴明、飛香舎（藤壺）の庭に遺棄されていた二体の亡骸、長橋の局で起きた火事と盗人騒ぎ、そして、異様な姿で見つかった高位の女房・雪路。

色々なことが立て続けに起きたからかもしれない。すべて昨日の未明から起きた騒ぎであるにもかかわらず、かなり前のことに思えた。時の感覚がおかしくなっている。

「亡くなった原因はなんですか」

あらためて訊いた。小鹿の件で知らせを受けた少納言は、ずっと付き添っていてくれたようだ。手を貸してもらいながら、ここに戻ったのである。

「胸を刺されたようです」

蚊の鳴くような声で答えた。

「刺された」

小鹿は、淡い記憶を探る。強い恐怖と驚きに襲われたせいか、目鼻や口を失くした顔しか記憶に残っていない。少し考えた後、薄縁に血が広がっていたのを遅ればせながら思い出した。異常事態とはいえ、素朴な疑問が湧いてくる。

「どのようなもので刺されたのですか」

二度目の問いには眉をひそめた。

「どうして、そのようなことを訊くのですか」

「ちょっと気になったのです。薄縁には血が流れ出ていましたが、床にまでは広がっていませんでした。身体中の血が流れ出た割には、少ないように感じたのです」

貧民街育ちの小鹿は、さまざまな亡骸を日常的に見てきた。争い事は常であり、簡単に人が殺されたりする。人間の身体からは驚くほど大量の血が流れ出ることを、知りたくはなかったが知っていた。

「変な興味を持ちますね。血は流れ出たようですが、十二単衣に吸い取られたのではないでしょうか」

答えた後、

「あくまでも、わたしの考えですが」

少納言は早口で言い添える。

「刀で刺されたのですか」

ふたたび問いかけた。『糺ノ森』の一件以来、今までとは違う考えや疑問が浮かぶ。浮かんだ事柄を解決しないと気持ちが悪かった。

「そこまでは聞いていません。そなたはあまり感じていないようですが、高位の女房が亡くなったのですよ。しかも異様な状態でです」

いつもの苛立ちが表れた。

「申し訳ありません」

口先だけの謝罪が出る。ぴくりと少納言の眉があがった。

「その『とりあえず謝る』という態度はおやめなさい。気持ちがまったく込められていないのです。よけい腹が立ちますよ」

図星を指されてうつむいた。言いたいことはあったが、口下手な小鹿は自分の気持ちを説明するのが苦手だ。

「書司というのは、楽器も管理するのですか」

思いきって話を変えた。後宮十二司の役職が引っかかっていた。

「そうです。それがどうかしましたか」

怪訝そうに訊ねる。

「いえ、あの……たまただと思うのですが、わたしがお筆先で紙に書いた笛、『葉二つ』のことが気になりまして」

言われて気づいたに違いない、

「あ」

少納言は小さな驚きを見せた。少しの間、二人は黙り込む。雪路を霊視したときも笛の音が聴こえた。今回の騒ぎに関わりがあるのか、考えすぎなのか。

「雪路様の死は『葉二つ』に関わりがあると？」

訊き返されたが、即座に頭を振る。

「わかりません。ただ、なんとなく気になっただけなのです。晴明様といたときに、雪路様のお姿を霊視したのですが、そのときも笛の音が聴こえたように思ったものですから」

「『葉二つ』が、気になるのですか」

少納言の言葉には、自問の含みがあった。自身も引っかかっているように思えた。

「はい」

「そう、ですか。『葉二つ』についてはわかりませんが、検非違使の方が色々と調べを始めているようです。晴明様も駆り出されるでしょう。本当は、わたしもそなたも内裏をうろついてはいけないのですが、晴明様のご事情もありますからね」

不安定な霊力を晴明が使うためには、小鹿が老陰陽師のそばにいなければならない。小鹿をひとりで付けるわけにはいかないので、少納言も禁忌（きんき）を犯さなければならないという厄介な事態が出来（しゅったい）する。

苛立ちのすべてではないだろうが、ひとつではあるように思えた。そういえば、と、晴明の言葉を思い出している。

女房務めをする者の衣裳や道具は、すべて実家の負担となるが、小鹿の場合は少納言が出しているはず。古着はもちろんのこと、新たな単衣や小袖も何枚かあった。かなり無理をしてくれたのは間違いなかった。

——それに……わたしが気づくまで、そばにいてくれた。

正気づいたとき、少納言は不安そうに小鹿の顔を覗き込んでいた。握り締めていた手を素早く離したのが、少し寂しかったりもした。

あのときの手のぬくもりを思い出している。知らないうちに自分の両手を重ね合わせて、あたたかさを甦らせていた。

「申し訳ありません」

詫びながら深々と一礼する。先程と同じ謝辞になったが、まったく意識していない。顔をあげたとたん、両目をうるませた少納言と目が合った。

「………」

小鹿は動揺した。こんな表情を見たのは初めて。弱みを見せることのない少納言が、今にも泣きそうになっている。

「心がありました」

不意に言った。

「はじめの謝辞は、とりあえずの謝辞でした。辛い思いをしたからなのか、そなたはあまり感情を表しません。ろくに話もしてくれません。仕方ないことと諦めておりましたが」

頬を伝う涙を懐紙で拭い、続ける。

「女房に一番必要なのは、心を込めて仕えることなのです。主に誠を尽くすのです。でも、心や想いは四書五経や短歌のように、教えられることではありません。もちろん四書五経なども憶えたところで、うまく使えるかどうかは、それぞれの才覚によりますが」

いったん切り、深呼吸して、さらに告げた。

「小鹿がなにかを感じてくれたとき、心が繋がるかもしれないと思い、諦めずに厳しい言葉を投げてきました。いやな思いをしたかもしれませんが、今の『心』を忘れないようにしてください」

その兆しがあったと喜びの表情で語っていた。小鹿はまだ、ぴんときていないが、胸にあたたかいものが広がっている。いつもは冷ややかで遠く感じられる少納言が、ほんのわずかだが近くなったように思えた。

——冷ややかで刺々しかったのは、わたしの方だったのかもしれない。

鋭い少納言は、同じように苛立ち、刺すような言葉を返した。

「とりあえずでも、謝らないと殴られました」

先程、言いそびれたことを口にする。

「謝ることでうまくいく関わりもあります。だれだって痛い目には遭いたくありません。それで」

たどたどしかったが、精一杯の気持ちを伝えた。少納言は小さく息を呑み、なんとも言えない表情になる。

「そうでしたか」

想像はしていただろうが、直に聞くと現実として、とらえられる。また、嘘や誇張がないこともわかるだろう。

「大変でしたね。でも、わたしの側に来たからには、今までのような苦労はさせません。もっとも」

くすっと笑った。

「今までとは、異なる苦労があるかもしれませんけれど」

つられて小鹿も笑顔を返した。拙いながらも気持ちを伝えられたからに違いない。

立場上、仕方がないのだと思いつつも、少納言に対して不満が募っていたのをあらためて実感している。

——言葉は大事だ。

心からそう思った。

「少納言様は、定子様のお側にお戻りください。わたしは晴明様がいるので大丈夫です。お霊力の素晴らしさを目の当たりにして強い信頼感を覚えました。定子様のお身体が案じられますので」

慎重に言葉を選びながら感じたことを告げた。言葉足らずになりがちなのは、自分でも気づいている。それをどう伝えたらよいのかが今まではわからなかった。できるだけ言葉にするよう心がけるしかないのかもしれない。

「小鹿が意識を失ったとき、すぐに藤袴様が訪ねていらっしゃいました」

少納言が口を開いた。

「情報通なのです。内裏一と言えるでしょうね。いち早く、雪路様の騒ぎを耳にされたのだと思います。本当に早耳ですよ。小鹿が晴明様と動いていることもご存じでした。よければ触穢の間、自分の殿舎においでなさいというお言伝です。ともに動いてもかまわないとのことでした」

ありがたい申し出だったが、

「でも、お年召し様と一緒に動くのは」

案じる言葉が出た。真実かどうかわからないが、藤袴は齢八十の媼と聞いた。見た目は五十ぐらいにしか思えない『やけに若い老女』であるのは認めるが、晴明とともに行動するのはむずかしいのではないだろうか。

「わたしも同じ不安があります。足手まといになるかもしれませんからね。わかりました、うまくお返事しておきましょう。ただ、藤袴様の殿舎に寝泊まりするのは、悪くない案だと思いますよ」

「お言葉に甘えても、よいのでしょうか」

心細さが問いになる。額面通りに受け取って迷惑がかかるのは困る。むろん少納言は、そのあたりのことは心得ているはずだが……。

「そなた次第です」

明確に答えた。

「なにがお気に召したのかはわかりませんが、藤袴様は小鹿を心底、気にかけておられる様子でした。憶えていないかもしれませんが、おいでになられたとき、そなたの手を握り締めて話しかけておられましたよ」

「あれは、藤袴様だったのですか。少納言様だとばかり思っていましたが」

「あ、いえ、わたしも心配で」

照れたように言い添えた後、

「後宮の生き字引と言われるお方です。ときには男君が政の助言を賜りたくて密かに訪れるとか」

話を戻した。

「男君がですか」

「ええ。しきたりや先例に精通しておられるのはもちろんですが、短歌や雅楽、縫い物、染色などにも明るいと聞きました。色々教えていただくよい機会かもしれませんん」

いったん言葉を切ると、ふたたび悪戯っぽく笑った。

「ついでに若さと美しさの秘密を探るのも、悪くないかもしれませんね」

冗談だと気づくのに一拍遅れる。なかば本気だったのかもしれない。皮肉めいた笑みには、そんな気持ちが隠れているようにも思えた。

「あ、え、ええ、探ってみます」

合わせて答えた。

「失礼します」

他の殿舎の女房が、音もなく現れる。すぐれた女房ほど足音や気配をほとんど感じさせない。いきなり姿を見せるので、どきりとさせられることが多かった。

「少納言様にお目にかかりたいという方が来ております」

いかがいたしましょうか、という伺う雰囲気はなく、絶対に会わなければならないという訴えが浮かびあがっていた。

少納言も察したのだろう、

「どなたでしょうか」

呟きながら立ちあがる。

「御用があるのは、わたしではなく、晴明様かもしれませんね。小鹿はここでお待ちなさい。すぐに戻ります」

「はい」

出て行く少納言と入れ替わりに、安倍晴明が入って来る。疲れを感じさせない爽(さわ)やかな顔をしていた。

二

「恐ろしい思いをさせてしもうたな。すまぬ」

安倍晴明は、着座するや、頭をさげる。小鹿は慌てて頭（かぶり）を振った。

「晴明様が謝ることではないと思います。確かに驚きましたが……なにゆえ、あのようなお姿になったのでしょうか」

「わからぬ。顔を盗まれたとしか思えぬが、あのような術は初めて見た。外術（げじゅつ）であるのは確かだが、さて、どうやって解いたらよいのか。また、術を解いたところで雪路様は戻ってこないからな。わしも当惑するばかりよ」

晴明は正直だった。飾らない人柄は、とても好感が持てる。防御が固いのか、小鹿は老陰陽師の心を読めないが、晴明は小鹿の心が読めるようだった。どういう人間なのか今ひとつ摑（つか）みかねているものの、少納言の言った誠はあるように思えた。

また、外術とは、外道（仏教を信じない者）の行う幻術を言う。

「雪路様は、顔がなければ極楽往生できないのではありませんか。極楽への道を探すための目や、だれかに問いかけたりする口もない。お気の毒でなりません」

思いついたことを口にした。ありきたりかもしれないが、初めて会ったときには遺体だった女君である。空涙を流すような真似は、逆に貶めるようでいやだった。少納言とのやり取りが、微妙な変化をもたらしていた。

「小鹿の言う通りじゃ。あるいは、だれかが雪路様になりすますつもりなのかもしれぬがな。わしは会うたことがないゆえ、会うてもわからぬわ。どのような目論見があるのやら、まことにもって奇々怪々な騒ぎよ」

なりすますという部分が、強く心に残った。

「盗んだ顔をお面のように着けられると？」

おぞましさに声が震えた。人智の及ばぬ騒ぎが起きている。美しかったであろう顔は、晴明が言うように『盗まれた』のか。そうだとしたら、罪人は盗んだ顔をどうするつもりなのか。

「わからぬ」

晴明は答えて、目をあげた。

「よいか、小鹿。無理をしてはならぬぞ。そなたがおらねば、わしは霊力を使えぬが、役に立たぬとなれば他の陰陽師が代わりを務めてくれよう。遠慮はいらぬ。辛いようであれば正直に申せ」

慈愛に満ちた眼差しをしている。おそらく、これが言いたくて来たのだろう。縁もゆかりもない女君のために、危険を犯してまで動く意味があるのか？

小鹿は迷った。

贅沢に暮らしてきたであろう優秀な女房。奇怪な死を遂げたのは、自らが招いた結果かもしれない。むろん、だから殺められて当然なのかと問われたとき同意できないのはあきらか。しかし、下手をすれば我が身が危うくなるかもしれない騒ぎに、手を貸すのは勇気がいった。

「少し考えさせて……」

小鹿の言葉が終わる前に、晴明の犬顔式神が入って来た。主の肩にとまって、なにか囁いた。

「考える時はないかもしれぬ。わしとそなたに客人のようじゃ」

「晴明様」

少納言が戻って来る。

「主上の使いの方が、おいでになりました。すでに晴明様の事情はご存じであるとか」

「うむ。小鹿とともに動いているのが、引っかかったのであろう。弟子を取った件が気になったのかもしれぬ。昨夜、藤原斉信(ふじわらただのぶ)様に色々訊かれたゆえ、今の状況を包み隠さずお話ししておいた」

「そうでしたか。だからなのですね。小鹿も同席するようにとの仰せです」

「主上のお使い」

小鹿は驚きながらも、晴明の斜め後ろに素早く移った。正装ではなく部屋着のような小袖姿だが、座るときに髪の乱れや小袖を急いで調(ととの)える。目をあげるのは非礼と教えられていたため、うつむいて待った。

衣擦(きぬず)れの音が、かすかに聞こえる。ひとりではない。少なくとも二人、あるいは三人だろうか。蓮(はす)と思(おぼ)しき夏らしい薫りが、鼻腔をくすぐった。

「帝(みかど)の勅命を受けてまいりました」

力強い声が響いた。藤原斉信のものだと気づき、なんとなく安堵(あんど)する。が、すぐさま上流貴族に親しみを覚えた自分に苦笑した。

――身の程知らず。

自虐(じぎゃく)すると落ち着くから不思議だ。つくづく厄介な気質だと思う。

「不束(ふつつか)ながら藤原斉信が、安倍晴明様への取次役を仰せつかりました。お二人とも面(おもて)をあげていただきたく存じます」

「は」

小鹿、と、晴明に呼びかけられたが、顔をあげてもいいのだろうか。いつの間にか隣に座していた少納言が、仕草で促した。

顔をあげなさい。

小鹿は、おそるおそる顔をあげた。座していたのは、正装姿の貴公子が二人、青鈍の狩衣姿が二人という合計四人の男君だ。みな若く、見目麗しい点が共通している。斉信が、一番、年上かもしれない。隣にいた男君は、二十代後半ぐらいか。

目が合った瞬間、

「藤原行成です」

行成が挨拶した。

〝文武両道といった感じの凜々しい顔立ちの持ち主は、蔵人頭の任に就いており、能書家としてかなり名を知られる有能な男君。藤原道長のすぐれた側近であるのは言うまでもない。道長側であるため、注意が必要〟

行成についての説明が響いた。『紀ノ森』のときのように、だれかの聲が聴こえたわけではなく、自然にわかる感じがした。気配は在るのだが、より密度が増して違和感が消えている。

小鹿はぎこちなく一礼した。

「後ろに控える二人のうちのひとりは、医師の丹波忠明」

行成の紹介に従い、ひとりが会釈する。あきらかに文官といった雰囲気だが、やさしい面立ちをしていた。安心して治療を受けられそうな気持ちになる。

「もうひとりは、検非違使の竹田竹流。わたしの配下です」

「竹流とお呼びください」

言葉を継ぎ、頭をさげた。

両人ともに年は二十一、二歳前後。動きやすい揃いの狩衣姿だが、地味な青鈍なのはなぜだろう。役職は異なるのに同じ色目なのが気になった。しかし、美貌には品があり、斉信や行成同様、貴公子にしか見えない。

四人とも甲乙つけがたい輝くような美を放っていた。

「丹波忠明様は、有名な『医心方』の撰者であり、鍼博士である丹波康頼様のお孫さんです。わたしはまだ、拝謁したことはありませんが、宋代以前の唐の文献から選集した非常に貴重な医学全書であるとか」

少納言の補足を、忠明が受けた。

「『どんな薬も医師を信じなければ効かない』というのが、亡き祖父の口癖でした。

また、薬用にする鳥獣や虫もみだりに殺さぬようにとも言っておりました。我が身の欲得よりも患者の苦痛を癒やすことを第一にせよ、とも」

ゆっくりと穏やかに話した。第一印象通り、こんな医師に手当てをしてほしいと思わせる雰囲気を持っていた。

「竹田竹流様は湯母（ゆおも）の竹田氏のお生まれである由。天皇家の皇子や皇女の臍（へそ）の緒を切るような名家のご出身なのですよ」

少納言の紹介を、竹流は素早く受ける。

「わたしは庶子（しょし）ですので、竹田氏にはあまり関わりはありません。検非違使になるときだけは、実家に口添えしていただきましたが」

飾り気のない部分を見せた。歯切れの良い話し方は、取り締まりや捕縛を行う検非違使としては不可欠な資質かもしれない。忠明のようにおっとりとしていては、悪党と渡り合えないだろう。

貴族ではないようだが、さりとて親しく付き合える相手ではなかった。小鹿はただただ畏（かしこ）まるしかない。

「先程、帝の勅命と仰せになりましたが」

晴明が切り出した。

「後宮十二司の尚侍、雪路様の騒動のことでございますか」

確認の問いを投げる。推測できる流れだが、あるいは、小鹿に経緯を伝えるためということも考えられた。少納言はもちろんだが、晴明も四人の訪れを事前に知っていたように思えた。

「はい。帝は内裏であのような騒ぎが起きたのは、恥ずべき事態と仰せになりました。なんとしても罪人を捕らえなければならぬ、と、お考えになられたのでしょう。われらをお召しになられて、急ぎ調べよと下知なされました」

行成が答えた。

——放っておくと、定子様が罪人にされかねない。

突然、小鹿の脳裏にそんな推測が湧いた。飛香舎（藤壺）の庭への遺体騒ぎも、藤原顕光が露骨に疑いを向けた。後ろにいるのは藤原道長かもしれないが、定子を追い出すためとなれば、強引に事を動かしかねない力を持っている。

一条天皇は愛しい中宮・定子を守るために、先手を打ったのではないだろうか。

「罪人を解き明かす調査団でございますか」

晴明の問いに、行成は小さくうなずき返した。

「はい」

「ですが、わたしは、お話しした通り……」

「わかっております」

素早く遮る。

「晴明様には、弟子の小鹿とともに動いていただきたく思います。女子の姿では目立ちますゆえ、用意させました」

合図を受け、竹流が庇から大きな包みを持って来る。広げた中には、竹流たちと同じ色目の狩衣の衣裳が一式、入っていた。

「男に化けろという仰せですか」

少納言は困惑気味に、小鹿を見やった。内心、大変なことになったと思っているのだろう。いつも以上に険しい表情をしていた。

――雪路様の騒ぎで動くのは気が進まないけれど。

男の姿になる点に、強い好奇心を覚えた。性別を気にせずに動けたら楽なのではないだろうか。さらに晴明の側にいることによって、さまざまな知識を得られるのは間違いない。見えないものが視えて、聞こえない声や音が聴こえるのは興味深かった。

――不謹慎かしら？

だが、理由はどうでもいいのではないか。雪路は自分を殺めた罪人を、捕らえてほしいと思っているに違いない。

「小鹿の考えはどうですか」

少納言に促されて、躊躇いがちに答えた。

「わたしは、晴明様のお役に立ちたいと思います。小弓をいささか使えますし、逃げ足の速さには自信がありますので」

「これ、小鹿」

窘められるのと同時に、小さな笑い声があがる。血腥い騒ぎで重くなっていた空気が、多少、軽くなったように感じられた。

「では、そういうことに」

行成が締めくくって、ふたたび竹流に合図を送る。若い検非違使は立ちあがって、庇に足を向けた。

三

戻って来た竹流は、文箱と化粧筐らしきものを抱えていた。どちらも漆に緻密な螺鈿が施されており、優れた職人の手による逸品であるのが見て取れた。

「雪路様の遺品ですか」

晴明がまた、確認するように訊いた。

「はい。こちらは文箱、こちらは化粧筺です。晴明様の天眼通で、雪路様の過去の〝絵〟が視えないかと思い、お持ちいたしました」

行成は、文箱と化粧筺を二人の前に置いた。近くで見ると、その豪華絢爛さに目を奪われる。『廊の御方』と呼ばれた女房の、贅沢な暮らしぶりが遺品にも表れていた。

「文箱には和歌が一首、納められておりました」

「ほう、和歌ですか」

「言うまでもないことと思いますが、調べに障りが出ては困りますゆえ、内容などにつきましては、他言は無用にお願いいたします」

検非違使の頭役らしい鋭い目を二人に向ける。自分にとまったそれに、小鹿は大きくうなずき返した。

「承知いたしました」

晴明は答えたが、これといったものが視えなかったのか。

「文箱と化粧筺を検める前に、幾つか伺いたき儀がございます」

問いを投げた。

「なんなりとお訊ねください」

行成の答えを、晴明はすぐに受ける。

「まず殺められたのは、間違いありますまい。武器は竹刀（あをひえ）と聞きましたが、これについては確かでしょうか」

「はい。逃げるときに落としたのか、あるいは、わざと落としていったのか。庇に血の付いた竹刀が落ちていました。おそらく、これが使われた竹刀であろうと存じます」

と、懐（ふところ）から布に包んだ竹刀を出した。広げられた布は、血で染まっている。大量の血が流れ出た結果、竹刀に雪路の血が付いたことを示していた。

「竹刀が雪路様を殺める道具に使われた事実に関しましては、竹田氏の者として、やりきれない思いがあります」

竹流が口をはさんだ。

「関わりないかもしれませんが、薬用の樹皮や草を切ったり、削ったりするときにも竹刀が使われます。もしかすると、罪人は神聖な竹刀を使うことで、己の罪を遠くへ追いやろうとしたのではないか。考えすぎかもしれませんが、そのように思いました」

面白い考えだと思い、小鹿は記憶に刻みつける。後で纏めようと思った。竹刀の意見は出つくしたと見たのか、

「騒ぎが起きる前、雪路様を訪ねて来た者がいると思います」

晴明が別の話を振った。

「小鹿が霊視した〝絵〟に同調したとき、客人の訪れを知らせる女童が現れました。その後、だれかが雪路様の殿舎に入ったのは間違いないと思いますが」

「客人の訪れにつきましては、殿舎の女房や女童、針女といった下方の者を含めた使用人すべてに訊いたのですが、みな知らないと答えたのです。嘘をついているのかもしれません。晴明様、いや、小鹿の霊視に現れた女童ですが、会えばわかりますか」

行成は、小鹿と晴明を交互に見る。老陰陽師は視線で小鹿に答えをゆだねた。

「あまり自信はありませんが、たぶん、わかると思います」

できるだけ正直に応じたくて悩みつつの答えになった。気持ちのない言葉で受け流すのは、慎むべきと肝に銘じていた。

「そうですか。では、後ほど、雪路様付きだった女童に会うていただきたく存じま

す」

「わかりました。あの、雪路様を殺めたと思しき罪人は、だれにも見咎められることなく、立ち去ったのでしょうか。竹刀を用いたのであれば、手や小袖に血が付いていたのではないかと思います。目立ったのではないでしょうか」

小鹿は気になった事柄を問いかける。

「それについても、殿舎の者を中心にして話を聞いております。昼間でしたので確かに目立ったでしょう。あるいは、市女笠などを被ってごまかしていたかもしれませんが、見咎めた者がいるかもしれませんので」

行成の答えを、晴明が継いだ。

「文箱に納められていた和歌を拝見できますか」

「畏まりました」

行成は文箱の蓋を取って、紅色の料紙を渡した。書いた歌を料紙で包んだのだろう。簡単には手に入らない貴重で高価な紙が、包むためだけに使われている点にも、庶民とは違う日常が浮かびあがっていた。

晴明は受け取った料紙ごと少納言に渡した。読みあげてほしいと仕草で頼んだように感じられた。

空咳(からせき)をした後、少納言は読みあげる。

「『えんし山影さへ見ゆる山の井の、あさくは人を思ふものかは』」

小鹿は聞いたこともなければ、むろん意味などもわからない。当惑の眼差しを、少納言が受けた。

「焉支山を映す泉は浅いけれど、あなたへの私の愛はもっとずっと深いのです。そんな意味でしょうか。元の歌は『あさか山影さへ見ゆる山の井の、あさくは人を思ふものかは』という歌だと思います」

四人の男君に、問いかけの眼差しを投げる。念のためだろう。自信はあるのだろうが、他の解釈があればと促したように感じられた。

「異存はありません」

行成が代表して答えた。

「恋の歌、ですか」

小鹿は遠慮がちに口をはさむ。歌に明るくない自分でさえ、聞けばわかる内容だ。少納言に「愚問ですよ」と窘められるのを覚悟したが、

「そうです」

意外にも簡潔に答えた。控えていた竹流が、質問ありというように合図する。

「なんなりと仰せください」

少納言は、先程の行成と同じ言葉で言った。

「不勉強を露呈するようで、はなはだなさけないのですが、出典はなんですか。聞き憶えのない歌です」

印象通りの率直な問いが出た。小鹿はなんとなくほっとする。竹流でさえそうなのだから、自分がわからなくても当然ではないか。などと無意味な言い訳をしていることに気づいたが、皮肉な苦笑はやめた。

——ここから学んでいけばいい。

少納言とのやり取りが、思いのほか励みになっていた。

「わたしの記憶に誤りがなければ、出典は『大和物語』に載っていた一首ではないかと存じます。さらに申しますれば、この『大和物語』の歌も、『万葉集・巻十六』の一首を変えた歌かもしれません」

少納言の答えは、自信にあふれていた。歌人として聞こえた父親の清原元輔は、後の世で藤原公任が『三十六歌仙』のひとりに選んだほどの人物だ。顔を潰してはならないと、日々、研鑽を積んでいるに違いない。姉かもしれない少納言が、男君を前にして堂々と渡り合っている。

小鹿は内心、誇らしかった。

「『大和物語』ですか。初めて聞いた歌ですが、相手への想いが込められているように感じました。雪路様は恋々としておられたご様子。相手の姓名がわかれば、このたびの事情が多少なりともわかるかもしれません」

竹流の正直な言葉を、晴明が暗い表情で継いだ。

「あるいは……その男君に殺められたのかもしれぬ」

血腥い考えを口にする。小鹿は驚きに声を失ったが、四人の男君もほとんど同時に息を呑む。ひとり、少納言だけが静かに同意した。

「ありえますね。恋のもつれかもしれません。いずれにしても、相手がわからないことには手の打ちようがありませんけれど」

「少納言の君に、ひとつ、伺います。焉支山とは、どちらの山でしょうか。竹流と同じように恥ずかしながらの確認です。『万葉集』の歌は記憶に淡く残っていましたが、山の名に憶えがないのです」

行成も知らないことを隠そうとはしない。入って来たときは隙のない能吏に見えたし、実際そうだろうが、揺るぎない自信があるからこその問いにも思えた。

「わたしも、いささか心許ないのですが」

少納言は前置きして、答えた。

「唐（中国）の山です。焉支山は燕支山とも言い、彼の地で栽培される花を燕支花と言った由」

燕支山という漢字を、空中に書きながら説明する。それだけで察したらしく、行成は得心した表情になった。

「なるほど。もうひとつ伺いたいのですが、燕支花とは、どのような花なのですか」

二度目の問いにも、間髪容れずに答えた。

「紅花のことです。唐の焉支山は、紅花の有名な産地のようですから」

「紅花」

はっとしたように、行成は他の三人と目顔を交わし合う。丹波忠明が置いてあった狩衣のそばに膝行して近づいた。小鹿が男に化けるための衣裳一式である。

「これをご覧いただきたく思います」

忠明は、衣裳の下から綴じられた冊子を出して、晴明に渡した。開いた丁には、布の切れ端が貼りつけられている。白のようなものから、桜色、淡い紅色、茜色、徐々に濃くなる紅色といった色合いに見えた。

「紅染めの色見本でしょうか」

覗き込んでいた少納言が目をあげる。

「われらも同じ考えを持ちました。もしかすると、雪路様はご自分の衣裳をお好みの色合いに染めたくて、色見本を取り寄せていたのかもしれません。少納言の君が、残されていた歌を読み解いてくださったお陰で、調べる先がいくつか明らかになりました」

行成はすぐに色見本と思しき冊子を直衣（のうし）の袖（そで）に入れた。染めや色見本という言葉が、小鹿の記憶をゆさぶる。しかし、訊かなければと思っただけで、心ノ臓が激しく脈打ち出した。

それを懸命に抑えて問いかける。

「ひとつ、伺いたきことがございます」

「伺いたき儀がございます、の方がよいですね」

少納言の訂正を素直に受け入れて言い直した。

「はい。ひとつ、伺いたき儀がございます。雪路様はなにゆえ桜襲の十二単衣を、お召しあそばされていたのでしょうか。季節に合った夏のお衣裳ではありませんでした。ここにきて、かなり暑くなっておりますのに、どうしてなのかと気になりまして」

「われらも引っかかりました」

行成は同意して、続ける。

「これはあくまでも、わたしの考えなのですが、上級貴族の館で宴が催される予定だったのではないかと思いました次第。今朝方、主だった公卿や上級貴族に、使いを送ったところです」

「宴で春の装いをするのですか」

小鹿は素朴な疑問を投げる。庶民とは違いすぎる暮らしであるため、想像がとうてい及ばなかった。たかが知れた額の銭が原因で、殺し合いが起きることも珍しくない暮らしだったのである。あまりにもかけ離れすぎていた。

「歌会や雅楽の宴などを開くとき、彩りとして女房を着飾らせるのですよ。寝殿の装飾のひとつですね。打出というのですが、月ごとの十二単衣を女房に着せて、庇にずらりと勢揃いさせたりします。場合によっては賞品のひとつとして、勝者に女房を与えたりもすることもあります」

少納言の説明を聞き、小鹿は大きな衝撃を受けた。そんな馬鹿なことをするわけがないと心の中で即座に否定したが、だれからも異論はあがらなかった。

「女房たちを宴の懸け物にするのですか」

信じられなくて訊ねる。

「そうです。いくら文(ふみ)を送っても、相手にしてもらえない男君もおりますからね。一晩、自由にできるとなれば、興ものりましょう。雪路様は懸け物にはならなかったかもしれませんが、彩りとしては充分、お役に立ちます。それで桜 襲(さくらがさね)の十二単衣をまとっていたのではないでしょうか」

寝殿の装飾のひとつ、一晩、自由にできる。懸け物、彩り等々、ここは庶民の遊女屋ではないのか。開いた口が塞(ふさ)がらないとはまさにこのことではないか。

「それでは」

女房は高級な遊女と同じだ。

言葉にしなかった部分を、晴明は読み取ったのかもしれない。

「公卿や上級貴族は、女子をこういう物」

美しい文箱と化粧筐を指して、続ける。

「道具と同じと考えておられるかもしれぬ。はなはだ、悩ましいことだがな。それが世の習いとなれば従うしかあるまい」

反論したかったが、こらえた。格調高い天皇の後宮も、しょせんは男たちの欲望の場。政がからまる分、よけい毒が強いかもしれなかった。

「晴明様。なにか視えましたか」

行成があらためて訊いた。

「いや、視えぬ。なにも聴こえぬ。いかがじゃ、小鹿。わしの耳に笛の音は聴こえなんだが、そなたは聴いたか」

「いいえ」

「そうでした、忘れておりました。小鹿がお筆先で記した『葉二つ』の紙は、先程、行成様にお渡ししました。笛についても調べてくださるそうです」

少納言が告げたとき、

「道長様」

晴明が小声で言った。紅の直衣に同系色の袴を着けた藤原道長が入って来る。殿舎は緊張に包まれた。

四

「これは、左大臣様」

畏まった行成に、右へ倣えでみな従った。が、小鹿は呆然(ぼうぜん)としてしまい、藤原道長を見あげている。お酒でも飲んでいるのだろうか。鼻と両頬の出っ張った部分が、紅を付けたように赤くなっていた。あるいは、薄化粧を施しているのか。

加えて、直衣や袴の色が紅かった。夏は涼やかな白や二藍といった色の衣裳を用いるように思うが、なぜ、紅尽くしなのか。

〝若作り〟

いきなり、答えが湧いた。笑いを含んだような『だれか』の気配も在る。つられて思わず吹き出しそうになったが、うつむいて我慢した。

そんな様子を察したのだろう、

「小鹿」

少納言が袖を引く。

「なにをしているのですか、左大臣の藤原道長様ですよ。お顔を見てはなりません。心からの辞儀をなさいませ」

手で小鹿の頭を強引にさげさせた。心からの辞儀に込められた意味が胸に迫る。

「申し訳ありません」

そこで気づき、慌てて額を床につけた。脳裏には、鼻や頬から衣裳まで紅尽くめの道長が焼きついていた。お世辞にも麗しい公卿とは言えないように思うが……上級貴族に会う機会などない暮らしだったのでわからないが、風貌においては眼前の男君たちこそが麗しく見えた。

――驚いた。

しずまらない動悸を深呼吸で落ち着かせる。赤い鼻や両頬は、陽に焼けた者と同じく侮蔑の対象になるのが貴族の世界だ。内裏の長になりつつある道長が、まさか異貌の持ち主とは知らず、狼狽えてしまった。

「ああ、よい、よい。いたって私的な訪いゆえ、気にすることはない。大変な騒ぎになったと思い、ちと覗いてみただけよ。雪路の騒ぎに関しての使いも来たのでな」

道長の答えが終わらないうちに、行成や少納言が薄縁で上座に座れる場所を調えた。ゆったりとした足取りで、用意された薄縁に腰を落ち着ける。供をしてきた数名の随身は、庇に控えていた。かれらは、天皇が一部の臣下たちに護衛役として与える兵員である。

濃密な香の薫りが満ちた。爽やかな蓮ではないことぐらいしか、判別できなかった。少納言から渡された雪路の和歌を、晴明が素早く懐に入れる。目の端にそれをとらえつつ、小鹿はさらに深く頭をさげた。

「晴明」

道長は、おもむろに口を開いた。

「は」

「中宮様の陰陽師として、仕えることになったと聞いた。まことか」

隠しきれない威嚇が、込められているように感じた。中宮・定子を孤立させ、一日も早く真実の意味での出家をさせたいのだろう。一条天皇は傀儡天皇、道長が事実上の支配者であるのは、だれもが認めるところだ。

私的な訪いという話は、とうてい信じられない。政がらみの話に思えた。

――手を引かせようとしている。

小鹿は震えあがった。異貌を嘲笑った気持ちはどこへやら、重い空気がのしかかってくる。身体が痛くなるほどに緊張感が高まった。

「は。すでにお知らせいたしました通り、わたしは霊力が不安定になっております。理由はわかりませぬが、小鹿の助けがあれば、いつもの状態に戻るのです。そのため一緒に動いてくれぬかと頼みました」

最低限の答えを返した、ように思えた。交換条件としての中宮付き陰陽師という話は、敢えて出さなかった。

「小鹿」

道長は言い、おそらく問いかけの眼差しを投げたに違いない。辞儀をしたままの小鹿の隣で、ふたたび少納言が告げた。

「わたくしの隣におりますのが、小鹿でございます。定子様の下方として、四月よりお仕えいたしております。意外な流れになりましたことに、驚くばかりでございます」

小刻みに身体が震えている。そして、当然のことながら、声も震えていた。やはり、と、小鹿は思った。

これは、左大臣・道長の恫喝なのだ。

彼は気に入らないことをやめさせるために来たのだ。

一条天皇の勅命が、許せないのかもしれない。後宮調査団のようなものは、必要ないと考えたがゆえ、使いもよこさずに訪れた。無礼な言動においては、右大臣の藤原顕光と同じだったが……。

いや、事実上の支配者とだれもが認める道長こそが、愚かな右大臣よりもずっと恐ろしい存在ではないか。

〝天皇対左大臣〟

だれかの想念が、目に見えない水面下の戦いを伝えた。紅尽くめは、己を鼓舞させる意味を含めた戦装束のようにも感じられた。

「かまわぬ。面をあげよ」

　続けて発せられたのは命令だった。小鹿は従いたくなかったが、ここで逆らえば厄介なことになる。仕方なく顔をあげた。

「ふぅむ。男子とも女子とも見える顔立ちよの。はてさて、どこかで会うたことがあるような……いやいや、似た者は、いくらでもおるか」

　道長はひとりごちて、告げる。

「後宮十二司の尚侍だった雪路は、わたしの宴に参加する予定だった。一月から十二月までの衣裳を着た女房が、ずらりと勢揃いする贅沢な宴でな。雪路が桜襲の十二単衣を着ていたのは、そういう次第よ」

　少納言の考え通りの答えだった。調べられる前に、自ら名乗り出た方が得策と考えたのかもしれない。顕光を遣わしたのも道長だろう。今回も強引に抑え込もうとする意思が伝わってきた。

　――もしや、道長様が雪路様を？

　思わず目を見開いた小鹿をどう思ったのか、

「わたしは関わっておらぬ」

　早口で言い添えた。

「まさか、あのような姿になるとは思わなんだわ。術師に呪いをかけられたのかもしれぬ。気配り怠りない麗しい女房だったが、それにしても恐ろしいことがあるものよ。わたしは亡骸を見なかったが、そのほうは」

　顎で小鹿を指して、言った。

「見たらしいではないか」

「は、い」

　かろうじて答えた。これからの展開が予想できて恐かった。晴明はどうするのか、行成たち四人の男君は帝の勅命を遂行できるのか、定子は御所で暮らせるのか、少納言は定子のそばにいられるのか、そばにいる道を選ぶのか。

　心ノ臓が破裂しそうだった。

「不吉な騒ぎが続くのは、定めが守られていないからであろう」

　道長は力強く申し渡した。守られていない定めはすなわち、出家したはずの定子が今もって帝と褥をともにすることを指しているに違いない。二人目の御子が皇子だったときには、よけい厄介な結果になる。左大臣家にとっては、見過ごせない流れになっていた。

「我が娘・彰子が入内予定の飛香舎（藤壺）に遺棄された二体の亡骸は、腐敗が激しくて男か女かもわからなんだわ。一体は小柄であることから、女子、もしくは子どものように思えなくもない。夫婦か親子だったのかもしれぬな」

「独鈷を持っていたと聞きました。山伏かもしれませぬ」

晴明の考えにうなずいて目を向けた。

「いずれにしても、少しの間、殿舎は使えぬが」

不自然に切る。

「晴明よ」

「は」

「類希な技を持つ陰陽師に、飛香舎の浄めを頼みたい。かつて我が家の守り神だった安倍晴明を、彰子付きの陰陽師として今一度、雇い入れたいと思うておる。礼金は今までの二倍、いや、三倍、払おうではないか。いかがであろうな」

露骨な買収案を提示する。定子が二人目を身籠もっているのが遠因だろうか。なんとなく、焦っているように見えた。

「………………」

不気味な沈黙が訪れた。

豊かな財力を武器にして、道長は懐柔策を強引に行使しようとしている。腹立たしいやり方だが、はたして、少納言や晴明たちはどう対応するのか。

「おそれながら、左大臣様に申しあげます」

晴明が沈黙を破る。

「む」

「わたしは、しばらくの間、中宮様のお側に仕えることと相成りました次第。無事、お腹のお子が誕生なされますまで、祈禱や祓いの儀式をつかまつりたく存じます」

「…………」

道長の頰が引き攣る。

場の空気が凍りついた。自分は定子側だと表明したも同然であり、叱責される懸念もあった。小鹿は窺うように上目づかいで盗み見る。

「そうか」

道長は笑っていた。が、両目は冷ややかで作り笑いに思えた。

「優雅な隠居暮らしに入った晴明は、富や多額の礼金など、もはや要らぬか。では、少納言よ」

次は少納言の番になる。定子の後宮にとっては、なくてはならない頭役の女房だ。少納言に見放されたら、後宮は維持できなくなる。定子は真実の出家者にならざるをえない。扇の要とも言うべき存在は、どのように応じるのか。

小鹿はいっそう心ノ臓が高まるのを感じた。

「はい」

答えた瞬間、少納言の震えが止まる。覚悟のほどが表れたようだった。

「かねてより、わたしは彰子の後宮に、そなたを迎え入れたいと申し入れていた。使いや文を送っても、うまくかわされてしもうたがな。良い機会じゃ。少納言よ、彰子に仕える意思はあるか？」

「左大臣様のお気持ち、ありがたく存じます」

躊躇うことなく答えた。

「なれど、わたくしは定子様付きの女房として、御所務めを続けたく思います。中宮様よりお暇を出されるまでは、務めあげたいと考えております。二人の女御に仕えるのは無理でございますので、左大臣様のご依頼につきましては、お断りするしかないと思います次第。本当に申し訳ありません」

刹那、

「…………」

小鹿の身裡を震えが走った。隣の少納言から定子への想いが伝わってくる。頰が熱風を受けたように火照っていた。胸の奥底に熱い塊が生まれて、火が点いたのを感じた。

己に振りかかるかもしれない圧力が想像できるにもかかわらず、少納言は茨の道を選んだ。道長はどう出るだろう?

「そうか。では」

と、次に進む。

「藤原行成よ。こたびは帝の勅命を受けたとか。しかし、雪路の騒ぎに関しては、隠密裡に調べたうえで、内々におさめるのが得策と考えている。そのほうらは、目立ちすぎるではないか」

抑えた声音には、隠しきれない苛立ちが込められていた。右手の指で膝を小刻みに叩き続けている。気持ちをしずめるためではないだろうか。いまや顔全体が赤みを帯び、赤鬼のような形相になっていた。

「仰せの通り、隠密裡に調べを進めるつもりでおります」

行成は答えた。真っ直ぐ顔をあげていた。

「帝から直々にお召しを受け、勅命を賜りました。われらは命を懸けて、罪人を捕らえる所存です。斉信様や若い二人の意思も確かめました。相手は不気味な呪いを使う術師かもしれませぬゆえ、危険がともなうかもしれませんが、すべて覚悟の上でございます」

一語一語はっきりと訴えた。と同時に小鹿の脳裏には、一条天皇の誓いとも言うべき歌が甦っている。

八雲立つ　京の八重垣妻ごみに
　八重垣つくる　その八重垣を
（雲がたくさん重なっている京の地で、妻を守れるようにたくさんの垣根を重ねた家をつくろう）

京の、という部分は須佐之男命（すさのおのみこと）が詠んだ歌では「出雲（いずも）」なのだが、一条天皇のまぎれもなき決意が込められていた。

晴明をはじめとして、少納言もまた、力強く己の気持ちを言葉にした。さらには行成も四人を代表して揺るぎない決意を告げた。

〝八雲立つ〟

響いたそれは、もはやだれかの〝声〟ではなく、小鹿の身裡から湧きあがってきた想いだった。だれかが本当にいるのか、そのだれかと融合したのか、あるいはすべて自分が作り出した幻なのか。

定かではないが、さまざまな想いをとらえ、すみやかに必要な知識を得られるようになっていた。

「定子は、朕が守る」

一条天皇の宣言が、何度も聴こえている。頼もしい八重垣が、今、ここに在る。後ろ盾を失った中宮・定子を守るために、みな全身全霊を懸けている。

小鹿は、目の奥が熱くなった。

五

「ふぅむ」

道長は深く嘆息した。懐柔できないばかりか、顔を揃えた臣下たちの定子への気持ちを知ってしまい、不機嫌になっているのではないだろうか。気まずい空気が、沈鬱さをより暗いものにした。

「ひとつ、訊きたい」

重い口を開いた。

「雪路は、なにか、そう、紅花に関わるものを持っていなかったか。遺品にそういった品が含まれていたのではないか」

紅花。

小鹿は、はっとした。紅花の産地を示したような歌、さらには色見本と思しき小冊子が確かに残されていた……。

「いえ、そういった品は、ありませんでした」

行成は即答する。迷いのない返事だった。ここで小鹿は、明確に理解した。少なくとも、この場にいる者は一条天皇と定子の味方だろう。

「そう、か。それならば」

良いと呟いたように思えたが、はっきり聞き取れない。これで終わりだろうと、小鹿が思ったとき、

「小鹿であったか」

道長の呼びかけが響いた。

「は、はい」

小鹿は慌てて畏まる。冷や汗が、どっと噴き出した。緊張のあまり、きつく唇を嚙(か)

みしめる。下手なことを喋ってはならないと己に言い聞かせた。行成が必死に告げた偽りを、間違っても口にしてはならない。

「そのほうの男子とも女子とも取れる風貌が、童随身に向いていると思うてな。このたびの騒ぎが終わってからでよい。わたしに仕えてはくれぬか」

執念深さをのぞかせた。意外な申し出には、威嚇を込めた怒りのようなものが見え隠れしている。どんなに小さな綻びでもいい。堅固な八重垣をくずすには、揺さぶりをかけ続けるのが得策だ。

「え？」

小鹿は、つい顔をあげてしまった。赤鼻の道長は、すでに勝ちを得たような表情をしている。

「そら、その顔立ちよ。狩衣姿になれば、若やいだ凜々しさがより顕著になろう。楽しみなことだ」

「おそれながら、道長様」

たまりかねたように、少納言が口をはさむ。

「小鹿は和歌や雅楽、薫き物、縫い物といった女房としての心得を、まだ、なにひとつ身につけておりません。なにもできないのです。口さがない者たちは『樋洗の君』

などと揶揄している由。道長様のお側に侍るのは無理であろうと存じます」

きっぱりと言い切った。小鹿を貶めるためではなく、庇うがゆえの言葉だった。突然、道長は笑い始める。

ひとしきり愉しげに笑った後、

「『樋洗の君』とは、よう言うたものよ。そうであったか、噂の主は小鹿であったか。小耳にはさんだが、まさか中宮様付きの下方とは思わなんだわ」

目を細めて言った。

「仮の話でかまわぬ。むろん、決めるのは今でなくても良い。雪路の騒ぎが片付いた暁には、わたしの童随身になってくれぬか」

そばに仕えさせれば、いずれは少納言も来ると踏んでいるのかもしれない。さらに小鹿と男女の仲になることも考えているのか。薄ら笑いには、多少、好色心が浮かびあがっているように感じられた。

「あの、童随身とは、どのようなお役目ですか」

小鹿は思いきって訊いた。聞いたことのない役目だった。

「わからぬか」

「左大臣様。説明はわたくしが」

少納言が早口で割って入る。知られたくない話を口走られては困ると考えたのかもしれない。

「まずは、随身ですが、主上が一部の臣下たちに護衛役として貸し与える兵員のことです。主上を警固するはずの兵員を貸し与えられるのは、大変な名誉であるのは言うまでもありません」

少納言は、さらに続けた。

摂政・関白・内覧といった朝廷の要の臣下の随身を務めたのは、近衛たちである。天皇の親衛隊として組織された軍事官司が近衛府であって、その近衛府の兵員が近衛と呼ばれる者たちだ。

「左大臣様は、童随身と呼ばれる元服前の少年の随身を、お側に侍らせておられます。通常の随身と違い、左大臣様が私的に抱えておられるのですが」

そこで切って視線を道長に向けた。

「先程も申しあげましたが、小鹿には女房としての心得はもちろんのこと、随身に必要不可欠な武器も扱えません。左大臣様の思し召しはありがたいのですが、とうてい無理であろうと存じます。ご辞退させていただきたく思います」

少納言は深々と辞儀をする。右へ倣えで、小鹿も頭をさげた。

「あれは駄目、これもできぬでは、話にならぬぞ、少納言よ」

声の調子が変わった。抑えた囁くような声音には、爆発寸前の危うさが感じられる。

小鹿はまたもや慄然(りつぜん)とした。

「まずは、雪路様の騒ぎをしずめることであろうと存じます」

晴明が静かに言った。意識して穏やかな雰囲気を作っているように思えた。熱くなりかけた道長を諌(いさ)めているのだろう、

「小鹿を童随身として道長様のお側に侍らせる件につきましては、その後のことではないかと思います。早く罪人を捕らえぬことには、枕を高くして眠れませぬゆえ」

正論を告げた。

「確かに、な。ここは晴明の顔を立てようではないか。そのうえで今一度、訊ねたい。雪路の遺品に、紅花との関わりを思わせる品はなかったのか?」

問いただす声は、あきらかに尖(とが)っていた。小鹿はふたたび上目遣いに盗み見る。道長は居並ぶ者たちへ順番に鋭い目を投げていった。

目が合ったとき、

「ありませんでした」

行成が同じ答えを返した。

「わたしの胸には、今、不可解なざわめきが広がっております。左大臣様におかれましては、なにゆえ、それほど気になさるのですか。もしや、雪路様は紅花の商いに関わっていたのですか。商いがらみの騒ぎだとお考えなのですか」

思いきった問いを投げる。もしや、あなたが殺めたのではないですか。直接ではないかもしれませんが、だれかを雇い入れて始末したのではないのですか。

そんな疑いが言葉の端々に感じられた。

「無礼な！」

道長は怒りをあらわにして立ちあがった。

「なんの権限も持たぬ輩が、いい気になりおって。馬鹿にするのも大概にせい。話にならぬわ。わたしをだれだと……」

「大きなお声ですこと」

おっとりした声が、戸口で響いた。お年召し様——藤袴が、ゆっくり入って来る。淡い二藍の羅を羽織り、ほとんど白に近い桜色の袴で年相応に涼しげな衣裳を着けていた。

後ろには椿を随えている。

——椿さん。

定子に付いているのだと思っていたが、藤袴の側にいたようだ。互いに目顔を交わし合う。声を荒らげたことを恥じたのか、

「おお、これは、藤袴様」

道長は神妙な顔で辞儀をする。

「左大臣様でございましたか。よく通るお声でございますね。殿舎の者は、うっとりと聞き惚れておりましたよ」

痛烈な皮肉にしか思えないが、合わせるのも貴族流か。

「お恥ずかしい限りです。年甲斐もなく、小鹿に惚れましてな。童随身として召し抱えられないか、相談していたのです」

顎で背後を指した。藤袴は視線を追い、大仰に目を見開く。

「まあ、驚いた。小鹿でございますか。人気者ですね。彼の者はしばらくの間、わたくしの殿舎に行儀見習いとして来ることが決まっております」

「藤袴様の殿舎に」

あきらかに声の調子が沈んだ。苦手な相手なのかもしれない。無理難題を押しつけようとしていた道長は一礼する。

「これにて、お暇つかまつります」

「左大臣様」

晴明が呼び止めた。

「つかぬことを伺いますが、名器の誉れ高い『葉二つ』の在処をご存じですか。もしや、お手元にあるのでしょうか。探しておられると聞いた憶えがございまして」

一拍、間が空いた。

「いや、わたしは手に入れておらぬ。在処については、色々調べているがな。そうじゃ、晴明よ。得意の天眼通で在処を摑めぬか」

切り返しに、老陰陽師は苦笑いする。

「残念ながら視えませぬ。鉛の容器にでも納められているのか。天眼通はもちろんのこと、射覆といった技を用いて探しましたが、在処はわかりませなんだ」

射覆とは、籠などの容器に納めた品を、遠見や式占によって占い当てたりすることだ。小鹿が頼んだわけではないが、晴明は暇を見て『葉二つ』を探してくれたのだろう。関わっているように思えたが、道長は巧みにかわしたように感じられた。

「『葉二つ』の在処がわかった暁には、是非、教えてほしいものよ。鬼の笛とも言われる名器のひとつじゃ。喉から手が出るほど欲しいと思うている」

それでは、と、もう一度、出て行きかけたが、

「お待ちを」

擦れ違いざま、今度は藤袴が呼び止めた。

「失礼ながら、左大臣様のお身体からは、石薬（せきやく）の匂いがいたします。使うておられるのですか」

「う……試してみようかと考えております」

「おやめになられた方が、よろしいかと存じます。服石、これは鉱物系の薬を服用することですが、本来は超人的な修行をした者にのみ使うことを許される薬。不老長寿の仙薬とされておりますが、服（の）みすぎれば逆に寿命を縮めます。かつては兄君の関白・道隆（みちたか）様も使われておりました」

道隆は中宮・定子の父である。四十三歳で還（かえ）らぬ人となった。

「兄上も石薬を」

も、と言った後で、まずいと思ったに違いない。

「いや、わたしは使っておりません」

慌てて言い添えた。

「そうですか。わたくしが言うまでもないことですが、兄君の道隆様は消渇（しょうかち）（糖尿病）を患っておられました。別名、飲水病と言われることでもわかりますが、水を大量に飲む病です。紫雪が効くと密かに広まっているようですが、非常に危険な薬です。効能はおわかりですか」

「紫雪は危険ですか」

道長の目が真剣になる。もしかすると、鼻や両頬の赤みは、危険な薬の副作用かもしれない。

「はい。危険です」

一瞬の間も空けず、藤袴は言い切る。傍目には有意義な立ち話に思えたが、道長は挨拶もそこそこに出て行った。

とそのとき、

「笛の音が」

小鹿は腰を浮かせる。晴明と顔を見合わせた瞬間、雪路の遺品のひとつ、文箱の蓋が音もなく開いた。見えない手でだれかが蓋を開け、横に置いたように見えた。

第四帖　服妖（ふくよう）

一

「晴明様」

小鹿は、右隣に座していた晴明の手を握りしめた。笛の音が響いている、遠く、近く聴（き）こえている。

「あ」

瞬（まばた）きする間に、周囲は乳白色の世界に変わっていた。文箱（ふばこ）からは紅（くれない）の煙が立ちのぼり、それはすぐさま女子（おなご）の姿を形作る。桜襲（さくらがさね）の十二単衣を着た女君が、音もなく歩き出した。

射干玉（ぬばたま）の長い黒髪が、床に流れ落ちている。生き物のように動くさまは、薄気味悪かった。殿舎にいた晴明以外の者たちは、ひとり残らず姿を消している。

「雪路様？」

「声を出してはならぬ」

小声で晴明に止められた。そろそろと歩を進める。霊視しているのか、あるいは内裏の庇を本当に歩いているのか、足下がやけに頼りない。廊下を踏み外しそうで恐かった。晴明が少し先に立ち、手を引いてくれる。

――振り返らないでほしい。

願うのは、それだけだ。のっぺりしたあの顔を見たくない。前にも進みたくはなかったが、晴明のそばにいなければならなかった。恐怖のあまり動かなくなりそうな足を、叱りつけるようにして進む。

笛の音が響くなか、桜襲の女君は殿舎らしき場所に入った。と、乳白色の靄（もや）のようなものが急に薄れて、中の様子が見えた。がらんとした部屋の片隅には、一枚の薄縁（うすべり）が敷かれたままになっている。曖昧（あいまい）にぼやけた世界では、薄縁に染みついた血の赤が、やけに鮮明だった。

――やはり、雪路様だろうか。

小鹿は、いっそう強く晴明の手を握り締める。老陰陽師の手は年相応に乾いてはいるものの、ヒトのぬくもりが伝わり、震えを抑えてくれた。大丈夫と言うように、握り返してくれる。

嬉しかった。

頼れる存在がいることに力を与えられた。

雪路らしき女君は、音もなく薄縁に乗る。すーっと動くさまが、このうえなく不気味だった。白い右手の指が下を指している。

笛の音がひときわ高くなった瞬間、
唐突に女君は消えた。

「あっ」

小鹿は小さな声をあげる。笛の音がやむのと同時に、女君も消えていた。すみやかに乳白色の靄が薄れていく。周囲の景色や色、そして、音が戻ってきた。小鹿と晴明が立っていたのは、雪路が使っていた殿舎の中だった。

「晴明様」

声が出せたことにまず安堵する。

「今の女君は、おそらく雪路であろうな。死んだときに横たわっていた薄縁を指さして消えたが」

恐れるふうもなく、晴明は殿舎に足を踏み入れる。及び腰で小鹿はあとに続いた。

がらんとした室内は片づけられてはいたが、生々しい惨劇（さんげき）の気配は消えていない。特に血の染みが付いたままの薄縁は、近寄るのが恐ろしかった。

「小鹿はそこで待て」

晴明は女君が消えたあたりを見つめている。言われるまでもなく、近寄りたくはなかった。脳裏には、のっぺらぼうの顔が焼きついている。

「なにかありますか、笛が落ちていましたか」

それでも震えながら訊ねた。

「いや、血の痕（あと）があるだけじゃ。あの幻は、なにを教えたかったのであろうな」

答えてから晴明は「む？」と薄縁の一点を見つめた。得意の天眼通でなにか視えたのかもしれない。

「薄縁の下かもしれぬ。なにか小さなものがあるな。動かしてみるか」

「わたしはいやです、恐くて近寄れません」

「晴明様」

戸口から行成が顔を覗かせた。少納言と斉信（なりのぶ）はいないが、丹波忠明と竹田竹流も静かに入って来る。

「大丈夫ですか」

　行成に訊かれて、晴明はうなずいた。

「うむ」

「お二人が突然、立ちあがって歩き出しましたので、三人でそっとあとを尾行けました。斉信殿は少納言の君についております。藤袴様もおいでになりたそうでしたが、殿舎にお戻りくださいとお伝えしました」

　能吏らしく説明には無駄がない。

「雪路様の殿舎に来たということは、もしや、案内したのは桜襲の女君ですか」

「定かではないが、おそらく雪路様であろう。この薄縁に乗った後、下を指さして、消えたのじゃ。すまぬが、ちと動かしてみてはくれぬか。年寄りと女子だけでは、いささか心許ないゆえ」

「承知いたしました」

　行成の合図で、忠明と竹流が動いた。薄縁の両端をそれぞれ持ち、小さな声を掛けて移動させた。なにもないように思えたが……。

「これか？」

　晴明が小さなものを手に取る。やはり、薄縁を霊視したのだろう。それは小さな、男君たちにはわかりにくい品だったかもしれない。晴明から渡された行成は、忠明、竹流と順番に確かめさせた。

「なんでしょうか」

最後に見た竹流が、小鹿の判断をあおぐ。

「これは」

小指ほどの長さに切った竹管は、綺麗に漆を施されており、すぐには竹とわからなかった。先に挟んだ毛は血で汚れてしまい、もとの姿を想像しにくくなっている。おそらくと前置きして、小鹿は答えた。

「眉掃ではないかと思います。白粉をつけた後、眉に残った白粉を払うときに使うものではないでしょうか。竹に漆を塗った品は初めて見ましたが、この毛は白兎だったように思います。持ち主だった女君の血を吸って、変わり果てた色になってしまいましたが」

推測を口にするや、

「そうか、眉掃か」

晴明が同意した。

「竹にわざわざ漆を塗るとはな。いかにも『廊の御方』らしい品よ。わしは初めてみた」

小鹿から返された眉掃を、もう一度、行成に渡した。

「わたしもです。手のこんだ眉掃ですね。白兎の毛が赤く変わってしまったところに、雪路様の無念が浮かびあがっているように思えなくもありません。おいたわしいことです」

「雪路様のお品なのでしょうか」

竹流が訊いた。行成の隣で眉掃を見つめていた。

「そうだと思います。わたしたち、おそらく晴明様をだと思いますが、ここまで案内したのが、その証ではないかと」

ただ、と、小鹿は浮かんだ疑問を口にする。

「桜襲の女君は、文箱の蓋が開くのと同時に現れました。文箱だった点が、いささか引っかかっております」

「引っかかっている理由とは？」

晴明の問いに答えた。

「眉掃は、男君も使うでしょうが、主に女子が化粧をするときに使う道具。普通であれば化粧筐に納めるように思うのです。なぜ、桜襲の女君は、化粧筐ではなく、文箱から立ち現れたのでしょうか。つまらないことですが気になります」

漆で丁寧に仕上げられた眉掃から目を離せなくなっている。なぜかはわからないのだが、深い想いが込められているように感じた。

「じつに女子らしい疑問じゃ。わしには、とうてい浮かばぬわ。冴えわたっているようだの、小鹿」

「晴明様や少納言様のお陰です。色々ご指南いただくので、少しずつわかるようになってきました。ついでにもうひとつ、竹田様に伺いたき儀がございます」

小鹿は、竹流に目を向けた。

「なんでしょうか」

「雪路様を刺したのは、竹刀であるとか。考え過ぎだと思うのですが、竹田氏を示しているようにも思えます。あるいは、竹田氏の仕業と思わせようとしているのか」

意表を突く推測だったのかもしれない。竹流は忠明と顔を見合わせて、視線を小鹿に戻した。

「考えてもいませんでしたが、確かに竹田氏を暗にほのめかしているような気もします。ですが、仮にそうだとした場合、一族のなかに罪人がいることになりますね。聞き捨てならぬ話と大騒ぎになるかもしれません」

竹流は考えながらの答えを返した。天皇対左大臣という図は、定子対彰子であり、定子側対彰子側の公卿や上流貴族の対立でもある。道長は巧妙に罠を張りめぐらせているかもしれない。今回の雪路騒ぎは違うと信じたいが、もしかすると、悪用する懸念もあった。

「この眉掃は、晴明様にお預けしておきます」

行成は、竹流から受け取った眉掃を老陰陽師に渡した。

「新たな〝絵〟が浮かぶかもしれません。雪路様が現れて伝えるかもしれない。ああ、そうだ。先程、お渡しした歌とともに、色見本と思しき小冊子も預けておきましょうか」

その申し出には頭を振る。

「いや、すべてを預かるのは荷が重い。眉掃と歌はお預かりいたしますが、小冊子は行成様がお持ちください。文箱や化粧筐なども、他の男君に分散した方がよいのではありますまいか。一カ所に纏めると盗みやすくなりますからな」

慎重な晴明の答えには、学ぶべき事柄が多かった。小鹿は頭の隅にしっかりとめる。気になったことは、すべてあとで書き記そうと思っていた。

そのうえで、ひとつ、提案する。

「眉掃は、わたしがお預かりしたいのですが、いかがでしょうか」

晴明や行成たちにも視線で答えを求めた。

「異存はない。わしの側にいる小鹿が持っていた方が、雪路様からの霊託を受け取りやすくなるかもしれぬ」

「わたしも同じ考えです。預かっていてください。じつは、もうひとつ気になっていることがあるのです」

と、行成は、直衣の袖に入れていた紅花の小冊子を掲げて続けた。

「道長様はこれをとても気にかけておいでてでした。御所や京で火事が増えているのは、『服妖』ではないのかと進言する術師がいるのです。紅花で染めた衣裳の着用を禁止するべきという話も出ております。それで左大臣様は、気にかけておられたのか」

最後の部分は自問になっていた。

「『服妖』とは、なんですか」

小鹿の疑問に、晴明が答える。

「衣服に表れる凶兆のことよ。不吉な色彩や奇異な衣裳の流行などが、それにあたる。他にも色々あるが、すべてこれらの妖は君主の背徳から生ずるとされているのじゃ」

「君主の背徳」

思わず一部を繰り返した。またしても浮かぶのは、出家した中宮・定子を宿直にお召しあそばされる一条天皇のことだ。追い詰めて、定子を御所から追い出すつもりなのではないか。いやな流れを感じずにいられない。

「紅花染めを禁じるという話も聞きました」

丹波忠明が遠慮がちに口を開いた。紅花は薬としても用いられたりする。そういったことから耳に入ったのだろう。

「紅の衣服が流行っているため、宮中や京では頻繁に火事が起きるのだと、まことしやかな噂が流れております。紅花で染めた小袖や単衣は、皮膚の爛れや湿疹に効果ありとされておりますことから、禁じられたときには困る者が出るのは必至。わたしはそれを案じているのですが」

いかにも医師らしい意見を述べた。紅花染めの衣服の流行が、火事騒ぎを増やしていると聞き、小鹿は呆れてしまった。

「火事騒ぎは、附け火によるものがほとんどだと思います。建物に携わる職人たちは、自分たちの仕事が増えるため、内心、大歓迎しているとか。紅い衣服を禁じれば、火事がおさまると本当に考えているのでしょうか」

「裏があるかもしれません」

継いだ行成に問いかけの眼差しを投げたが、

「雪路様のことですが」

晴明が話を戻した

「ご遺体は、今、どちらにあるのですか」

「帝のお許しを得て、昨日、荼毘（だび）に付しました。この暑さでは仕方がないと思いまして。御所に届けられていた里第（りてい）（実家）に使いを出しましたが、まだ返事はありません。殿舎で仕えていた者たちも、万が一のときの引き取り手などはわからないと言いましたので、やむなくお骨は殯屋（もがりや）に仮置きさせていただいた次第です」

言い終わらないうちに「火事だ！」という叫び声が響いた。すかさず小鹿は、庇に飛び出して空を仰ぎ見る。火や煙は見えないし、焦臭さも感じられない。

「ここは大丈夫でしょうか」

「下手に動かぬ方がよかろう。近頃は特に火事が増えているな」

「先程も言いましたが、附け火だと思います。流行（はや）り病や飢餓で人々の心は荒（すさ）んでいますから」

「京は平らかとは言いがたいが、これもなにかの縁であろう。明日、雪路様の里第へ行ってみるか？」

晴明の提案に、小鹿はうなずいて同意する。

桜襲の美しい十二単衣が脳裏に浮かんでいた。

二

翌日の午頃。

小鹿と晴明、丹波忠明と竹田竹流の四人は、雪路の里第（実家）を訪れた。

館は内裏の外——大内裏の西に位置しており、亡霊や怨霊が現れる鬼殿だという噂が広まっていた。かつては豪華な館が建ち並んでいた区域だが、今は住人の数が極端に減っている。両隣の崩れた蜘蛛の巣だらけの館にも人の気配はなかった。

荒れ果てた殿舎は、物の怪の住み家のようで、長い間、だれも暮らしていないように見えた。雪路に身寄りはいなかったのだろうか、遺骨はだれが引き取るのか、弔ってくれる者はいないのか。

「頼れるのは自分だけ、だったのでしょうか」

小鹿は独り言のように呟いた。晴明と二人で草や葉が伸び放題の庭で話している。一緒に来た丹波忠明と竹田竹流は、近隣の聞き込みに行っていた。

「華やかな御所暮らしに見えましたが」

きらびやかな御所の殿舎とは、正反対の里第。時折、響くホトトギスの鳴き声が、もの悲しさを運んでくる。家族は亡くなったのかもしれない。美貌と才覚で後宮の華となった雪路。今までは遠かった存在が、急に近くなったのを感じた。

孤独が心を近づけた。

「雪路様は、美貌と才覚で高位の女房に昇りつめた。小鹿も同じだろうが、わしは『葉二つ』と紅花が気になっておる。残されていた歌も紅花に関わるものだったゆえ」

二人は、今にも崩れ落ちそうな建物を見るとはなしに眺めていた。立っているだけで汗が噴き出して、流れ落ちる。真夏の強い日射しを受けた館は、よけいに寂れて見えた。

「わたしも同じです。道長様は紅花に関わりのある遺品がなかったか、やけに気にかけておられました。行成様が鋭く切り返しておられましたが」

会話の途中で犬顔式神が、晴明の肩に舞い降りる。十二神将ではなく、どこか愛嬌のある式神に、小鹿は親しみをいだいていた。

「なにかありましたか」

念のための問いに、老陰陽師は答えた。

「あとで倅が来るという知らせよ。助け手は多い方がよいからな。ちと調べを頼んでおいたのじゃ」

「便利ですね、式神は。わたしたちは、文か使いを送るしかありません。そうそう、文で思い出しました。椿さんから文を預かってきたのです。帰りに椿さんのご実家へ行きたいと思います」

「ふぅむ」

晴明は、なんとも言えない表情になる。じっと小鹿を見つめていた。

「なんですか、晴明様。仰りたいことがあれば、遠慮なく仰せになってください」

「いや、青鈍の狩衣が、よう似合っていると思うてな。凛とした男君のようじゃ。道長様が童随身にと請われたのも無理からぬことよ。許せ。つい見惚れてしもうたわ」

「そうですか？」

小鹿は急に恥ずかしくなった。鏡などという贅沢な品があるのは、中宮や女御たちの殿舎だけであり、私室として使う場所には置かれていない。忠明と竹流は小鹿を見たとき、好意的な笑みを浮かべているようだったが、どんなふうに見えているのか。内心、不安でならなかった。

「動きやすいですし、女子に見られないのも嬉しくてなりません。変な目で見る人が多かったので」

曖昧（あいまい）な表現には、性的な意味合いを込めていた。無理やり犯そうとした男もいる。そんなとき、しみじみ思った。

男に生まれたかった、と。

「狩衣は、ひとりで着られたのか」

「いいえ、少納言様が着付けを手伝うてくださいました」

厳しくも温かい言葉が甦る。

〝無理をしてはなりませんよ、小鹿。危ないと思ったら、すぐに逃げなさい。晴明様を盾にしてでも、助かる道を選ぶのです。まずは御身（おんみ）、他者を救うのはそのあとです。わかりましたね〟

稀代（きたい）の陰陽師を盾にしてでも、という部分では、思わず笑ってしまった。浮かんだ微苦笑をどう思ったのか、

「少納言の君は、小鹿の姉君なのか」

珍しく踏み込んだ話を口にする。

「わかりません。清原元輔様の書き付けが見つかったと聞きましたが、十年近く前に亡くなられた方です。本当なのかどうか、わたしは疑問に思っています。ただ、姉か

もしれない人がいると思うだけで」

生きる力が湧きます。

小さな声で言った。はじめはきつくあたられているように感じたが、それは小鹿を思えばこそであるのがわかった。なにもできない自分が、だれかの役に立てるのが素直に嬉しい。沸き立つ気持ちを抑えきれなかった。

「中宮様はもちろんですが、とにかく少納言様のお役に立ちたいのです。できることが少ないので、男に化ける案は渡りに船でした。解放された感じもします。心と身体が軽くなりました」

「小鹿は陰陽師の才能があるように思えてならぬ。道長様のご提案は簡単には無視できぬが、藤袴様の後ろ盾があれば案じることはあるまい。こたびの騒ぎが終わったときには、陰陽師になる道を考えてもよいのではないか」

「わたしには、術師の才能などありません。晴明様が側におられるので、式神が視えたり、笛の音が聴こえたりするのです。なにになりたいのか、自分ではまだわかりませんが、陰陽師の道に進む可能性は低いような気がします」

「それにしてもじゃ。なぜ、小鹿の側にいると、使えなくなった霊力が戻るのか、いまだにわからぬ。不思議なことも……」

た。

「晴明様」

丹波忠明と竹田竹流が、朽ち果てた殿舎に戻って来る。門は壊れてしまい入れないので、崩れた塀の穴から出入りしていた。行成と斉信は多忙らしく、今日は同道していない。小鹿と晴明、忠明と竹流の四人で、若い二人は小鹿と同じ色目の狩衣姿だった。

「近隣の住人によりますと、この鬼殿と両隣の館には、十年ほど前からだれも住んでいないとか。流行り病で次々に亡くなったそうです。時折、鬼火がちらついたり、獣のような咆哮が響きわたると聞きました。近づく者はいないそうです」

忠明の報告を、竹流が継いだ。

「『もののけ館』とも呼ばれているとか。近頃はこういう鬼殿が増えました。上流貴族は、すでに内裏を見捨てているように思います。京の郊外、白河や鳥羽に別荘を持ち、そちらで暮らすようになっているような気がいたします」

「白河や鳥羽が、京のようになっているのですか」

驚きが問いになる。

「さあて、それはどうであろうな。四十年ほど前、村上天皇の御代だった天徳四年（九六〇）頃だったか。内裏が初めて焼亡した後、貴族の館を臨時の御所に見立てるやり方がもはや当たり前になっておる。それを見越して公卿や上流貴族は、競い合うように豪華な殿舎を建てるようじゃ。火事が起きたときには、是非、我が館をお使いくださいとな、帝に進言する者が後を絶たぬ」

意外な話が、老陰陽師の口から出た。小鹿は素早く頭を整理する。

「それでは、もしや、今、わたしたちが御所と呼んでいる建物は、もとは貴族の館だったのですか」

「さよう。わしは初めて内裏が燃えたときの光景を鮮明に憶えているぞ。四十歳ぐらいのときだったが、この目で見たからな。なれど現在の御所はそのときに差し出された貴族の館にあらず。そのあとも幾度となく、火事に見舞われたゆえ」

初めての内裏焼亡以来、天皇は内裏ではない殿舎に住むこともあった。これ以後、皇居は内裏と貴族の館を併用する形で推移する。

「言うまでもないことだろうが、貴族の館を内裏に利用した場合、それを里内裏(さとだいり)と呼ぶ。中宮や皇后、女御といった女君の里第がほとんどだがな。帝と女君の里第が、より緊密になるのは確かであろう」

晴明の話を聞き、小鹿は「へぇぇ」と感心するような声をあげた。

「今の嘆息はなんじゃ。感心しているようでありつつ、長生きぶりを呆れているような感じもあったな」

と、晴明は笑った。つられて小鹿も笑顔になる。

「長生きは、お目出度いことだと思います。それよりも、わたしは御所が転々と場所を変えていることに、ただ、もう驚くばかりで……同じ場所に建てられているとばかり思っていましたから。御所というのは生き物のようですね」

「ほう、御所は生き物か」

今度は晴明が感心したように一部を繰り返した。

「小鹿は面白い考え方をするな。今の話で思い出したが、御灯油を盗みに来る御灯鬼のことを、小鹿は油を盗んで売り捌くヒトではないかと言うていた。騒ぎの起きた当時の仁寿殿をちと調べ直してみた方がよいかもしれぬ」

なにか気になる事柄が浮かんだのかもしれない。両目に真剣味が増していた。

「当時の仁寿殿は、さすがに残っていないのではないかと思います。火事で焼けた残骸を片付けて、建て直されたはずですので」

忠明の意見を、晴明は受ける。

「仁寿殿だったところへ行けば、場の鬼は感じ取れるかもしれぬ。さすれば、雪路様の騒ぎの手がかりを得られるかもしれぬ」

「晴明様は、雪路様の騒ぎに昔の仁寿殿が関わっているとお考えなのですか」

今度は竹流が問いを投げたが、

「あの、御所のお役人様ですか」

不意に男の野太い声が割って入る。崩れた築地塀(ついじべい)の穴から、色の黒い大男が覗き込んでいた。

「そのほうは？」

晴明は訊きながら近づいて行った。役人かどうかは答えず、質問だけを返している。こちらの情報は、できるだけ与えないのが得策なのだろう。

――本当に晴明様は、わたしの良き師だわ。

小鹿は小走りに追いかける。どれぐらい離れると霊力が弱まるのか、よくわからないため、なるべく近くにいるように心がけていた。ぎょろりとした大きな目が、二人を交互に見やる。

少し遅れて忠明と竹流も後ろに来た。

「以前、こちらのお館に侍(さぶらい)として仕えていた者です。主にお館様のお世話をしておりました」

「長い間、捨て置かれた館に見えるが」

「家の方々は十年ほど前の流行り病で、死に絶えてしまいました。両隣の館に住む貴族たちにも、病が伝染(うつ)ったのでしょう。前後して亡くなられたのです。生き残られたのは、御所務めの女君ひとり。ここにいなかったので罹(かか)らなかったのだと思います。しばらくは館を管理しておられたのですが」

入れ、と、晴明は仕草で合図した。少なくとも雪路の里第と両隣の館が鬼殿になった経緯(いきさつ)を知っているようだ。男は額の汗を拭きふき、敷地に入って来た。

「なにか伝えたいことがあるようだな」

晴明の両目が、いっそう強い光を放った。天眼通で色黒男の気持ちを察したのかもしれない。

「はい。二日ほど前に、ここを通りかかったときのことです。ひとりの男が殿舎の一郭に立っているのが見えました。噂に聞く怨霊かと震えあがったのですが、南無阿弥(なむあみ)陀仏(だぶつ)と唱えている声が聞こえまして」

「ほう、それで？」

晴明は、相変わらずよけいな問いかけは発しない。最低限のことだけ訊いた。

「わたしは金縛りのようになってしまい、恐くて動けなくなりました。男は少しの間、念仏を唱えておりましたが、やがて、深々と辞儀をして門に足を向けたのです。どうやら霊の類ではなさそうだとほっとしたのも束の間」

ひと呼吸、置いて、続けた。

「男の後ろに、艶やかな衣裳を纏った女君が現れたのです。桜色の唐衣が、こう、月の光を浴びてうすぼんやりと浮かびあがって、いや、違う。浮かびあがっていたのは女君でした。地面から一尺（約三十センチ）ぐらい浮いて、すーっと音もなく男についていったのです」

すーっと音もなくの件で、小鹿は霊視した雪路を思い出していた。人外のものならではの不気味な動き。恐怖で汗が引いたのか、男の額の汗は消えている。ごくりと唾を呑む顔は青白かった。

「そのほうは、この館の女君を見たことがあるのか」

忠明が代表するように訊いた。

「はい。一度だけですが、里帰りなされたとき、お目にかかりました。ですが」

さらに問いかけようとした忠明を制して、継いだ。

「桜色の女君の顔は視ておりません。視たのは後ろ姿だけなのです。長い黒髪が揺れるさまは、それはそれは恐ろしい光景でした」

暑さではなく、恐ろしさのためだろう。どっと噴き出した汗を拭っている。晴明は、忠明たちと目顔をかわして、男に視線を戻した。

「よう話してくれた。恐ろしかったであろう。なれど、案ずることはない。そなたに害をなす霊ではないゆえ」

「そうであればと思います」

男は答えた後、なぜか忠明と竹流に目を向けた。

「はて、お二人とも、どこかで見た憶えが」

首をひねっている。

「わしの弟子じゃ。わざわざ知らせに来てくれたこと、大儀であった。思い出したときでよい。主だったお館様や家の者たちを弔うてくれ」

晴明はいくばくかの銭を握らせた。男は深々と辞儀をして、崩れた塀の穴から出て行く。ほどなく、安倍吉平(よしひら)がひょっこり顔を覗かせた。

「父上」

それを合図にして、小鹿と晴明は『もののけ館』の外に停(と)めていた牛車(ぎっしゃ)に乗り、忠明は繋(つな)いでおいた馬に跨(また)がった。竹流はここに来るとき同様、牛を曳(ひ)く牛飼童(うしかいわらわ)の役目を引き受けてくれる。

一行は大内裏の外に続く道を進み始めた。

三

平安京は、唐の洛陽（河南省洛陽）や長安（陝西省西安）を真似て造られた。特徴としては南北方向であること、中心軸を持ち左右対称であること、城壁を持つ点などがあげられる。また、長安を真似たという形式を保つためだけに、南の羅城門の両側に無駄な城塞を設えたとされた。

「だれかと思えば、小鹿さんでしたか」

開口一番、吉平は言った。牛車に三人、乗るのは重すぎるのだろう。来たとき以上にノロノロと進んでいた。

「はい。動きやすいだろうとなりまして」

「気がつきませんでした。狩衣姿、似合うではありませんか。男子とも女子とも取れる顔立ちだからでしょう。凛々しくていいですね」

「それで」

晴明が冷ややかに促した。世辞に無駄な時をかけるなと言いたげだった。小鹿は晴明の隣に座り、吉平は向かい側に座っている。牛車の中は狭いため、互いの膝がくっついていた。

「失礼いたしました。父上のご命令を受け、紅花についてちと調べてみました。京では、あきらかに紅花の値が上がっております。年が変わった後、急に値が上がり始めた由（よし）」

吉平はさらに続けた。

「御所の縫殿寮（ぬいどののりょう）に納める分が最優先されるらしく、紅花を扱う商人であろうとも、紅花そのものが手に入りにくくなっているとも聞きました。紅花染めは去年の品が、まだ、多少あるようですが、薬用に使う紅花は品切れ状態だそうです」

「忠明様も仰っていたように思いますが、紅花にはどのような薬効があるのですか」

小鹿の問いに、晴明が答えた。

「吐き気を止める、解熱（げねつ）、咳をしずめる、血の巡りをよくする等々、数多くの薬効があると言われている。今は夏ゆえ、冬場よりは需要が少ないかもしれぬが、長引けば困る者が増えるであろうな」

「女子が使う紅にも、紅花は必要です」

吉平が補足する。

「確かにそうですね。わたしは紅などはほとんど使わないので気づきませんでした。

紅花は本当に重要な役割を果たしているのですね。元々、安くないように思いますが、それはなぜでしょうか」

「たやすく作れないからでしょう。わたしの記憶に誤りがなければ、確か内裏の内蔵寮(くらりょう)ではクチナシや藍を育てていたと思います。ですが、紅花は作っておりません。寒さの厳しい地域でしか、育たないものなのかもしれない。それだけ稀少価値があるわけですが」

吉平は溜息(ためいき)まじりに告げた。時間ごとに悪くなる紅花の状況が、暗くなった顔に浮かびあがっていた。

「これから行く椿さんのご実家は、薬草を扱うお店。紅花の動きを訊いてみます」

小鹿の言葉に、晴明はうなずいた。

「うむ」

「それから、あの、道長様ですが」

躊躇いがちの内容を察したのだろう、

「左大臣様の鼻と両頬骨のあたりが赤かったのは、密かに服用している石薬、あるいは服石と言うたりもするが、薬の影響があるのかもしれぬ。藤袴様も仰せになっていたが非常に強い薬なのは間違いない。おやめになるよう、わしも幾度となく進言しているのだがな。活力を得られるゆえ、つい頼りがちになるのかもしれぬ」

「お。七条大路に着きましたな」

吉平は窓から外を見て、牛を曳く竹流に止めてほしいと声を掛けた。敷地の広い建物が多かった区域から、板屋根と板壁の質素な家が建ち並ぶ東寺の近くに着いている。月の十五日以前は東市、十六日以降は西市で品物を売る旨、いちおう取り決められていた。

東市のほうは地の利を得たこともあって多少ましだが、どちらの公設市場も今ひとつ賑わっていない。

さらに近頃では、三条・四条・七条という大路と新町が交差する箇所にできた三条町・四条町・七条町といった自然発生した市に、庶民は集うようになっていた。公設市場よりも、暮らしに根付いたきめ細かな品を扱うからだろう。

椿の父親が営む薬草屋は、賑わう七条町の一郭に店を構えていた。

「それでは、父上。わたしはここで失礼いたします。紅花につきましては、引き続き調べてみますので」

「気をつけろ。無理するでない」

「は」

降りた吉平の肩には、視たことのない式神がとまっていた。軍神のような勇ましい姿をしていた。

「晴明様。あれは？」

「十二神将のひとりじゃ。犬顔式神は小鹿の使役神として動いてくれよう。命じれば言うことをきくはずだ。緒都（おと）と名付けたゆえ、自由に使うがよい」

「わたし付きの式神ですか」

思わず顔がほころぶ。中宮・定子に仕えて以来、ゆとりをもつには至らず、慌ただしく過ごしてきた。しかし、ここにきて楽しいと思えるようになっていた。少納言や晴明との出逢いが、暮らしと気持ちを大きく変えた。

「『葉二つ』という名器の笛は、本当にあるのでしょうか」

小鹿はふと思いついた事柄を問いかける。自由に式神を操って、天眼通を持つ晴明でさえ居所を摑めない笛。この世には存在しない笛なのではないか。

そんな疑問が湧いていた。

「さあて、あると言えばある、ないと言えばないのかもしれぬ。ただ、こたびの騒ぎには、なんらかの関わりがあるのかもしれぬな。雪路様は『葉二つ』を手に入れようとした、あるいは手に入れたがゆえに殺められたのか」

「色黒の男が言っていた南無阿弥陀仏の男君、貴族ではないようだったとのことでしたが、もしや、雪路様が歌を渡したかったお相手でしょうか。桜色の衣裳を着た女君の話は、視た者にしか言えない内容に感じました」

色黒男の話も気になっている。

「確かにな。後を付いて行った桜色の女君は、桜襲の女君に思えなくもない。話は広まっておらぬはずゆえ、視たとしか思えぬが、南無阿弥陀仏の男君については、作り話の可能性がなきにしもあらず。鵜呑みにせぬ方がよいかもしれぬ」

「そう、ですか」

答える声が沈んだ。そうであってほしいという願いにも似た想いがある。雪路を悼む者であってほしかった。

「いずれにしても南無阿弥陀仏の男君のことは、吉平が調べ始めているはずじゃ。式神を通して倅は視聴きしていたからな。鈍いところはあるが、こたびは命じるまでもなく伝わったのであろう。わしの式神とももども動いている」

「吉平様が」

萎えかけた気持ちが、すぐさま浮かびあがる。どこかとぼけた気質の吉平に、小鹿はなんとなく心惹かれた。

それを読んだのだろう、

「小鹿は吉平のような男が好みか」

晴明が笑った。

「いいえ、男君としてどうのと言うのではなく、ほっとするというか。そういえば、もうひとつ気になったことがあります。色黒の男ですが、忠明様や竹流様に憶えがあるような感じでした。お二人に会ったことがあるのでしょうか」

「なにか？」

微妙な間が空いた。答えてよいものやら、晴明は逡巡しているように思えた。

「いや、ちと相談した方がよいかもしれぬ。今の件はあとにしよう」

「晴明様、失礼いたします」

竹流の呼びかけが響いた。

「到着いたしました」

戸を開けて、告げる。先に降りた晴明が、手を貸そうとしたが仕草で断った。男子の狩衣姿をしている者が、年寄りに助けてもらうのはおかしく見えるだろう。

ひとりで牛車から降り立ったとき、

――伸也。

路地の入り口に、みすぼらしい姿をした知り合いの少年がいた。たまたまなのかもしれないが、小鹿はどきりとする。

驚きを読んだに違いない。

「知り合いか」

「はい」

晴明が伸也に素早く目を走らせた。

「向こうは気づいたかどうか。とにかく、今は話をせぬ方がよい。素知らぬ顔をせよ」

「はい」

促されて、晴明ともども椿の実家に足を向けた。

ここに来るまでに見た質素な家や店ではなく、屋根は檜皮を葺き、柱は白木のままという従来の建て方で造られていた。重厚感を持つ大店が軒を連ねる一郭は、買い物客が絶え間なく行き来っている。どの店も繁盛しているようだった。

「本当に手広く商いをしているのですね」

小鹿はできるだけ伸也から目や意識を逸らした。椿が偽りを言っていたとは思わなかったが、想像以上の規模に驚いてもいた。ひっきりなしに大きな荷を積んだ荷車が着き、忙しなく使用人や仲買人らしき者が出入りしている。

おそらく椿の両親だろう。出迎えるために店から現れた。

「わたしたちは、ここで待ちます」

忠明の申し出に、父親と思しき男が「おや？」という顔になる。

「お二人は」

なにか言おうとしたが、

「安倍晴明様の弟子です。こちらで待たせていただきます」

忠明が素早く遮った。小鹿は先程の色黒男の様子を思い浮かべている。忠明と竹流を注視して、彼も物言いたげな表情をした。

――お二人は本当に、典薬寮と検非違使の者なのだろうか。

悪い印象はないものの、今ひとつ正体がわからない。二人に対しては警戒心を持っていた方がいいと思った。

「お待ちいたしておりました。父親の又兵衛と申します」

仕草を受けて、小鹿は晴明と椿の実家に入る。天井が高いからだろう、すっと涼しくなった。土間の店先には、さまざまな薬草の匂いが満ちみちている。

心が落ち着く薫りだった。

四

型通りの挨拶の後、

「まさか、京で名高い安倍晴明様が、おいであそばされるとは思いませんでした。たいしたおもてなしもできませんが、ささ、どうぞ、奥へ」

又兵衛が案内役となる。小鹿は母親にも会釈したが、椿は美人の母親似だった。だれもが夢見る裕福な暮らしであり、理想的な家族に思えた。

――本当に椿さんは、恵まれているんだわ。

あらためて育った環境の違いを感じている。おっとりとした穏やかな気質は、両親の深い愛を知るからなのか。そんなことを思いつつ、奥まった座敷に腰を落ち着けた。最近、建て直したばかりなのかもしれない。室内には真新しい木の香りが満ちている。

白木の柱の美しさが、目に眩(まぶ)しいほどだった。

「椿さんから預かってまいりました」

小鹿は、懐から文を出して渡した。雪路の殿舎に比べると派手さはないものの、落ち着いた色合いの調度品が格の高さを感じさせる。父親と母親の着物も、派手すぎず地味すぎずで品の良さが表れていた。

「あぁ、確かに娘の手蹟によるものです。しばらく文が来なかったので、ほっといたしました。息災のようですね」

父親は安堵の吐息をつき、斜め後ろに座した母親に文を渡した。緊張していた表情が、傍目にもゆるんだのがわかった。多少なりとも役に立ち、小鹿も嬉しくなる。多忙なのだろう、わずかな間にも使用人が何度か来て、主の指示を仰いでいた。

「薬草を扱うお店にとっては、一年の中でも忙しい時期ではありませんか。申し訳なく思います」

晴明の気遣いに、父親は頭を振る。

「とんでもありません。晴明様においでいただけたのは、てまえどもにとりましてはなによりの僥倖。五月五日にはおそらく『薬降る』となりましょう。お目出度いことです」

五月五日に降る雨を『薬降る』と称した。この日の正午に雨が降ったときには、急いで竹を伐って節に溜まった水を採取する。これを利用して薬を煎じたり、服用するのに用いた。そういったことを知るがゆえ、晴明は一年の中でも忙しい時期と言ったに違いない。

「さあて、うまい具合に雨が降りますかどうか」

「雨乞いのご祈禱をお願いいたします」

又兵衛は笑って、小鹿に目を向ける。

「小鹿さんですか」

確かめるように訊いたのは、男子の狩衣姿だったからだろう。

「はい。今日はわけあって、動きやすい男子の格好をしております。御所には下方としてご奉公したばかりで、椿さんからは色々教えていただいております」

「そうでしたか。いや、家にいるときはなにもしなくて、いつも母親に怒られているのです。十二単衣を着てみたい、御所務めをしてみたいなどと言うものですから、行儀作法を身につけさせるつもりでご奉公させました。すぐに弱音を吐くと思っていましたが、意外に頑張っているようです」

笑みをまじえた穏やかな話し方に、愛娘への深い愛が込められているように思えた。なんの不自由もない暮らし、案じるのは出かける日の天気ぐらいだろうか。小鹿は心から羨ましかった。

——わたしも、こんな家に生まれたかった。

羨望に潜む醜い嫉妬心を抑え込む。椿の幸せを嫉んでも、新たな喜びが生まれるわけではない。いやな気持ちになるだけだ。

「小鹿」

晴明に呼びかけられて、はっとする。

「あ、はい？」

「そなたに訊いておられるぞ。椿の様子はどうか、とな」

会話はまったく耳に入っていなかった。

「すみませんでした。椿さんは恙なく過ごしています。今はわたしと一緒に、お年召し様の藤袴様の殿舎におります。後宮は落ち着かない状態ですので、少しの間、お世話になることになりました」

よけいな話はするまいと慎重に言葉を選んでいた。が、突然、胸元に冷たさを覚えた。なんだろうと思ったが、理由はわからない。心配させてはなるまいと表情には出さないようにした。

「文にもその旨、記されておりました。あとで返事の文をお預けいたします。娘に渡してください」

「わかりました」

「つかぬことを伺いますが、笛の音について娘はなにか言っていませんでしたか」

「笛の音」

小鹿はつい晴明と顔を見合わせている。笛の音と聞けば、思い出すのは名器の『葉二つ』だ。そのことだろうか。

「どのような話ですか」

老陰陽師が訊いた。

「三月、いや、あれは二月ぐらいだったでしょうか。娘が御所にあがる直前だったと思います」

父親もまた、母親と視線をかわして、ふたたび小鹿を見た。

「眠っているときなのか、夢現のときなのか。笛の音が聴こえると言い出したのです。娘だけで、てまえどもにはなにも聴こえませんでした。その頃のことです。明日、誰々が来るとか、紅花が高くなるかもしれないなどと、いきなり言うようになりまして」

「知り合いの陰陽師の方に夢解きしていただいたのです。晴明様のお力には遠く及びませんが、おそらく霊託だろうと言われました。御所にあがったときには、そういう話はしないようになっておりましたが、いささか気になりまして」

母親が継いだ。人々が見る夢は、意味のある予言と考えられていた。夢は神仏が未来を知らせる回路のようにとらえられていた。

そういえば、と、小鹿は思い出している。自分が笛の音を聴いて『葉二つ』としためたとき、椿もかすかに笛の音を聴いたと言っていた。

――それで心配してくれたのかもしれない。

薄気味悪い深更に小鹿の後を尾行けてくれたのは、自身の経験があったからではないのか。また、実際に笛を吹く者がいるのか、確かめようとしたことも考えられた。

「娘が先読みのようなことを口走ったとき、もしやと思い、かなり無理をして紅花を多めに仕入れておいたのです。案の定という状態になりました」

又兵衛の言葉を、小鹿はさりげなく受ける。

「紅花の値が、あがったのですか」

吉平の報告でわかっていたが、念のために確認した。

「はい。二倍、いえ、一昨日あたりは三倍ぐらいになっておりました。紅花はさまざまな薬効がありますので、常に置いておきたい薬草のひとつなのです。まさに霊託だったと思っております」

「あの、娘の様子はどうですか。おかしなことを言ったりしていませんか。繰り返しになりますが、笛の音についてはどうでしょうか」

母親の消えない不安に答えた。

「じつは、わたしも笛の音を聴きました」

小鹿は正直に言った。

「そのとき、椿さんも笛の音を聴いたようですが、特になにか起きたりはしていません。大丈夫です」

嘘をついた。が、雪路の異常な騒ぎを外へ洩らすわけにはいかない。晴明や行成に言われたわけではないが、自然に偽りが口をついて出た。

「そうですか？」

又兵衛は疑いの目を向ける。御所にも出入りする大店であるため、いち早く凶事の話が耳に入ったのかもしれない。本当は帰って来いと娘に伝えてほしいのかもしれないが、文には後宮をさがりたくない旨、記されていたのではないだろうか。

親子の間には、口にされないやり取りがあったように思えた。

「わたしは、中宮・定子様の陰陽師を務めることに相成りました。帝の勅命を受けて動いております」

晴明が請け合った。

「騒ぎが起きたときには、いや、起きる前に防ぐのが、宮廷陰陽師の務めと心得ています。ご安心ください」

自分に言い聞かせているようにも思えた。それほどに雪路の騒ぎは、異常さが際立っている。顔を失くしたのっぺらぼうの女君。後宮を彩ったであろう雪路の美貌は、いったい、どこに消えたのか？

――だれかが、お面のように着けて、雪路様になりすますかもしれない。

晴明との会話が甦っている。考えただけで鳥肌立っていた。しかし、雪路が死んだことは、内裏どころか大内裏にまで知れ渡っているだろう。眼前の夫婦の様子を見ると京中にまで広まっているように感じられた。

はたして、桜襲の女君になりすます意味があるのだろうか。

――でも、雪路様のお顔を知る者は限られる。

殿舎の女房や女童、針女などの下方、そして、交流のあった男君。後宮十二司の尚侍だったことから、各大臣を含む公卿や上級貴族との付き合いは多かったはずだが……京はどうだろう。さすがに後宮の女房の顔を知る者はほとんどいないのではないか。

――つまり、御所ではない場所で、雪路様のお顔が必要なのかしら。

雪路になりすまして事をうまく運ぼうとしているのか。それは、やはり、『葉二つ』

と紅花に関わりがある事柄なのか。

「つかぬことを伺いますが」

小鹿は思いきって切り出した。

「『葉二つ』という名器の笛をご存じですか」

椿はさして詳しくはなさそうだったが、知っている様子だった。それだけ有名な笛なのだろう。父親か母親のどちらかが、教えたのではないかと思った。

「名器の笛という話は知っています」

又兵衛が答えた。小鹿の視線を受けて、母親は小さく頭を振る。

「持ち主やどこにあるのかはわかりませんが、左大臣様や右大臣様だけでなく、公卿や上級貴族の方々が探しているという話は聞いたことがあります。そうそう、小耳にはさんだのですが、帝は笛を習い始められたとか」

父親は問いかけの眼差しを返した。

「そのように伺っております。『葉二つ』を献上すれば覚えめでたくなりましょう。口にはしないまでも、みな密かに探しているのかもしれません」

答えた晴明の隣で、小鹿は我知らず胸に手をやっている。さらに懐が冷たくなっているように感じたのだ。

――雪路様の眉掃。

懐に入れた遺品のことを思い出した。自ら申し出て小鹿が持っていることになった眉掃。小袋に入れた眉掃は、白兎の毛に染みた血を敢えて洗わず、そのままの状態にしてある。洗うと雪路の想いが消えてしまうような気がしたからだ。

「いかがした？」

晴明が微妙な変化を察知する。

「あ、いえ、やはり、『葉二つ』の話が関係あるのかもしれません。懐が急に冷たくなりまして」

お年召し様の藤袴の話をしたときも冷たさを感じたが、よけいなことは言わなかった。

「寒いのか」

「はい。少し寒気を感じます」

「それはいけませんね。薬湯（やくとう）をお持ちいたしましょう」

父親の目顔を受けて、母親が立ちあがった。廊下に出るのを待っていたように、竹流が現れる。

「晴明様」

畏まって告げた。

「少納言の君より、使いがまいりました。急ぎ御所へ戻るようにという仰せです」

緊張した面持ちが、事の重大さを示していた。

「承知いたしました」

晴明の言葉を、慌て気味に父親が継ぐ。

「娘への文をお持ちください。くれぐれもよろしくお願いいたします」

「はい」

小鹿と晴明は、挨拶もそこそこに暇を告げる。

懐の眉掃は相変わらず冷たく感じられた。

五

「渡殿(わたどの)を歩く雪路様を、淑景北舎(しげいほくしゃ)の女房が視たというのです」

少納言の顔は青ざめ、声は震えていた。内裏の淑景北舎は文字通り、淑景舎の北に造られた殿舎だ。かつて雪路が暮らしていた殿舎に近く、目撃した女房はおそらく顔を見知っていたと思われた。

小鹿と晴明、少納言、藤袴、そして、丹波忠明と竹田竹流をまじえた六人が藤袴の殿舎に集っている。椿は両親からの文を読んだ後、三日ほど実家に帰りたいと申し出たので同席していない。丹波忠明と竹田竹流は中には入らず、庇に控えていた。すでに日は落ちて、内裏は暗闇に覆われていた。

「歩いていた」

小鹿はその部分が引っかかる。

「足があったのですか、足を見たのですか」

「そこまではわかりませんが、袴や裳で足は見えなかったのではないでしょうか。桜襲の十二単衣だったそうです。おそらく小鹿が霊視した女君の亡霊でしょう。まさか、昼日中に現れるとは」

恐ろしいと呟いた。

「目撃した女房に会うて話すことは」

晴明の言葉に、いち早く頭を振る。

「熱を出して寝込んでしまいました。今は無理だと思います。主上が遣わした陰陽師と医師の方が、ご祈禱や手当てをしておられます」

「雪路様と思しきお方は、どのあたりで姿が視えなくなったのでしょうか」

小鹿の問いに答えた。

「ご自分の殿舎だった方角に歩いて行かれたとか。でも、腰が抜けて追いかけられなかったようです。住まいだった殿舎に入ったかどうかまでは確かめられなかった由」

「だれかが雪路様のふりをしていたということは考えられませんか」

小鹿は霊の類を信じられない気質だ。のっぺらぼうの雪路をこの目で見ても、今ひとつ受け入れられなかった。

——あれは特別な事例。

そんなふうに考えて、恐ろしさを遠くへ追いやっていた。

「つまり、小鹿はこう考えているのですか。生きている人間が雪路様の貌、口にするのもおぞましいですが、引き剝がした貌を自分の顔に着けて雪路様を装ったと?」

少納言の顔は青いのを通り越して白くなっている。集っている殿舎は、水を打ったように静まり返っていた。庇に控えている二人も、唇を固く引き結んでいた。

「はい」

小鹿は、力を込めて答えた。ともすれば叫び声をあげて逃げ出したくなる。もう辞めます、御所務めはできませんと、泣き言を言いそうになる。

それをぐっとこらえた。

少納言や晴明、そして、中宮・定子の役に立ちたかった。

「現れたのは雪路様の亡霊なのか、あるいは、だれかが奪い取った貌を着けて、雪路様のふりをしたのか」

晴明は二つの可能性を告げる。

「おわかりになりませんか」

遠慮がちに藤袴が訊いた。さすがの晴明様にも、という文言は非礼になると思い、敢えて言わなかったに違いない。

「わかりませぬ」

老陰陽師も正直な答えを返した。直接、視たならともかくも、伝聞だけで判断するのは晴明といえども至難の業だろう。殿舎はさらに重い空気に覆われる。

「ひとつ、伺いたき儀がございます」

小鹿は思いきって疑問を口にした。

「なんですか」

と、少納言はやや険しい表情になる。他者がいなければ、もっと不機嫌さをあらわにしたかもしれない。かまわず小鹿は訊いた。

「庇に控えておられるお二方のことです。雪路様のご実家の鬼殿で会った男や、椿さんのお父上が『おや?』という顔をなさいました。あれはどういうことでしょうか。疑いが芽生えてしまい、信頼感をいだけません。隠し事はしないでいただけませんか」

率直すぎたかもしれない。が、晴明はうなずき返した。

「もっともな疑問よ。見ての通り、あまりにも目立ちすぎるゆえ、相談したうえで丹波忠明殿や竹田竹流殿の名を借りたのじゃ。しかし、つまらぬ小細工であったな。すまぬ」

辞儀をして二人を見やった。

「あらためて自己紹介していただこうか」

「は」

丹波忠明を名乗っていた貴公子は、小鹿に真っ直ぐ目を向けた。

「わたしは藤原重家(しげいえ)です。左近衛少将(さこんえのしょうじょう)を務めております」

「わたしは源成信(なりのぶ)です。帝より右近衛権中将(うこんえごんのちゅうじょう)兼備中守(びっちゅうのかみ)を賜っております」

竹田竹流を名乗っていた貴公子の視線も受けたが、小鹿はぴんとこなかった。どこかで聞いたことのある名前なのだが……。

「わからないのですか」

少納言は呆れたように言った。

「申し訳ありません。聞き憶えはあるのですが、お名前とお顔が結びつかないのです。中宮様の殿舎に出入りなされていたのは、藤原斉信様と藤原行成様のお二人だけですから」

「そう言えばそうでしたね。仕方ありません。顔を合わせていない状態では、憶えようがありませんから」

少納言が補足する。

藤原重家は『承香殿の女御』・藤原元子の同母兄で御所の異名は『光の少将』。顔立ちが秀麗なうえ、態度が風雅と褒めそやされる当代一の美男とされた。もうひとりの源成信は『輝く中将』という異名通りの、重家に負けず劣らずの美貌を誇る貴公子だ。

二人とも二十代前半の若さでありながら、一条天皇の厚い信頼を得ている。愛しい中宮・定子を守るための八重垣として、帝が遣わしたのは間違いなかった。

「お二人は盟友なのです」

と、話を終えた少納言は嬉しそうに微笑んだ。美しい人を見ると幸せな笑みが浮かぶのは確かだろう。貴公子たちは顔ばかりでなく心ばえまでもが美しいのだからなおさらだ。

少納言のその表情を見て、小鹿はつられたように微笑(わら)った。

「知らなかったのは、わたしだけですか」

軽く言ったつもりだったが、

「わたしと成信は、中宮様をお守りしたいと思い、名乗りをあげました。いらぬ不安を与えてしまい、まことに申し訳なく思います」

告げた重家と一緒に、成信も深々と頭をさげる。小鹿は慌てた。

「頭をおあげください。左大臣様への対応に、お二人のお気持ちが表れていたと思います。それでも疑ってしまうのは、わたしの厄介な性分によるもの。つまらないことを訊きました。お許しくださいませ」

深々と辞儀をする。もしかしたらと思った。二人の貴公子は、『ときめく日の宮』の異名を持つ中宮・定子に想いを寄せているのではないか。

――熱い気持ちが伝わってくる。

若い貴公子たちの想いが、熱風のように小鹿の顔を刺激していた。晴明に同調しているためなのか、目に視えない霊や生き物の気配、人の感情といったものを鋭く感じ取れるようになっていた。

「あ」

小鹿は、空中に表れた犬顔式神を見あげる。すぐ肩に降り立って、紫宸殿（ししんでん）の騒ぎを伝えた。いちいち話をするのではなく、一瞬のうちに思念が流れ込んでくる。

当然、晴明にも伝わったのだろう、

「内裏では、厄介な騒ぎが持ちあがっているようです」

渋面になっていた。

「おそらく『服妖』ですね」

藤袴の呟きに、小鹿は目をあげる。

「意味は晴明様から伺いました。やはり、騒ぎになっているのは、紅花染めのことなのでしょうか」

「おそらく、そうだと思います。此度（こたび）は深紅の紅染めがそれにあたるのではないかと、数日前から噂になっていました」

「ゆえに宮中や京では頻繁に火事が起きるとな、広まっているわけじゃ」

受けた晴明を、さらに藤袴が継いだ。

「深紅の染色（そめいろ）を火色または、焦色（こげいろ）と号します。火事や病が増えただけではなく、染料である紅花の価格があがりました」

「『服妖』は、紅花の高値にも関わってくるのですか」

小鹿は驚きを禁じえない。紅花の値があがって得をするのはだれなのか。紅花を扱う商人ぐらいしか思いつかないが、点だった事象が少しずつ線となって、結びついてくるような気がした。

「晴明様から伺ったかもしれませんが、すべてこれらの妖は君主の背徳から生ずると言われております。君主の背徳、わかりますね？」

少納言の問いに、答えたくなかったが、答えた。

「定子様、ですか」

出家した定子に一条天皇が宿直を命じるのは、先例にはない悪行となる。早く真実の出家をさせよと、道長たちは思っているだろう。下手をすれば雪路の騒ぎも定子のせいにされかねなかった。

「かねてより、気になっていたのですが」

藤袴が言った。

「定子様は出家したというお披露目の式を執り行ったのですか。わたくしは聞いた憶えがないのですが」

「いえ、お披露目はしておりません。ご存じかもしれませんが、僧による正式な落飾ではなく、定子様は自ら鋏を取って髪を切られたのです。兄君や弟君の失態に衝撃を受けられて発作的に……止める暇があればこそでした。悔やまれます」

　少納言は下唇を嚙みしめる。

「やはり、そうでしたか。先例によれば、僧によって執り行われる出家でなければ、正式に出家したことにはなりません。そのうえでお披露目式を執り行うことも重要です。先例に則って考えますと、中宮・定子様は出家前の女性。生身の女子ということです」

　藤袴の説明に「え？」と少納言は疑問を投げた。

「それは、まことですか」

「はい。御所では先例こそが、すべてです。きちんとお披露目した後でなければ、出家したとは認められません。あくまでも、先例が大事なのです」

　本音と建前の話だった。すでに定子は落飾して黒髪を肩のあたりで切り揃え、青鈍の衣裳を常にまとっている。見た目はあきらかに出家した姿だが、建前では出家したことにはならない。

　――御所ことば。

小鹿は冷静に受け止めた。しかし、常に非難の矢面に立たされてきた少納言にとっては、救いの言葉だったのではないだろうか。

「あぁ、そうですか、そうなるのですか」

両の眸（ひとみ）から涙があふれ出した。藤袴が差し出した手拭いを使い、静かに拭っている。

中宮付きの女房が、どれほど大変であるかを白い顔が物語っていた。

早く御所から退出させよ、どこかの寺に行けばよい、いつまで宿直を続けるのか等々、常に突き上げられていることが想像できた。たとえ建前の話でもいい。藤袴の言葉に勇気づけられたのは確かだった。

「申し訳ありません。見苦しいところをお見せいたしました」

「お気になさらずに」

藤袴はさすがに年の功か。受け止め方が自然だった。にわかに庇の方が、慌ただしくなる。藤原斉信が沈痛な面持ちで現れた。

「明日、左大臣様より、大きな知らせがあるそうです」

それはおそらく中宮・定子にとっては、災いの兆しとなる可能性が高いのではないか。小鹿の胸に入れた雪路の眉掃が、いっそう冷たくなっていた。

第五帖　禁色の宣旨

一

「宮中や京の火事は、すべて『服妖』によるものなり。深紅の衣裳の流行りによって頻繁に火事が引き起こされたと思われる。ゆえに帝より、『禁色の宣旨』が下知された。これより以後、深紅の衣裳を身につけることは、すべて禁じられる。また、紅花で染めた衣裳も禁じることとする」

左大臣・藤原道長が申し渡した。

「例外として、公卿や公家の一部には『色ゆるさる』の宣旨が与えられた。帝の宣旨である。従わぬ者はすなわち罪人とみなす旨、申し渡すものなり。なお『ゆるし色』については常と変わらない。薄紫と薄紅は着用をゆるすというお達しを、あらためて賜った。何人も心して従うように」

表向きは平身低頭して受けるしかなかった。本当に帝の宣旨なのか、道長が裏で動いたのではないか。きわめて怪しかったが、逆らえるはずもない。

紅花で染めた衣裳は禁じられた。

薬降る。

五月五日の早朝。

「ご自分たちだけは、主上の許しを得て紅花で染めた衣裳を纏うことができる。これを『色ゆるさる』と言いますが、権力を誇示したい者にとって『禁色の宣旨』は、良い策ではないでしょうか。己の優越感も満足させられますからね」

藤袴は辛辣だった。苦笑いしている。

「権力を誇示、ですか」

小鹿は自問するように呟いた。今日は女子の下方らしい小袖姿になっている。衝立と几帳で囲われた殿舎の一郭で、お年召し様の朝の支度を手伝っていた。藤袴は『色ゆるさる』女性であるため、年齢に合った赤みの弱い二藍の小袖と袴を着け、蟬の羽のような生地の唐衣を羽織っていた。見た目にも涼やかな印象を受ける。

今日あたり椿が戻って来るはずだが、まだ使いは訪れていない。安倍晴明は庇で式神を放ち、倅の吉平とやり取りしているようだった。

静かで平らかな時が流れている。

「はい。誇示しているとしか思えません。だれもが紅に憧れて『色ゆるさる』を賜りたいと思い、道長様におもねるようになるでしょう。左大臣様への贈答品が増えるのは間違いありません。紅花はますます値があがると思いますよ」

「それは、つまり、左大臣様の懐が潤うということですか」

率直すぎたかもしれない。

「結果的にそうなることは考えられます」

少し曖昧な答えになった。雨を待っているのか、衝立や几帳の間に見える灰色の空に時折、目を走らせていた。

今にも雨が降り出しそうな曇天だったが、今日は適度に降ってくれた方が良い日でもあった。薬湯を煎じたり、薬を飲むとき、竹に溜まった目出度い水を用いるのが吉兆とされている。夜明け前に届けられた大量の菖蒲は、殿舎のところどころに活けられていた。練香とはまた違う爽やかな薫りが漂っていた。

「左大臣様の殿舎の女房たちへの付け届けも増えますか」

小鹿はさらに訊ねる。

「もちろんです。道長様よりも近づきやすいですし、主上に取り次ぐ役目を担っていますからね。密かに賑わうでしょう」

密かにの件では、小鹿もつい苦笑した。『後宮十二司』のひとりだった雪路が殺められたのは、紅花と名器の笛『葉二つ』が関係しているのだろうか。道長は用心深い公卿だ。直接、手をくだすような愚は犯さないだろうが、どうしても後ろに赤鼻の道長がちらついてしまう。

「左大臣様は八重垣の守りを突きくずすために、さまざまな策を講じていらっしゃるような気がします。『禁色の宣旨』だけで終わればよいのですが」

不安が消えなかった。次はなにをするつもりなのか。富と権力を手に入れた道長は、中宮・定子を亡き者にするのでは……浮かんだ考えを慌てて打ち消した。

気持ちを察したのだろう、

「取り越し苦労ですよ、小鹿。左大臣様は、とても頭の良いお方。怨みを買わぬよう周囲に濃やかな気配りをする点は、兄上の道隆様とは大きく異なります。意に反して我慢させるような思いをさせてしまったときは、後で必ず埋め合わせをなさるとか。立ちまわるのが、お上手です」

藤袴は穏やかに言った。口調とは裏腹の皮肉まじりだったが、小鹿の不安を取り除こうとしてくれたのがわかる。

「ですが」

反論しかけて、口をつぐむ。殿舎と庇にいるのは晴明を含めて三人だが、最高権力者の批判は、やはり、勇気がいった。

「そう、左大臣様は、中宮・定子様に対しては冷たく接していますね」

藤袴はふたたび正確に気持ちを読み、続けた。

「今年の年末に入内(じゅだい)予定の愛娘(まなむすめ)・彰子(しょうし)様は確かまだ十一、二歳。お子を産める年までは、今少し間がありますね。内心、焦っておられるのかもしれませんね。定子様が皇子(みこ)をお産みあそばされたらと気が気ではないのかもしれません」

定子と道長は、言うまでもなく姪と叔父の間柄だ。小鹿の胸には肉親なのに「なぜ」という疑問もある。少納言が血の繋(つな)がる姉なのかどうかわからないが、それでも助けたいと思うものを……理解できなかった。

「定子様が皇子をお産みあそばされたら、中宮としてのお立場や地位は、盤石(ばんじゃく)となりましょうか」

慣れない言葉遣いに、舌を嚙(か)みそうだった。少納言や藤袴、さらには他の女房の会話を聞いて必死に憶えている。緊張の連続だが、生きている実感を味わえてもいた。

——無事、御子を産んでいただきたい。

今の願いはそれだけだった。

「そうなればいいのですけれどねぇ」

杞憂を含む答えの後、

「話は変わりますが、小鹿は、どのようなお役目に就きたいのですか。めざしているのは、少納言の君のような高位の女房ですか」

不意に訊いた。

「まだ、わかりません。和歌や雅楽、四書五経を学ぶよう、少納言様には厳命されていますが」

「その考えを否定するつもりはありません。ただ、他の女房が学ばない事柄、できないことに取り組むのも必要だと思います。入れ替わりの激しい後宮で生き残っていくのは、至難の業ですから」

だからこそ、わたしは今、ここにいるのです。

と、胸を張る藤袴の言葉には説得力があった。小鹿は訊かずにいられない。

「たとえば、どのようなことを学べば良いのでしょうか」

「たとえば、そう、先例を学び、憶えるとか」

真っ直ぐ目を見て告げた。藤袴は女子ながらも御所の先例に長けており、時々、密かに男君が訪れると聞いていた。昨夜も貴重な明かりを灯して、夜、熱心に調べ物をしていたが……殿舎の一郭には、一間（百八十センチ）四方ぐらいの空間に紐で綴じた冊子が積みあげられている。

藤袴はソラで記憶しているに違いない。どこそこのあれを、と、積みあげられた冊子の山から小鹿に取り出させたりしていた。

「憶えられるでしょうか」

心細い問いが出る。とても無理だと取り組む前から白旗をあげていた。あんなに数多くの冊子を憶えられるわけがない。

「取り組む前から諦めるのであれば、やらないことです」

突き放したような言い方だったが、双つの眸は明るく輝いていた。小鹿に期待しているのを感じた。

「教えていただけますか」

「はい、喜んで指南いたしますよ」

弾むような答えを、晴明が衝立越しに小声で継いだ。

「藤袴様。お支度は終わりましたか」

「はい」

藤袴は目顔で衝立をずらすよう告げる。小鹿は立ちあがって、晴明を招き入れた。空中にいた十二神将の式神（ひとり）が、一瞬のうちに消える。また、吉平のもとに行ったのかもしれない。

「倅の調べでは、紅花だけではなく、烏梅（うばい）の値も上がっている由。手に入りにくくなっているそうです」

晴明の言葉に、小鹿は疑問を返した。

「烏梅とはなんですか」

「紅花染めや紅花から作る紅には、なくてはならないものです」

藤袴が説明する。

烏梅とは、完熟した梅に煤（すす）をまぶして燻製（くんせい）にしたものだ。これを天日でカラカラになるまで乾燥させる。手間暇かけて完成した烏梅は、紅花の媒染剤や紅花から作る口紅に用いられた。

紅花は、烏梅の酸で美しく発色する。

そう、恋の作用で美しくなる女子のように……。

「紅花染めの衣裳が禁じられたのに、どうして、紅花や烏梅の値が上がるのですか。わたしは逆に下がるように思いますが」

素朴な疑問が湧いた。

「買い占める者がいるからじゃ」

晴明は簡潔に答えて、言った。

「先程、藤袴様が仰せになられたであろう。そのお考え通りよ。紅花で染めた衣裳が着られないとなれば、着たいと思うのが人の性。『禁色の宣旨』が出されたからこそ、みな紅花染めの衣裳を着たいと思うではないか」

「ですが、うまく紅花染めの衣裳を手に入れられたとしても、着る場所がないように思います。殿舎の飾りにでもするのですか」

さらに疑問がつのった。

「公卿や上級貴族の館では、常に宴が開かれています。御所という公的な場には着ていけなくても、私的な集いには着られるのですよ。他の貴族が手に入れられない深紅の衣裳を、そこで得意げにご披露するわけです」

藤袴は相変わらず皮肉たっぷりだったが、二人ともさりげなく小鹿に指南していた。押しつけがましさのない温かさが伝わってくる。

「そうそう、もうひとつ、値上がりしている品がありました。樫の木です」

言い添えた晴明に、何度目かの疑問を向けた。

「なぜ、樫の木が値上がりしているのですか」

「先程、話に出た烏梅の媒染剤よ。烏梅を作るためには、灰汁用の木灰が必要となる。適しているのは樫の木というわけじゃ」

「灰汁を作るために、樫の木が必要になるわけですか」

小鹿はちょっと考えて、目をあげた。

「樫の木までもが値上がりしているのは、やはり、お二人が仰せの通りという証でもありますね。深紅の衣裳を買い求める貴族や富裕層がいるのは確かなようです。ゆえに値上がりが止まらない」

一度切って、さらに思いつくまま訊ねる。

「貴族の方々が宴を開くときは、晴明様や藤袴様たちにも知らされるのですか」

「必ず知らせが来るとは限りません。特に『禁色の宣旨』が下知された今は、宴に対しても厳しい目を向けられますからね。表向きは節約と倹約を奨励しているので密かに開かれることが多くなるでしょう」

「では、左大臣様の『十二単衣の宴』も、催される日を公にはしないのでしょうか」

勝手に名前をつけていた。藤袴は苦笑まじりに答える。

「極秘裡に開かれるかもしれません。ただ、左大臣様は『色ゆるさる』の公卿。公の場でも堂々と深紅の衣裳を着用なさると思います。不自由な思いをすることはないでしょう」

「もし、左大臣様が」

小鹿はそう言いかけて、やめた。あまりにも危険すぎる。晴明は見張り役の式神を見あげて、促した。

「続けよ、小鹿。近くにも屋根裏にも怪しい気配はない。大丈夫じゃ」

「わかりました。左大臣様がこたびの件に関わっているとした場合」

それでも声をひそめた。絶対に洩れてほしくない話だった。

「雪路様の美貌を奪い取った術、恐ろしい術を用いた呪術師が、宴に現れるような気がするのです。公にではないかもしれませんが、褒美の意味も含めて招くのではないかと思いまして」

「聖界からの客人か」

晴明は独り言のように呟き、言い添えた。

「むろん今の段階では、呪術師が聖界に属しているのかはわからぬがな。仮にそうであれば、よけい極秘裡の宴になるであろう。中宮様についたわれらに知らせぬのはあきらか。どこからか洩れ伝えられたときには、すでに宴は終わっているわけじゃ」

宴の開催日を知る手だてはないものか。人手不足の晴明部隊は、智恵を振り絞って対応するしかない。小鹿は頭に浮かんだ事柄を告げる。

「今、思いついたのですが、野菜の動きを追えば、どの館でいつ宴が開かれるか、だいたいの日にちは、わかるのではありませんか。宴には野菜を用いた料理が欠かせません。大量の野菜を使いますから」

「ほう」

「おや、まあ」

晴明と藤袴の驚きが重なる。二人の話を記憶にとどめ、そこから答えを導き出した小鹿に感心しているようだった。破顔しているのを見た小鹿も嬉しくなる。少納言もそうだが、自分の成長を喜んでくれる存在が支えになっていた。

「ご存じのように大内裏や内裏には、畑や田圃がありません。作ることを禁じられておりますから。左大臣様ほどの方になれば、広大な館の庭で作らせているかもしれませんが、宴を開く場合は足りなくなるでしょう。買い求めなければならないと思います。野菜の動きを調べると、おおよその開催日はわかるような気がします」

「ようそこに気がついたな。わしの弟子は師匠よりも優秀らしい。ついでに、ひとつ、訊きたいのだが、雪路様が遺した歌は、さて、どのようなものだったか。紅花の産地も詠まれていたが、年は取りたくないものよ。きれいさっぱり忘れてしもうたわ」

記憶力試しだろう。忘れたという話は信じられないが、小鹿はすぐに応じた。

「『えんし山影さへ見ゆる山の井の、あさくは人を思ふものかは』です。意味は『焉支山を映す泉は浅いけれど、あなたへの私の愛はもっとずっと深いのです』だったように思います」

突然、懐の眉掃（まゆはき）が熱くなるのを感じた。曇り空だからなのか、今朝（けさ）はいつもより多少、涼しくなっている。そのお陰だろう。わずかな変化をとらえられた。

——この間は冷たく感じたけれど。

あれは確か藤袴の話が出たときだったが、理由は今もって判明していない。やはり、雪路には想い人がいたのではないか。それは雪路の里第（りてい）（実家）に現れた『南無阿弥陀仏の男君』ではないのか。雪路が想い人に殺められたとは考えられない、いや、考えたくなかった。

「見事です」

藤袴の賛辞に照れ笑いを返した。

「憶えなければと必死なのです」

話している途中で突如、小鹿の犬顔式神・緒都(おと)が宙に出現する。肩に舞い降りて伝えた。

「藤袴様にお客様のようです」

「わかりました。中納言(ちゅうなごん)の君、いえ、まだ中納言ではありませんが、とにかく、ご案内してください」

あらかじめ、使いが来ていたようだ。小鹿は藤袴の女童(めのわらわ)や下方を呼んで、一緒に殿舎を調える。晴明は庇に移って、控えた。

二

「まさか、安倍晴明様が藤袴様の殿舎におられるとは思いませんでした。お目にかかれたことは幸いだと思うております」

貴族の男はしきりに恐縮していた。年は三十前後、凹凸(おうとつ)の少ないのっぺりした顔立ちの持ち主で、生白い肌がいかにも貴族という印象を与える。顔だけでなく、自然と手にも目が行っていた。後宮にあがって感じたことのひとつとして、ほとんどの男君は手が美しかった。

――辛い仕事をしたことがない手。

そんなふうに思っている。

「晴明様がおられるのならば、我が家になにが起きたか、すでにおわかりのことと存じます。いかがでございますか」

表情と声は暗く沈んでいた。晴明の霊力が使えるからだろう。小鹿には、淀(よど)んだ暗い氣をまとっているように視(み)えた。

「うむ」

晴明は短く答えた。小鹿は庇の老陰陽師の隣に座している。女童や下方は席を外しているため、殿舎にいるのは四人だけだった。

かなり蒸し暑くなっている。額には、じっとりと汗が滲(にじ)んでいた。とにかく暑い。

「跡継ぎの手続きが、間に合わなんだか」

ふと思いついたように晴明は言った。見通占(みとおしせん)――相手が口を開く前に用件の内容を察知する技で閃(ひらめ)きを得たのだろうが、小鹿はまったく意味がわからない。藤袴は当然、事前に文(ふみ)や使いを受けていたに違いなかった。

「さすがでございますね、晴明様」

同意して継いだ。

「お父上が未明にご逝去なされたそうです。あまりにも急だったことから、中納言の職を倅殿に譲る旨、手続きをしておられなかった由。間に合わなかったのです。亡くなられてすぐに使いがまいりました」

そういえば、と、小鹿は思い出している。殿舎の隅で寝ていたとき、夢現の状態で人が出入りする気配を感じた。藤袴がしばらくの間、寝む小鹿の傍らにいた憶えがある。その後、出て行ったようだが、中納言家からの使いが来たという知らせを受けたのだろう。

――お忙しい方。ゆっくり休む暇もない。

藤袴と逝去した中納言の君は、どういう関係だったのか。先例に詳しい男君ではなく、お年召し様に相談しようと思ったのは、口の堅さを知るがゆえだろうか。

官人が所帯している官職は、勅許（天皇の許し）があれば子弟らへ譲与できた。世襲は表向きは禁止のような風潮だったが、許可制ではあるものの、条件付きでじつはそのまま父親の職を継げたのである。

貴族は、なにかと優遇されていた。

「他言せぬよう、きつく家司に命じてまいりました。ですが、すぐに話は洩れましょう。どうすればよいのかとご相談にあがりました次第」

見るからに頼りなさそうな男君は、不安のあまり、うすぼんやりした眉がへの字にさがっていた。第一印象よりも、さらになさけない顔になっている。暗い氣が視えるからなのか、小鹿は肩や背中に重たさを感じた。

赤児を前に抱き、さらにもうひとりを背負っているような重圧感がある。

我知らず吐息をついたとき、

「お父上・中納言の君は、この後、蘇生いたします」

突如、藤袴は予言めいた言葉を口にした。

「は？」

男君は一瞬、眉を寄せる。小鹿も理解できなくて当惑した。未明に死んだ中納言が、生き返るのか。老陰陽師に蘇生を頼むのだろうか。

「運が良かったですね。幸いにも、稀代の陰陽師・安倍晴明様がおられます。いかがでしょう、晴明様。中納言の君は蘇生いたしますか」

「然り」

晴明は即答して、重々しく告げる。

「まさにたった今、中納言の君は蘇生せり。生き返った姿を霊視した。すぐ館に戻られよ。手続きに必要な文書の手筈は、藤袴様が手配りしてくださるゆえ」

「…………」

戸惑いつつも得心した。

——これは、もしや、御所ことばによる独特の御所定め？

小鹿は『御所定め』という新たな造語とともに悟った。死んだ中納言の君が生き返ったことにして、素知らぬ顔で跡継ぎの男君に譲与させる。奇跡的に息を吹き返した中納言の君は、必要な手続きを終えたとたん、ふたたび黄泉の旅に出る。

そういうことなのだ。晴明や藤袴の意味ありげな目配せを受け、鈍い男君もようやく察したようだ。

「あ、ああ、なるほど」

ぽんと軽く膝を打つ。

「承知いたしました。それでは、すぐ館に戻ります」

やりとりで興奮したのか、安堵したのか。なさけなかった白い顔が、少し赤みを帯びていた。喜色満面といった表情で退出して行く。入って来たときの暗さとは打って変わり、別人のようになっていた。

「驚きました」

小鹿は正直に言った。

「御所では、考えられないことが起きるのですね。御所ことばによる御所定めであると、わたしは感じました。民には想像もできない話です」

反撥心と諦めに似た二つの気持ちが、混じり合っていた。嘘で固められていることには抵抗を覚えるものの、少納言は藤袴が告げた先例——中宮・定子は出家の正式なお披露目をしていないため、出家したことにはならない——という話に救われた。

悪いとは言いきれない部分がある。

「先例が重要なのです。もし、残された書簡に見当たらない場合は、似たような先例を見つけて助言いたします。まったく同じではなくても、探せばあるものなのですよ。わたしはそれを見つけるのが、男君たちよりも上手いらしいのです」

なるほど、と、小鹿は得心した。先例に通じた男君ではなく、藤袴を訪う理由がこれではないだろうか。融通のきかない男君たちは、先例にないとわかった時点で相談を突っぱねるのかもしれない。

——他者とは違う強みを持つのが大事なんだわ。

これが重要なのだと知った。

「晴明様のお陰で、新しい中納言の君は、呑み込みが早かったように思います。助かりました」

　藤袴は深々と辞儀をする。

「いや、お役に立てたのであれば、なによりです。藤袴様の下方になれた小鹿は、本当に幸いでした。女房はむろんのこと、女童や下方も簡単にはお仕えできないと聞いております。ご縁あってのことでしょうが、良き出逢いでございました」

　辞儀を返した晴明の言葉を噛みしめていた。ここでも『御所ことば』が使われているのを感じた。藤袴は老陰陽師に礼金を出すだろうが、晴明が受けられる恩恵は他にもある。無事、父親の後を継いだ中納言の君は、おそらく吹聴するだろう。

〝安倍晴明様のご祈禱が功を奏しました。父は蘇生したのです。お陰様で帝の勅許を賜れました。安倍晴明様は噂以上の陰陽師でございます〟

　中納言の君の話が広まれば、さすがは安倍晴明となって、公卿や貴族ばかりか、民の口の端にものぼる。互いに良いこと尽くめなのは確かだった。

　――火事や災害のたびに場所を移す生き物のような御所には、独特の御所ことばと御所定めがある。

　これまた、妙に得心していた。むろん、良し悪しは別にしてだが……。

「藤原重家様と源成信様が、おいでになりました」

女房が、医師と検非違使のふりをしていた二人の訪いを告げた。ほどなく、二人はひとりの女童をともなって姿を見せる。成信は持っていた包みを床に置いて広げた。中から雪路の文箱と化粧筺を取り出して、並べる。

小鹿は晴明とともに、庇から殿舎の中へ移動した。腰を落ち着ける間もなく閃いた。

「もしや、雪路様の女童ですか」

思わず出た呟きだったが、連れて来られた女童に視憶えはない。しかし、聞いた方は反対の意味に取ったのだろう、

「間違いありませんか」

　重家が訊いた。

「あ、いえ、違うのです。霊視した〝絵〟に現れたのは、その少女ではありませんでした。いかがですか、晴明様」

　と、隣の老陰陽師に答えをゆだねる。

「わしも視憶えはない。違う女童じゃ。もしかすると、霊視に現れたのは、雪路様を殺めた罪人の配下かもしれぬ。一緒に来て、雪路様の殿舎へ行かせたのではあるまいか」

「雪路様は、自分の女童ではなかったことを、奇妙に思われなかったのでしょうか」

不審点を問いかけた。

「後宮十二司の尚侍ともなれば、人の出入りが多い。いちいち気にしていなかったのではないか。また、特に危険を感じていなかったのかもしれぬ」

「確かに」

小鹿は、すとんと胸落ちした。雪路が殺められた原因は名器の笛『葉二つ』、もしくは紅花に関わることなのか、あるいは両方の理由によるものか。いずれにしても、まさか自分が殺されるとは思っていなかったのかもしれない。

「油断しきっていたのでしょうか」

「うむ」

受けた晴明を、成信が継いだ。

「わたしは、この少女を殿舎に送ってまいります。今は別の女御に仕えておりますので」

「お願いいたします」

答えて、小鹿は準備しておいた文書を配る。晴明にも清書を手伝ってもらい、雪路の騒ぎを取り急ぎ、纏めておいたのだ。老陰陽師とは、あきらかに書体が異なっている。

「こちらは小鹿ですね」

藤袴は、上手いとは言えない字の方を掲げた。苦笑いの意味は察している。うつむいて頭をさげるしかなかった。

「は、い。申し訳ありません」

「書も猛特訓しなければなりませんね。学ぶことは山ほどあります。先例を憶えるのは、まだ少し先ですね」

最後の部分は、独り言のようになっていた。比べるまでもなく、晴明の文書は一幅（いっぷく）の掛け軸のように見える。音律（ひびき）が感じられるほど綺麗（きれい）だった。

「いや、小鹿の書体も、なかなか味があるように思います」

重家の世辞は、右から左に聞き流した。貴公子たちは幼い頃より、こういった物言いを躾（しつけ）られている。真に受けるとあとで痛い目に遭うのは確かだろう。

小鹿は晴明の目顔を受けて、衝立や屏風（びょうぶ）の位置を微妙に調節した。集う者たちを素早く隠したのは、密談の始まりを示している。見張り役の十二神将のひとりと、小鹿の犬顔式神が衝立の上に陣取った。

藤袴の殿舎が、にわか密議の場になっていた。

三

「一番、気になるのは、小鹿がお筆先で記した名器の笛『葉二つ』よ。わしが霊力を失ったことと関わりがあるかもしれぬ」

晴明が口火を切る。小鹿はすぐさま疑問を返した。

「なぜ、そう思うのですか」

「まず時期が同じじゃ。だれかに霊力を吸い取られているように感じて、吉平が式神を放ったところ、迷うことなく小鹿のもとへ行った。以来、そなたの近くにいると霊力が戻り、どうにか陰陽師として役に立つ状態になる」

「なぜ、わたしの側（そば）にいると霊力が戻るのでしょうか」

「理由はいまだにわからぬ。ただ、なんとなくだが、親（ちか）しい霊力を感じてはおるのじゃ。小鹿とは、遠いどこかで血が繋がっているのかもしれぬな」

「仁寿殿（じじゅうでん）についてはどうですか。初めて内裏が焼亡した天徳（てんとく）四年（九六〇）でしたか。小鹿の文書によりますと、晴明様は『ちと調べてみるか』と気にしておられました」

重家は、文書に視線を落としつつ訊いた。

「倅に調べさせているところよ。これまた、なんとなくなのだが、気になるゆえ、なにかわかった折には知らせよう」

「お願いいたします」

「わたしは、雪路様の文箱が気になっています」

小鹿はそう言いながら懐の小袋を出した。中には雪路の眉掃が入っている。

「前にも申しましたが、眉掃は化粧道具のひとつ。それなのに雪路様と思しき桜襲の女君は、文箱から立ちのぼった紅の煙とともに出現いたしました。普通に考えますれば、化粧筐から現れるように思うのです。それが気になっております」

言葉遣いに気をつけて言った。私的な集いの場が、行儀見習いの稽古にもなる。要するに自分次第ということだ。

「先程、野菜の動きを調べる話が出たときにも感じましたが、女子らしい疑問ですね。わたしも同じように考えました。化粧筐から現れる方が、自然なように思います」

藤袴が同意して、重家に目を向けた。

「なにか意味があるのかもしれません。文箱に入っている道具は、確認しましたか」

「はい。取り立てて変わった品はありませんでした」

答えて、文箱の蓋を開ける。小鹿はいち早く藤袴に渡された布を床に敷いた。重家は文箱から料紙や硯（すずり）、墨、筆などを出して布の上に並べた。

「あ」

「む？」

小鹿と晴明の声が重なる。二人とも眉掃に共通する品に目を吸い寄せられていた。まったく同じではないが、雪路は似たようなものを使っていたではないか。

そっと手に取る。

「やはり、筆が気になるか」

晴明が訊いた。

「はい」

小鹿は何本かの筆のうち、細い筆を取っていた。小袋に入れておいた眉掃を出して並べる。むろん違う獣（けもの）の毛を使っているだろうが、毛を用いている点が同じだった。

「眉掃も筆も、獣の毛を用いていますね」

藤袴が代弁するように告げた。ああ、と、重家はほとんど同時にうなずいている。

もしや、同じ職人が作った品ではないか、そして、その職人とは雪路の想い人、『南無阿弥陀仏の男君』ではないのか!?

「筆の毛は、どのような獣のものでしょうか」

小鹿の問いに、重家は即答する。

「おそらく兎だと思います。一番多く使われているのは、安価な鹿で次が狸。兎は格段に高いですが、雪路様がお持ちの筆は」

途中で言葉を切ったのは、思い至ったからだろう。

「そういえば」

重家の呟きを、小鹿は力を込めて継いだ。

「はい。眉掃に使われている毛も兎のように思います。しかも、雪路様のものと思しきこれは、漆で塗られたあまり見たことのない品。もしかしたら」

「雪路様は、筆職人と相愛だったかもしれない。そして、その筆職人は、『南無阿弥陀仏の男君』かもしれない」

さすがは恋の道に長けた貴公子、補足は必要なかった。小鹿は大きくうなずき返した。

「はい」

「早急に調べてみます」

重家は筆を筆入れで包み、懐に入れる。緊張した面持ちになっていた。続けて袖からは、布に包んだ竹刀を出した。雪路のものと思しき血が、こびりついている。殺められたときの生々しさは消え失せていなかった。

「念のため、竹田氏に確認したのですが、だれの竹刀であるのかまでは、わかりませんでした。われらも普通に竹刀を使いますゆえ、持ち主を探すのは至難の業だと思います。これは定かではない話なので、お伝えするか悩みましたが」

前置きして続ける。

「竹田家の庶子として生を受けた男が私度の僧になり、賀茂神社か下鴨神社のどちらかで私兵を務めているとか。かなり荒っぽい悪事を重ねていると聞きました。竹田氏が関わり合いになりたくないのはあきらか。それ以上は話してくれなくなりました」

「お話を伺って感じたのですが、竹田氏に怨みを持つ庶子の男が、わざと竹刀を使ったことも考えられるように思います」

小鹿の意見を、晴明が受けた。

「なるほど。神聖な竹刀を貶めるのはすなわち、竹田氏を貶めることに繋がる。敢えて用いたか」

「ありうるのではないでしょうか。いずれにしても、わたしが気になるのは、糺ノ森」

「下鴨神社か」

「はい。僧兵らしき者が、争う〝絵〟も視えました。推測にすぎないのですが、飛香舎の前庭に遺棄されていた二体の亡骸のうち、一体は独鈷を持っていた由。僧に見せかけるための小道具かもしれないと思いましたが」

「あるいは、雪路様を殺めた罪人か？」

晴明の問いは、自問のようでもあった。

「はい。何者かに命じられて動き、口封じのために始末されたのかもしれません」

「ありうるな」

「ちょうどよいところで二体の亡骸の話が出ました」

重家が言った。

「飛香舎に遺棄されていた二体の亡骸のうち、一体が行方知れずになりました。雪路様の遺骨を納めた殯屋に仮置きしていたのですが、小柄な方の一体が消えました」

「消えた、とは？」

小鹿は首筋の毛が逆立つのを覚えた。ザワザワした不吉な感じが湧いてくる。苦手な霊がらみの話に思えた。

「文字通り、殯屋から消えたのです。骸骨が歩いていたのを見たという話も広まっております。遺棄されていた小柄な亡骸かどうかはわかりません。ですが、見た者によりますと、大きさとしては小柄で子どものように華奢な骸骨だったと」

「まことでしょうか」

小鹿は疑いしか浮かばない。

「だれかが骸骨を盗み、骨を磨り潰して薬に使うつもりなのかもしれません。ヒトの骨は薬になります。かなりの高値で売れるのです。幽霊話は亡骸を盗んだ疑いの目が、自分に向かないようにする策かもしれません」

「薬とは、また、大胆な考えを……晴明様、藤袴様。ありうる話ですか」

重家は二人の年寄りを交互に見やる。

「ありえないとは言えぬが、こたびはいかがであろうな。ちと引っかかる。怨みか、憎しみか。小柄な骸骨は、今生に気になる事柄があるのではないか。わしは骸骨が自らの意思で動き出したように思えてならぬ」

「小柄な一体は、ほとんど骸骨でしたが、大柄の方はまだ腐り始めたばかりでした。死んで数日という感じです。そういったことを鑑みても、お二人の私兵という考え通りかもしれません。もしかしたら、竹田氏の庶子ということも考えられます。とにかく凄まじい臭いでした」

光の少将・重家の鼻に深い皺が寄る。そんな表情までもが、まさに光を放っていた。

女房たちが騒ぐのは無理からぬことといえた。

「雪路様が遺した和歌は、恋の歌であるとともに紅花の歌でもある。採れる唐の産地を詠み込んでいるではないか。値上がりしている紅花と、いやでも結びつけたくなる。しかし、名器の笛『葉二つ』はこの世にあるのかすら、いまだわからぬ」

老陰陽師の言葉を、小鹿は文書に自分で記した晴明の言葉で継いだ。

「晴明様は仰せになりました。雪路様は『葉二つ』を手に入れようとしたのか、手に入れたがゆえに殺められたのか、と。鬼の笛は殺めた罪人が、持ち去ったように思います」

関わりを考えずにいられない。しかし、肝心の笛は手がかりなしの状態だ。堂々巡りになっていた。

「桜襲の十二単衣ですが」

小鹿は別の疑問を投げる。

「左大臣の道長様は、一月から十二月までの十二単衣を着た女房を勢揃いさせて、宴の華にする予定だったと仰せになりました。少納言様のお話では、打出と言うとか。宴は中止されたのですか」

「いえ、執り行われると聞きました。道長様は競馬がお好きなのです。観戦した後で酒宴を開くとか。そのときに月ごとの装いをした女房たちをお披露目するのでしょう」

重家が答えた。競馬は二頭の馬を走らせて競う賭け事だ。先行させた馬を追いかけさせ、逃げきれば先行馬の勝ち、後行馬が追い抜けば後行馬の勝ちとなる。

「競馬ですか」

ぴんとこない呟きが出た。いったい、公卿はどれほどの富を持っているのだろうか。貧民街育ちの小鹿には、想像もできなかった。

察したに違いない、

「競馬を催せるほど広大な館なのですよ」

藤袴はさらに言い添えた。

「公卿といえども簡単には開けません。前にも似たような話をしたかもしれませんが、競馬を開催できるのはすなわち、己の権威や財力誇示になるというわけです。常に抑えつけていなければ、落ち着かないのでしょう。近頃は鼻につくほどの圧力をかけるようになりました」

補足には、いつもの皮肉が込められていた。どちらかと言えば中宮・定子に肩入れしているように思えた。道長の実の姪に対する冷たい対応は、だれにとっても納得しがたいものなのかもしれない。

「そうそう、ここに書かれている少納言の君の話ですが」

藤袴は小鹿の文書を見て一部分を指した。

「『淑景北舎の女房が、渡殿を歩く雪路様を視たというのです』と記されています。

小鹿は先程、『紀ノ森』と呟いたではありませんか。そういえば後宮の殿舎の女房が、賀茂神社か下鴨神社の斎院に仕えていたと聞いた憶えがあります。どの殿舎か、どちらの神社かまではわかりかねますけれど」

「斎宮ではなくて、斎院ですか」

小鹿は素早く確認する。理解できない点は、その場で訊くようにしていた。後回しにすると忘れてしまうからだ。

「簡単に説明いたしましょう」

藤袴が告げた。

斎院は、賀茂神社か下鴨神社に奉仕する皇女のことであり、斎宮は伊勢神宮に奉仕する皇女のことだ。彼女たちの御殿は、御所の後宮と同じように才女が集められて、隠然とした勢力を持っていた。

発信の場（サロン）が、形成されていたのである。

「女房は、仕える先を神社から後宮に変えたりするのですか、いえ、簡単に変えたりできるのですか」

これも訊き返した。

「仕える先は簡単に変えられます。家司もそうですが、優れた女房は引く手あまたですよ。和歌が得意であれば、もうそれだけで暮らし向きには困りません。さらに染色や縫い物、料理にも秀でた才能があれば恐いものなしですね。家柄の良い男君の正妻になれたりもします」

藤袴の話を、晴明が補足する。

「天皇家や他の権門貴族たちは、一家に関係する寺院を造り、所領を寄進して、そこに余った子女、ちと言葉は悪いがな、我が子たちを入寺させるのじゃ。家と尼僧院は表裏の関係をなしておる。政界に対する聖界とでも言おうか」

苦笑いしつつ、紙に「聖界」という漢字を記して、さらに言った。

聖界は鏡に映し出された特殊な世界であり、格式を保てる場として次々に寺が造り出されていった。特に尼僧院が興隆したのは、女子の単身者が誇りを持ち、自己を確立して生きていける場所だったからに他ならない。

それが信仰による生き方を含めた尼寺の存在理由だった。

「尼寺で生きる」

小鹿は、我が身を当てはめてみる。即座に無理だと思った。また、晴明が聖界という表現を用いたのは、事前にある程度の調べがついていたからではないだろうか。口にするのが憚(はばか)られる場であるのは間違いない。皇子や皇女が入寺するとなれば、めったなことは口にできなかった。

「今の晴明様のお話、鏡に映し出されたという部分が気になりました。聖界という表現にも妙なザワつきを……」

「晴明様」

輝く中将・源成信が戻って来た。やけに取り乱しているのが見て取れた。多少のことには動じないように思えた貴公子の顔から血の気が失せている。

「骸骨が歩いているのを見ました、この目ではっきりと」

驚くべき話を口にした。小鹿と晴明は、ほとんど同時に立ちあがる。重家がいち早く飛び出して行った。

薬降る、だろうか。

小雨が降り出していた。

四

骸骨が歩いている場面に出くわすかと思ったが——。

「さあ、出立しますよ。ホトトギスが啼く場所へまいりましょう」

少納言が言った。満面に笑みを浮かべている。成信が案内したのは、中宮・定子の殿舎——職の御曹司だった。車舎には、卯の花で派手に飾り立てられた二台の牛車が停められている。女房装束をまとった数人の女たちが乗り込んでいた。

藤袴と同じ夏らしい二藍の小袖や白い袴で装っていた。若いので赤みが強い小袖を着ているのが、羽織った羅越しに透けて見える。『禁色の宣旨』はどこへやら、下知されたのは別の国の話に思えた。

「小鹿、どうしたのですか。なにかあったのですか。顔色が悪いですよ」

少納言が目を向ける。拍子抜けするほど緊張感がなかった。

「いえ、あの」

言い淀むと、成信が前に出た。

「わたしは骸骨が歩いているのを見ました。こちらの殿舎の中庭です。子どものように小さな骸骨でした。首のあたりが頼りなくガクガクと揺れて、髑髏（しゃれこうべ）が今にもポトリと地面へ落ちそうでした」

見た者なればこその具体的な表現に、小鹿は震えあがった。成信が偽りを言うわけがない。まだ、そのへんにいるはずだ。

「骸骨ですか」

少納言は鼻で笑った。

「つい先程、検非違使の方が殿舎においでになりましたが、そのようなものは、だれも見ておりませんよ。成信様は、白昼夢でもご覧になられたのでしょう。気の済むまでお探しください」

「成信、お許しはいただいた。われらも探そうではないか」

すぐさま重家は、友と動いた。殿舎の庭伝いに奥へ進んで行く。一条（いちじょう）天皇が遣わした検非違使や随身（ずいじん）も捜索に参加していた。小鹿は不安が増すのを感じている。

——なぜ、職の御曹司に現れたのだろう。

定子へのいやがらせか、中宮の悪い噂を広めるためか、骸骨を利用して追い出す策か。術師が操っているのかもしれないが、ヒトが持ち運んで意図的に動かしている可能性も捨てきれない。疑いが消えなかった。

少納言は貴公子たちを目で追いかけていたが、

「わたしたちはホトトギスの声を聞きに賀茂までまいります」

と、小鹿に視線を戻した。

「そなたには中宮様のお世話を、そして、晴明様には端午の節句のご祈禱をお願いいたします。陰陽師の方にご祈禱を執り行っていただけるのは、久方ぶりのことなのです。支度は調えておきました」

仕草で示された庇の軒先や殿舎には、節会を彩る菖蒲や薬玉が美しく飾られていた。音もなく降る五月の雨が、言いようのない風情を醸し出している。御簾が降ろされた職の御曹司の奥には、定子が座しているのだろうか。

「中宮様を置いて出かけるのですか」

浮かんだ違和感を問いかけた。女房の頭役を務める者が、こんなふうに主のもとを離れてもよいのだろうか。節会であるうえ、骸骨が歩いているのを見たという男君がいるのだ。お側を離れてはならないように思えた。

「中宮様のご了解は得ております。楽しんでいらっしゃいと仰せになりました。夜が明けきらぬうちから殿舎や牛車を飾りつけたのです。できるだけ多くの方々に、見ていただきたいと思うております」

決心は揺るがないようだった。

「ですが」

さらに反論しようとした小鹿を、老陰陽師が素早く止める。

「小鹿」

会釈して言った。

「仰せの件、すべて承知いたしました。お出かけあそばされるには、良き日であると存じます。卯の花で飾りつけた牛車は、御所だけでなく、京でも噂になりましょう。中宮様のお身体と道中のご無事をご祈願いたします」

「よろしくお願いいたします」

一礼して、少納言は車舎に足を向けた。小鹿は得心できない気持ちが残っている。やり場のない憤りが口をついて出た。

「少納言様は、どうかしていらっしゃるとしか思えません。成信様が不気味なものを見たと仰せになっているのに、身重の主を残して自分たちだけ出かけるとは」

「なにかお考えあってのことではあるまいか」

「そうでしょうか？」

小さな怒りと不審を返した小鹿に、晴明は穏やかな笑みを向ける。

「宮中では帝が群臣を集めて節会の儀式を執り行っておられる頃じゃ。内裏は飾りつけられて賑わっておろう。むろん帝は中宮様へのお気遣いを忘れてはおられぬがな」

飾られた菖蒲や薬玉を指して、継いだ。

「内裏の外のここに、その賑わいまでは伝わって来ない」

「もしや」

そこでようやく小鹿は思い至った。中宮・定子の存在を知らしめるために、少納言は派手な牛車での行幸(みゆき)を考えたのではないか。

〝忘れないでください、主上の后(きさき)は職の御曹司にいるのですよ。お腹(なか)には第二子がいるのです。次は皇子かもしれません。誕生した暁には、祝ってください〟

訴えたいのは、定子の現状(いま)かもしれなかった。

「そうですね、きっと、お考えあってのことですね」

「それはともかく、そなたの式神を飛ばせ。少納言の君たちの様子が案じられるゆえ」

晴明の助言にはっとする。

「そうでした」

緒都、少納言様のもとへ行け。

心の中で命じたとたん、宙に浮かんでいた犬顔式神が消えた。牛車に乗り込む少納言の姿が脳裏に浮かぶ。本当に便利だった。

「晴明様」

御簾の近くにいた定子の女房に呼ばれた。彷徨う骸骨を探しに行った二人の貴公子は、まだ戻って来ない。小鹿は晴明とともに、職の御曹司の殿舎に入る。外に比べれば薄暗いはずなのだが、御簾は後光を放つように輝いて視えた。

「ずいぶん明るいですね」

小鹿は呟いた。

「そなたも、中宮様の霊光を感じ取れるか。澄みきった邪念のない美しい氣を発しておられる。帝が惹かれるのも無理からぬことよ。中宮様のお側にいるのは、なによりの癒やしになろう。われらの祈禱など要らぬのじゃ。他の女御の方々は、自分磨きに精を出すしかあるまいな」

「父上。遅くなりました」

倅の吉平が姿を見せた。十二神将の式神で視ていたのだろう。女童に案内されて来た。吉平の倅か、弟子なのか。二人の若い男をともなっている。

「わしは、吉平と祓いの儀式を始める。中宮様が無事、皇子をお産みあそばされるようにな、祈りを捧げようと思う。護摩壇までは設けられぬが、魂を込めて祈るつもりじゃ」

「お願いいたします」

小鹿は答えて、御簾の近くへ膝行する。師匠と仮の弟子がどれほど離れていられるのか、正確な距離がわからないため、護摩壇を使う大掛かりな祈禱は無理なのかもしれない。それでも晴明は、中宮の陰陽師としての役目を懸命に務めようとしていた。

「定子様。小鹿がまいりました」

女房の呼びかけを、小さな声が受けた。

「お入りなさい」

「え？」

小鹿は驚いて顔をあげる。あらかじめ直接、会う話をしていたのか、女房は早くも御簾をあげていた。あまりにも霊光が眩しくて、思わず目をしばたたかせる。白というよりは銀色に近い霊光が満ちみちていた。

「早う中へ。定子様のご命令です」

「命令ではありません。お願いしております」

すかさず響いた声に、小鹿は胸が熱くなるのを覚えた。権高とは無縁のあたたかさ、やさしさが伝わってくる。恐縮しながら、御簾の中へおそるおそる身を移した。しかし、畏れ多くて顔をあげられない。さらに眩しくて霊光を間近で受けられなかった。

「もそっと近う」

請われて、わずかに近寄る。それを何度か繰り返した後、鈴のような可愛らしい笑い声をたてた。

「小鹿は恐がりですね。わたくしは、もののけではありませんよ。外をうろついているらしい骸骨でもありません。そなたの元気な顔が見たいのです。面をあげてくださいな」

「はい」

かろうじて答える。またもや緊張で喉がカラカラに渇いていた。自分自身を叱咤激励し、わずかに目をあげる。

そこには、最初に逢ったときよりも艶やかな定子がいた。神々しいばかりの美しい微笑みを浮かべている。青鈍の衣をまとった落飾姿は、以前、見た通り童女のように愛らしかった。

「息災でなによりです」

「あ、はい」

「そなたは、わたくしに二つの安らぎをもたらしてくれました。ひとつめは、晴明様を招(よ)んでくれたこと。二つ目は藤袴様のこと。少納言は藤袴様のお話が、本当に嬉しかったようです。出家のお披露目がまだならば、それは正式な出家にはならない。先例にはそうあると、わたくしの前で何度も繰り返しました」

澄んだ両眸(りょうめ)は、宙に向けられていた。喜びに満ちて上気したその横顔が、嬉しかったのは少納言だけではないと語っているように見えた。宿直(とのい)の知らせや主上からの文が届けられるたび、複雑な思いがするのではないだろうか。また、第二子を授かったことも、手放しでは喜んでいないように感じられた。

ふわりとやわらかな氣をとらえた。

「ホトトギスの小さな旅をお許しになられたのは、そんな少納言様のお気持ちを慮(おもんぱか)るがゆえなのですね」

小鹿は言った。顔をあげ、背筋を真っ直ぐのばしている。下方だからと卑屈になるのではなく、同じ目線での話を定子は望んでいるように思えたからだ。

「そうです」

定子は宙に向けていた両眸を、小鹿に合わせた。口もとには微笑をたたえている。それは判断が正しいことを伝えていた。

「知っていますか」

次に投げられた問いには、当惑を返すしかない。

「え？」

「ホトトギスという鳥は、自分で産んだ子を育てないそうです。他の鳥の巣に卵を産み、育てさせるとか」

微笑が、微苦笑に変わる。

「わたしたちと同じなのですよ。お腹を痛めて産む大切な我が子なのに、自分の手で育てるのを許されない。おかしな話です」

「………」

小鹿は言葉を失ってしまう。なんの疑問もなく、政の道具として使われる運命を受け入れているのだとばかり思っていたが……自分と同じではないか。中宮とはいえ、ごく普通の女子だ、なにも変わらない。

「小鹿はどうですか。我が子を乳母に託したいですか」

「いいえ」

即座に答えた。

「わたしは、自分で育てたいと思います。この腕に抱き、あやしながら乳を飲ませ、隣で一緒に眠りたい。それが望みです」

「そう、そうです、それが良いと思います。乳母まかせは、駄目です。親子でも肌のぬくもりを感じさせるあたりまえのやり取りがなければ、どこかよそよそしい関係になります。心を通い合わせてこそですから」

無意識かもしれない。定子は、袴の上から自分のお腹をゆっくりと撫でている。第一子の内親王は、否応なく乳母の手に渡された。第二子はせめてと思っているように感じられた。殿上人の中宮にも、ままならないことがあるのだという事実に、小鹿は少なからず衝撃を覚えた。

さまざまな苦悩を押し隠して、凜とした生き方をつらぬく定子。

あらためて強い方だと思った。

「中宮様をお支えしているのは、なんでしょうか」

意外な問いが、口をついて出る。慌てた。

「申し訳ありません、つまらないことを……」

「歌です」

遮るように定子は言った。

「主上のお支えは言うまでもないことですが、他になにかと問われれば和歌と答えます。わたくしの母は歌の名手でした。時折、父や母の気配のようなものを、とらえるときがあるのです。すぐに歌を詠むと、繫がった感じがするのです。このあたりが」

美しい右手をお腹から胸に移した。

「あたたかくなるのです。あぁ、父上だ、これは母上だと、感じます」

遠くを見やっている。定子の母・高階貴子(たかしなのきし)は、素晴らしい歌を残したが、夫の道隆亡き後、花が散るようにすぐこの世を去った。おそらく定子は、美しかったであろう母親似ではないのだろうか。

あふれるような才能も受け継ぎ、後ろ盾を失ってなお一条天皇に鍾愛(しょうあい)される后となった。

「わたしも歌は学ばなければと思っております。少納言様より、きつく申し渡されているのですが」

「歌は憶えるものではありません。漂う氣や水、火や風、そして、天地に宿るもの。なにかがひびいたとき、裡側(うちがわ)から湧きあがってきます。それを言(こと)の葉(は)で紡(つむ)ぐのです」

「紡ぐ」

よけいむずかしいと思った。とたんに定子は、コロコロと鈴を転がすような笑い声をあげる。

「顔に出ますね、小鹿は。反応が新鮮で楽しいです。自然にわかりますよ。あれこれ考えるよりも、まずは詠んでみることですね。考え過ぎてはいけません」

「はい」

「ご無礼つかまつります」

御簾越しに晴明が呼びかけた。

「ちと小鹿をお借りできますか。重家様と成信様が、奇怪なものを見つけたとか。式神が知らせにまいりました」

奇怪なものとは言うまでもない、彷徨（さまよ）う骸骨だろう。

「わかりました」

答えた定子に仕草で促されて、小鹿は御簾から辞した。とたんに眩（まばゆ）い霊光が弱くなる。さして厚みのない御簾で仕切られているだけなのだが、殿舎は暗かった。

五

外はさらに暗く、鬱陶（うっとう）しい霧雨が降り続いている。湿気と蒸し暑さのせいなのか、小鹿は腐臭を強く感じた。

「逃げたぞ」

「探せ」

検非違使や随身たちが、広い庭を右往左往していた。重家と成信もいたが、高貴な血の成せる業(わざ)だろうか。地味な色合いの狩衣姿であるにもかかわらず、二人は目立っていた。

光が当たっているかのごとく、二人だけ輝いて視える。そういう霊光を放つところは、定子と同じだった。貴公子たるものかくあるべきを自然体で示していた。

「晴明様、どこにおられますか」

ひとりの随身が、人波の向こうで大声を張りあげる。

「安倍晴明様は何処(いずこ)においであそばされまするか？」

「わしはここじゃ」

晴明が手を挙げるや、行き交う者を押しのけるようにして、こちらへ来た。小鹿も晴明と庭に降りる。しのつく霧雨が身体にまとわりつき、視界は霞(かすみ)がかかったように白っぽくぼやけていた。

「安倍晴明様にお目にかかりたいという者が、建礼門(けんれいもん)の前に来ております。いかがいたしましょうか」

随身は訊いた。建礼門は内裏の南——承明門の外に造られたもうひとつの門だ。安全を守るため、内裏の周囲には連子塀が二重に設けられている。面会人がだれなのかはわからないが、大内裏の中に入れたのは、日頃、内裏に出入りしているからではないだろうか。

しかし、今は面会するどころではなかった。

「見てわからぬか、取り込み中じゃ。この騒ぎが片づいたら参る。しばし待つように申し伝えよ」

「は」

「晴明様」

小鹿は殿舎の屋根に目が行っている。骸骨のようなものが、走っているように見えた。少し離れた場所にいた重家も気づいたらしく、指さしている。成信は射落とすつもりなのだろう、検非違使が持っていた弓を手に取った。

次の瞬間、嘲笑うように、ふっと姿が消える。

「裏手に飛び降りたか。動きが速いわ」

晴明は九字を切って呪文を唱え始めた。殿舎で祈禱を行っていた吉平が、加勢すべく老陰陽師の隣に来る。勝手に動けない小鹿は、骸骨が職の御曹司に入るのではないかと気が気ではない。きつく晴明の狩衣の袖を握り締めていた。

——定子様のところへ行くつもりなのかもしれない。

晴明の腕を強く引いた。

「職の御曹司の裏手にまいります。呪文を唱えながら、わたしが導く方に歩いてください。吉平様もお願いします」

集中している親子の耳に届いたかどうか。かまわず、晴明を無理に歩かせる。ぐるりとまわって裏手に行くだけなのだが、親子の歩みはなかなか進まない。永遠にも続く苦行に思えた。

定子には天皇が遣わした随身がついているものの、化け物としか思えない骸骨の動きを普通の刀で食い止められるだろうか。すでに死んでいる骸骨を斃(たお)せるのは、陰陽師しかいないのではないか。

「晴明様」

重家と成信が気づき、後ろについてくれた。不快な霧雨が小袖に染み込み、だんだん重くなってくる。蒸し暑さは感じなくなっていたが、動きにくくなっていた。

「あ」

思わず立ち止まる。

あの笛だ、笛の音が聴こえた。

「笛じゃ」

晴明も気づいたらしく、呪文をいったんやめる。吉平は逆にいっそう声を高めた。やめた晴明の分もと言わんばかりに、唱える声に力を込めた。

小鹿と晴明の様子に気づいたのだろう、

「どうしたのですか」

重家が訝しげに問いかけた。

「笛の音です、お二人には聴こえませんか」

小鹿の確認に二人は揃って頭を振る。話している間も笛の音は続き、高く、低く流れていた。骸骨はと見あげれば、今度は職の御曹司に平行して建てられた左近衛府の屋根に姿を現した。自力で壁を伝い登ったとは思えない。

「一瞬のうちに移りました」

恐怖のあまり、声が裏返っていた。蒸し暑かったはずなのに、薄気味悪い霊気と冷気をとらえて身体が震え始めている。寒かった。

笛の音が、不安をことさら煽り立てる。耳を塞いでも消えない音、響くといつも決まって不気味な現象が起きた。今回はなにが起きるのか。

「落ち着け、小鹿」

晴明が言った。

「そなたが恐れると、わしも恐怖で身体が硬うなる。霊力が落ちてしまうようじゃ。あれはもはやヒトに非ず、ただの抜け殻よ。在るべき場所に魂を還すのが、陰陽師の務め。吉平、霊力を合わせよ」

「ははっ」

「あぁっ、骸骨が！」

小鹿は悲鳴を迸らせた。骸骨が左近衛府の屋根から職の御曹司の屋根に飛び移ったからである。地面に降りるかと思ったが、意に反してもう一度、高く跳んだ。暗い天に吸い込まれそうに見えたが、内裏を取り囲む連子塀の上に音もなく降りる。

「父上、このままでは内裏に入ります」

吉平が叫び、追いかけた。小鹿は晴明と手を繋いで走る。遅れがちな老陰陽師を支えつつ先を急いだ。右に藤原重家、左に源成信の守りを受けているのがこのうえなく頼もしい。

さらに職の御曹司から離れたことにも安堵した。

——狙いは、定子様ではないのだろうか。

骸骨を追いかけての大捕物となる。髑髏には暗い二つの眼窩しかないのだが、こちらの動きが見えているのだろうか。骸骨は東側に建ち並ぶ淑景舎や昭陽舎の屋根に飛び移ることなく、内裏を囲む塀の屋根を跳ぶように走った。

「真っ直ぐ南に向かっているようだ。そのほうらは、建礼門に先廻りしろ。危ないゆえ、門の周辺にいる者を避難させてくれぬか」

重家は素早く指示する。

「わたしが」

成信が阿吽の呼吸で、指揮役を買って出た。笛の音は途切れず鳴り続けている。検非違使が刀や槍で仕留めようとしているが、骸骨はとにかく身が軽い。門の守りを固めても飛び越えられたら終わりだ。

――南に向かっているのは、なぜ？

自問に答えたのは、笛の音だった。そういえばと思い出している。だれかが建礼門に来ていると随身が言っていなかったか？　安倍晴明を訪ねて来たのではなかったか？

「晴明様。わたしたちも南の建礼門にまいりましょう。大丈夫ですか」

「案ずるな。まだまだ走れる」

「では、走ります」

無関係でもいい。空振りに終わったら、そのときはそのときだ。小鹿は直観を信じて走った。年老いた晴明には、相当、厳しい追走劇だろうが、さすがは百戦錬磨の宮廷陰陽師。無言で走り続けている。

「成信、聞こえるか。早く建礼門近くの者たちに知らせよ」

重家が走りながら叫ぶ。が、先を走る成信は振り向かない。気づかないようだった。

「わたしがまいります」

吉平が伝令役となって走った。骸骨は相変わらず連子塀の屋根伝いに南へ向かっている。小鹿は晴明の手を握り締めて追いかけた。東の建春門(けんしゅんもん)を右手に見ながら通り過ぎて、東南の角の春華門(しゅんかもん)に向かう。

骸骨は東南の角で一瞬、動きを止めた。

「今だ、成信。射落とせ！」

重家が叫ぶのと同時に、成信が矢をつがえて射(う)った。が、直前で骸骨は地面に飛び降りる。連射したが、塀の上と地面をフラフラと行き来した。不気味な骸骨踊りに見えなくもない。人の心が読めるのか、成信の弓は目にも止まらぬ速技なのに、まったく当たらなかった。

「さがれっ、後ろに行けっ」

検非違使と随身は、建礼門近くにいた者たちを急いでさがらせた。人の多さが捕縛の妨げになっている。危なくて思うように矢を射かけられないからだ。ほとんどは御所の役人や奉公人だが、民と思しき商人なども混じっている。

「あ」

小鹿は、ひとりの男と目が合った。なぜ、ここにいるのか。なにをしに来たのか。もしや、晴明への面会を申し出たのは彼(か)の者か？

男に目を奪われてしまい、骸骨がこちらへ来たことに気づくのが遅れた。甲高い笛の音が響きわたる。

「小鹿っ」

晴明が庇(かば)うように前へ出た。しかし、いち早く骸骨は後ろにまわり込む。小鹿の隣に来て腕を摑んだ。

ぽっかりと開いた二つの眼窩。

奥にちらつくのは鬼火のような輝きだった。

「…………」

金縛りに遭ったかのごとく動けない。

「ナマサマンダ・ボダナン・カロン・ビギラナハン・ソ・ウシュニシャ・ソワカ!!」

晴明が呪文を叫び切った刹那(せつな)、小鹿は意識を失った。

第六帖　妖面(あやおもて)

一

また、笛の音が聴こえている。

小鹿は漂うような心許(こころもと)なさを覚えていた。糸の切れた凧(たこ)とでも言えばよいだろうか。繋がりを失い、フワフワと浮遊しているような頼りなさ。

——今まではずっとそうだった。

だれひとり、助けてくれる者がいないなか、いつもこんな感じの心細さを抱えて生きてきた。そこに差し出された少納言の手。おずおずと掴み、今、こういう不気味な事態になっている。

——それでも。

後悔はなかった、いや、むしろ生きている実感を覚えていた。中宮・定子や少納言、そして、稀代の陰陽師・安倍晴明の役に立ちたい。

その想いに衝き動かされていた。

文目もつかぬ闇の中、笛の音が響く方に歩いている。周囲は黒、そう、女君の射干玉の髪のような漆黒の闇に染まっていた。足を動かしているつもりだが、前に進んでいるのだろうか。晴明は同じ光景を視ているのか、自分のそばにいるのだろうか。

不安しかなかった。

「う！」

と、声を詰まらせる。突然、ぬぅっとだれかが前に立ち塞がった。それは顔のない泥人形のごとき化け物、のっぺらぼうだ。暗闇の中なのに、なぜか、のっぺらぼうの姿だけはほのかに浮かびあがっていた。逃げようとしたが、すでに身体は動かない。

化け物が近づいて来る、目鼻や口のない顔が眼前に迫る。

べちゃっと自分の顔にくっついた――。

「きゃあぁ〰〰っ」

小鹿は大声をあげて飛び起きた。あれはなんなのか、化け物の顔らしきものが自分の顔に貼りついた、顔が痛い、助けて、だれか!?

「大丈夫だ。案ずるな、小鹿」

晴明が小鹿の手を握り締める。そこは殿舎の中だった。どれほど気を失っていたのだろう。傍らには、涙目の清少納言が座していた。

「ここは」

座ったまま、ぼんやり呟いた。自分の声を聞いて、なんとなくほっとする。少なくとも恐ろしい世界からは脱出できたようだ。

「安心してください、ここは職の御曹司です。悪い夢を見たのでしょう。ずいぶん、うなされていました。横になっていた方がいいですよ」

少納言は額に手をあてた後、やさしく手を貸してくれる。ぐるりと首をめぐらせた先には、晴明と藤袴、さらに下方の椿の父・又兵衛の顔が見えた。

「あ」

そこで思い出した。

内裏の南・建礼門にいたのは、彼の者だったのである。もしや、晴明への面会を申し出たのは父親なのか。そもそも、なぜ、椿の父親が御所を訪ねて来たのか。

――そうだ、あのとき。

　小鹿が又兵衛を認識した瞬間、まさに心を読んだかのごとく、骸骨がこちらに来た。あとはもう思い出したくもない。顔に近づく髑髏、ぽっかりと開いた二つの眼窩。それが間近に迫ったとき、小鹿は失神した。

「小柄な骸骨は娘だったのです」

　又兵衛は驚くべき事実を告げた。

「娘は二月の末に御所にあがりました。その後、家には一度も帰って来ておりません。わたしたち夫婦は会っていないのです」

「え、でも」

　帰ったはずだ。実家にいるのだとばかり思っていたものを……理解できなかった。あまりにも異常な話ゆえ、頭がついていかない。

「小鹿さんが御所で会っていた同僚の椿は、娘の顔をしていたかもしれませんが、娘ではないのです」

　又兵衛は目を見て、ゆっくり繰り返した。言い聞かせるような口調になっていた。

「何度か店の奉公人に文や必要な小間物を持たせて届けました。文は返って来ませんでしたが、本人に会えた、間違いなく渡したと言っておりました。娘の顔を知る奉公人でしたので、なんの疑いも持ちませんでした。慣れない御所暮らしゆえ、忙しくて返事を書く暇がないのだろうと思っていたのです」

うつむいて、唇を噛みしめる。悲しみをこらえているのが伝わってきた。

「小鹿に託された文を見て、又兵衛さんが安堵したのはそのためよ。間違いなく娘の手蹟だと言ったではないか」

晴明の言葉にうなずき返した。

「はい」

「しかし、あの文は、椿が書いたものではない。信じられぬかもしれんがな、小鹿が会うていた椿は本物の椿ではないのじゃ」

又兵衛がした話をもう一度、告げた。同じ話は三度目になるが、信じられなくて否定の言葉が口をついて出た。

「ですが」

まず湧いたのは、反論だった。それでは、だれだと言うのか。と考えた刹那、不意に悪夢の恐ろしい感覚が甦る。

「まさか」

無意識のうちに、自分の顔にふれていた。もしや、本物の椿は顔を奪われたのではないか。のっぺらぼうになって死んだ雪路のように、だれかに顔を奪われたのではないだろうか。そう、又兵衛は最初に言った。小柄な骸骨は……。

「さよう」

晴明が先んじて言った。以心伝心、読み取ったに違いない。

「繰り返しになるが、敢えて言う。子どものように小さな骸骨は、椿じゃ。術を用いて魂を招び出したので間違いない」

手を握りしめられているからだろう、髑髏に肉付けしたかのごとく、甦った椿の顔が視えた。

「招び出した椿の話によると、本物の椿は御所にあがった日、職の御曹司へ行く前に殺められたらしい。そして、術師に顔を奪われた」

聞いたとたん、いくつかの事柄が閃いた。

「小さな骸骨が最初に職の御曹司へ行ったのは」

口をついて出た疑問を、晴明が受ける。

「椿が下方として仕える殿舎だったからであろうな。定子様の殿舎に下方として仕える意識が残っていたのかもしれぬ。あるいは、椿として動いていたのは、本人の意識、心と言うた方がよいか。心が在ったからかもしれぬ」

「ありました、わたしは椿さんと心が通い合ったように感じました」

思わず口にしていた。普通に話をしたではないか。夜は隣でやすらかな寝息をたてていた。その寝息に安心して、眠りについたことを思い出している。顔を貼りつけただけの木偶人形だったとは思えない。

「あれは……椿さんでした」

一語一語、想いを込めて言った。こらえきれなくなったのだろう、又兵衛が嗚咽を洩らしている。晴明は話を続けた。

「フラフラと彷徨っているうちに、椿は又兵衛さんが来たことに気づいた。父の気配を感じたがゆえに、今度は南の建礼門へ向かったのじゃ。おそらくは父に逢いたい一心で」

「………」

返す言葉が見つからない。なんという、せつない話なのか。父親に逢いたい一心で、不気味な骸骨の姿を衆目に曝し、ひたむきに建礼門をめざした。矢を射かけられ、槍で突かれ、刀で切られそうになりながらも真っ直ぐ父のもとに向かった。

「ひどいことを」

唇が震えてしまい、それ以上は続けられなかった。これを行った術師は、鬼だ。姿形はヒトかもしれないが、心はすでに魔物と化している。

「かわいそうな、椿」

少納言はあふれ出る涙を拭っていた。藤袴はうつむいたまま、なにも話そうとはしない。お年召し様の殿舎で過ごすようになってから、老婦人は深更や明け方、そっと小鹿の様子を見に来てくれた。

――邪気を感じ取っていたのかもしれない。

藤袴は鋭い感覚の持ち主だ。小鹿を案じてくれたのではないだろうか。夢現だったものの、静かに扇（あお）いでくれたことは憶えている。たとえようのない心地よさだった。それを知っていたであろう椿は、もう二度とあの風を味わえない。

「本当にそんな恐ろしい術があるとは」

何度、聞いても信じられなかった。自問のようになっていた。

「うむ。わしも昔、一度聞いたことがあるだけじゃ。実際に使える術師に会うたことはない。錆（さ）びついた記憶に誤りがなければ、『妖面』という術ではないかと思うが」

漢字が浮かんだものの、どこかふざけた術名だと思い、よけいに腹が立った。これ以上、話を聞くのが辛くなったのだろう。小声で暇（いとま）を告げた又兵衛に、藤袴が見送り役を買って出る。

「みなさまは、どうぞ、そのままで」

と言い、一緒に殿舎を出て行った。

「小鹿はこんなときも泣かないのですね。驚きが先に立っているのでしょうか。我慢しないで泣いた方が、わたしはよいと思いますけれど」

涙が止まらない少納言は、小鹿を心から案じているように思えた。確かに涙を流していなかった。

「そういえば」

最後に泣いたのは、いつのことだったろう。小鹿を拾ったという白拍子(しらびょうし)は、母を求めて泣く幼子に、おまえは捨てられたのだと残酷に言い放った。そのときからかもしれない。小鹿は泣くのをやめた。

「わたしが会った椿さんは、剝ぎ取った顔を術師が着けていたのでしょうか。そんなふうにして、椿さんに化けていたのですか」

小鹿は訊いた、訊かずにいられなかった。

「考えられる方法は二つじゃ。術師が自分の顔に貼りつけたか、あるいは、作った木偶人形に貼りつけたのか」

晴明は淡々と説明した。それだけに、よけい薄気味悪さが増してくる。鳥肌立つ気持ちを抑えながら、さらに訊いた。

「木偶人形に顔を貼りつけて操るのですか」

「さよう。死人から剝ぎ取った顔を貼りつけることで、木偶は人形からヒトもどきへと変化する。動くようになるのじゃ。これはわしの考えだが、術師は椿で試してみたのかもしれぬ。本当に『妖面』が使えるかどうか」

稽古台として椿を犠牲にしたのであれば、こんな非道はないだろう。叫び出しそうになるのを懸命にこらえた。

「晴明様のお話を伺っても、わたしには信じられません。本物の椿さんとしか思えないのです。さきほども言いましたが、ふとした瞬間に心が通ったようにも感じました。あれはすべて偽り、発せられた言葉も真実ではないのでしょうか」

自問しても答えが出ない。下方として仕えたばかりの小鹿は、椿に助けられたり、教えられたりすることもあった。あれが物の怪と同じ類の木偶人形とは……どうしても受け入れられなかった。

「もしかしたら、本物の椿の気質や特性が表れていたのかもしれぬ。ゆえに、骸骨となった椿は小鹿のもとに行った、とも考えられるな」

「あぁ、そう、かもしれませんね」

おぞましい感覚の向こうに、悲しい真実がちらりと見えた。剝ぎ取られた顔の持ち主の意識は、木偶人形に伝わっていたのかもしれない。また、術師が上手く操れていなかったことも考えられた。

「たまたまなのかもしれませんが」

小鹿は言った。

「家族の顔がわからないからだと思うのですが、わたしはよくのっぺらぼうの家族の夢を見ました。今回の騒ぎと妙に符合しているような感じがして」

符合などという使ったことのない言葉を口にしていた。御所務めを始めてから、乾ききった土が水を吸い込むように知識を吸収している。書の腕前は今ひとつだが、自分でも驚くほどに日々、晴明や少納言の話が理解できるようになっていた。

「同調か、共鳴か」

晴明がぼそっと呟いた。小鹿は聞きのがさない。

「だれとですか、わたしはだれかに同調したり、共鳴したりしているのですか。晴明様はわたしがだれの子どもか、ご存じなのですか」

すかさず訊いた。老陰陽師はなにか知っているのではないか。優れた技の持ち主は、小鹿の出自に気づいたのではないだろうか。懸命に読もうとしたが、老陰陽師の心はがっちり防御されていた。

「わからぬ」

静かに否定する。

「頭に浮かんだことを口にしただけじゃ。小鹿がのっぺらぼうの家族の夢を見たのは、たまたまかもしれぬ。倅に色々調べさせているが、まだ、これといった手がかりは得られておらぬ。新たな話は入っておらぬのじゃ」

「術師が椿さんを選んだ理由については、別の疑問も浮かびます。術が使えるかどうか試すだけでなく、中宮様の話を得るためもあったのではないでしょうか」

違う問いを投げた。不吉な胸のざわつきを少しでも鎮めたかった。不安で押しつぶされそうになっている。

「それもあるだろう。こちらの動きがわかれば、先手を打てるからな。われらが後手後手になりがちなのは、椿から話が洩れていたせいかもしれぬ」

「晴明様」

藤原重家の呼びかけが響いた。衝立越しに遠慮がちな言葉が続く。

「小鹿は大丈夫ですか。今そこで藤袴様に擦(す)れ違ったのですが、気がついたと伺いましたので、成信と見舞いにまいりました」

二

「大丈夫です。ご心配をおかけいたしました」

小鹿は起きあがろうとしたが、素早く少納言に止められた。

「だめですよ。自覚していないようですが、そなたは丸一日、熱を出して寝込んでいたのです。若いからでしょう。晴明様のご祈禱と医師(くすし)の薬湯で恢復(かいふく)しましたけれど、まだ無理をしてはいけません」

「丸一日ですか」

そのお陰だろう、やけにすっきりしていた。骸骨の追走劇に加わったときは、しのつく霧雨と蒸し暑さで頭が重く、動きにくかった覚えがある。あれは湿気のせいばかりではなかったのだろうか。病の前兆だったのか。

「少納言の君が言う通りじゃ。素晴らしい恢復力は、若さゆえであろうな」

晴明は苦笑いする。

「わしは小鹿といるだけで、力がみなぎってくる。よほど相性がいいのであろう。十歳ほど若返った気分じゃ」

「確かに、お顔が少し若くなったような」

受けた少納言を、重家が遮った。

「話の腰を折って申し訳ありません。いくつかご報告があります。小鹿が提案した宴が開かれる館と日にちを知る術――野菜の動きを調べる件ですが」

「その話をご存じなのですか」

意外な言葉を聞き、晴明を見やる。

「うむ、お伝えしておいた」

「急ぎ調べた次第です。椿の父親が野菜の小商いをする者たちと知り合いだとか。商人同士の繋がりがあることから、動きを知らせてくれるよう、行成様がすでに手配りをしてくださいました」

蔵人頭の藤原行成が、素早く動いてくれたようだ。小鹿は少納言の手を借りて簡単に身支度を調える。衝立越しではあるものの、見苦しい姿では話せない。そういう表に出ない礼儀も、わきまえられるようになっていた。

「拙い提案をお受けいただきまして、本当にありがとうございます」

正座して深々と辞儀をする。

「金を握らせれば、小商いの者たちの口が軽くなるは必至。早くも知らせが届いております。まだ、日にちは定かではありませんが、二つの館より大量の野菜の注文が入っているとか。一家は左大臣家です。宴が執り行われる日を、絞り込めるかもしれません」

重家の話を、成信が補足した。

「近々開かれるのは間違いないと思います。『皐月の宴』だそうですが、いまだ、われらに知らせは届いておりません。手違いが生じたふりをして、面倒な客は外すつもりなのでしょう」

にやりと不敵に笑った顔が視えた。でしょうと言い切ったあたりに、彼の気質が浮かびあがっている。沈着冷静な行成や重家に比べると、正直に気持ちを表すように思えた。

貴公子たちはいつものように、二人揃って地味な色目の狩衣姿だった。衝立があるにもかかわらず、それらが鮮明に視えた。晴明の霊力を自然に使っているのだろうが、まさに同調力なのかもしれない。以前よりも霊力が強くなっているのを感じた。

「もうひとつ、われらが『南無阿弥陀仏の男君』と呼ぶ者ですが、筆職人を当たってみたところ、彼の者らしき男を探し当てました。御用商人として御所に出入りしている由。この後、確かめに行くつもりです」

重家の知らせを、小鹿はすぐに継いだ。

「わたしもまいります」

「駄目です、と言っても、そなたは聞かないのでしょうね」

諦め顔で少納言は立ちあがる。殿舎の隅に置いてあった大きな包みを持って来た。中には男子に化けるための狩衣が一式、揃えられている。二人の貴公子と同じ色目の狩衣装束だった。

「すぐに着替えます」

「その前に」

重家が止めて、続けた。

「淑景北舎の女房が、渡殿を歩く雪路様を視たとか。小鹿が纏めた雪路様騒ぎの留帳には、少納言の君のお話だった旨、記されておりましたが」

「ええ、話しました。念のために申し添えますが、その女房が視たのは亡霊ですよ。生きていたときの雪路様ではありません」

同意した少納言を受ける。

「承知しております。ここからは藤袴様のお話になりますが、『後宮の女房が、賀茂神社か下鴨神社の斎院に仕えていたと聞いた憶えがあります』というものです」

重家は、小鹿が渡した雪路騒ぎの小冊子——留帳と名付けたらしい小冊子を見ながら話している。向けられた目に答えた。

「確かに藤袴様のお話として記しました」

「じつはこの斎院に仕えていたという後宮の女房こそが、渡殿を歩く雪路様を視たという女房だったのです。同一人物でした。それゆえ、雪路様の顔を見知っていたのでしょう」

「えっ」

驚きの声をあげたのは、小鹿ではなく、少納言だった。

「そ、それでどうなったのですか。確かその女房は、熱を出して寝込んでしまったと聞きましたが」

「はい。小鹿ほど早くは恢復しなかった様子です。会うのを渋ったのですが、裏技を使いました」

金を渡したと暗にほのめかした。地獄の沙汰も金次第、内裏は金権政治にどっぷりつかっている。

「どうも彼の者は、雪路様と賀茂神社の斎院との繋ぎ役だったようです。『葉二つ』を手に入れたいと斎院の選子(せんし)内親王に申し入れられて、雪路様は動いたとか」

「賀茂神社の選子内親王様ですか」

少納言は小声で呟いた。驚きを隠しきれないようだった。だが、小鹿は別の事柄が、引っかかっている。

——下鴨神社ではなくて、賀茂神社なのだろうか。でも、わたしに色々と教えてくれた不思議な聲(こえ)は、『ここは糺ノ森』と言った。

確か糺ノ森は、下鴨神社を取り囲む森のはずだ。賀茂神社を指す森ではないだろう。どうして、下鴨神社の斎院ではないのか。それを頭に刻みつけた。

「はい」

重家は小さくうなずいて、さらに言った。

「後宮十二司の書司(ふみのつかさ)だったときの繫がりを利用して、ありとあらゆる手段を使ったのでしょう。雪路様は鬼の笛を探し当てたようです」

「手に入れたのですか」

少納言は身を乗り出している。衝立をはさんだ会話は、危険なことこのうえなかった。思わぬ繫がりがわかり、『真実の罪人(つみびと)』は赤い鼻や頰を真っ青にしているのではないだろうか。ちらりと横目で見た晴明の額には、冷や汗らしきものがうっすら滲んでいた。

それが会話の危険度を表していた。

「おそらく、手に入れたのでしょう。持ち主がだれだったのか調べておりますが、定かではありません」

重家も小声で答えた。

「ですが」

少納言の反論を、素早く遮る。

「わかっております。雪路様の殿舎から『葉二つ』は見つかっておりません。直接、手をくだした者が、持ち去ったのだろうと思われます。鬼の笛が手に入ればあとは用無しとばかりに、雪路様を殺めた者は始末されたのではないかと」

「そうですか、『葉二つ』は本当に存在する笛なのですね。まさに鬼の笛、禍々しい騒ぎを運んで来たところは、異名通りと言うしかありません」

「わたしも見たことはありませんが、繋ぎ役を務めた件の女房によりますと、かなり早い段階で手に入れたようなのです。ところが雪路様は、なかなか渡そうとしなかった」

微妙な含みを持たせた。まだ見つからない、いや、見つけたけれど金がかかる、持ち主を説得するには金が等々、雪路が値を吊りあげたであろうことは容易に想像できた。

「焦らしすぎたのですね」

　ぽつりと言った少納言と同時に、小鹿は溜息をついていた。欲をかいては駄目だという見本かもしれない。ちょうど良いところで手を打つべきだったのだ。そうすれば、命までは奪われなかっただろうに……。

「最後にもうひとつ、ご報告があります。成信が預かっていた紅花の色見本と思しき小冊子が、彼の館より消え失せました」

「申し訳ありません。わたしの不手際で、このようなことになりました。謝罪して済む話ではありませんが、お詫びいたします」

　成信は平伏する。隣に座していた重家も右へ倣えで従った。すべて視えていた小鹿は絶句する。

「…………」

　小冊子は死んだ雪路の大切な遺品のひとつだ。思わず自分の胸元に、眉掃があるか確かめていた。預かった後、肌身離さず持ち歩いている。

「ない！」

　焦った。

「ない、ない、ない!?」

「ありますよ」

少納言が、自分の胸元から小袋を取り出した。小鹿は奪い取るようにして握り締める。一瞬、身体に入った力が、ほっとしたとたんに抜けた。

「あぁ、よかった」

両掌（りょうて）で包んだ小袋は、とたんに熱くなる。なにかを知らせようとしているのではないだろうか。あるいは、『南無阿弥陀仏の男君』に渡してほしいという雪路の願いか。

「父上」

衝立の向こうに、倅の吉平が現れた。また、新たな騒ぎが起きたのか、やけに冴えない顔をしていた。

「火事と盗人騒ぎが起きた長橋（ながはし）の局（つぼね）ですが、式神たちが邪悪な鬼（き）を感じ取りました。行ってみましたところ、確かに凄まじい瘴気（しょうき）が天高く噴きあがっておりました次第」

話の途中で長橋の局の〝絵〟が、小鹿の脳裏に浮かんだ。晴明の霊力で視えているのだろうが、昼間なのに殿舎の周囲には深更のごとき暗闇が広がっていた。視ているだけで小鹿は息苦しくなってくる。

「どうしますか」

老陰陽師に判断をゆだねた。

「長橋の局は後まわしじゃ。吉平、手筈通りにせよ。宮廷陰陽師に事の次第は伝わっておろうな」

「父上の言いつけ通りにいたしました」

「よし。まずは男の家に行ってみようではないか」

「はい」

小鹿は庇に気持ちを向ける。内裏から使いが来たらしく、ざわつき始めていた。

「晴明様。行成様よりお呼びがかかりました。われらは、内裏にまいります。終わり次第、どこかで合流できればと考えております。随身を護衛につけますが、くれぐれもご油断めされぬよう」

重家の申し出に答えた。

「お気遣い、ありがたく存じます」

深々と辞儀をした晴明に倣い、小鹿も頭をさげる。考えたくもないことだったが、『南無阿弥陀仏の男君』が雪路を殺めたという疑いは完全に消えたわけではない。ひとつ、ひとつ潰していくしかなかった。

三

翌日の早朝。

「はい。ゆき乃、いえ、雪路様のことは存じあげております」

『南無阿弥陀仏の男君』こと市郎太は素直に認めた。思わずという感じで、雪路の本名を口にしていた。年は三十前後、真面目で誠実そうな印象を受けた。

小鹿と晴明は、筆職人の自宅を兼ねた工房を訪ねている。外に吉平と随身が控えていた。男は緊張した面持ちで続けた。

「ご存じかもしれませんが、わたしは御所に筆を納めているのです。一年前に父が亡くなった後、工房を継ぎました。幸いにも御用商人として引き続き、御所への出入りを許されましたため、わたしが伺うようになったのです」

当時、雪路は書司として仕入れ役も務めていた。何度か顔を合わせるうちに、いや、ひと目見た瞬間からだろう。

「あまりの美しさに心を奪われました」

躊躇いがちに告白した。逢うたびに想いはつのる、燃えあがる恋心を抑えるのがむずかしいほどだった。せめてもの気持ちだったのかもしれない。市郎太は雪路に想いを込めた手製の眉掃を贈った。

竹の部分に美しく漆を塗り、ウサギの毛を用いた繊細な作りの眉掃。

文箱から立ちのぼった紅の煙とともに、霊体の雪路が現れて薄縁の下にあるのを教えたあの眉掃だ。化粧筐ではなく、文箱だったのは、市郎太の作った筆が入っていたからだろう。雪路は愛しい男の存在を教えたのだ。

「文が届きました」

このときだけ声がはずみ、顔に喜色がさした。驚いたことに雪路の方も、眠れぬ日々を過ごしているという。

〝えんし山影さへ見ゆる山の井の
　あさくは人を思ふものかは〟

(焉支山を映す泉は浅いけれど、あなたへの私の愛はもっとずっと深いのです)

「…………」

小鹿は胸が熱くなる。遺されていた和歌だった。恋の歌なのはすぐにわかるが、問題なのは焉支山だ。

——紅花の産地だと、少納言様は話してくれた。

やはり、雪路は危険を感じていたのではないだろうか。万が一のことを考えていたかどうかはわからない。が、紅花を示唆する短歌を贈ったのは、男が信じられる存在だったからのように思えた。

「一日に何度も文が届きました」

雪路からの文には、恋々たる想いが綴られていた。しかし、なかなか踏み切れなかった。雪路は貴族、自分は平民。貴公子が民の女子のもとに通うことは、だれも責めはしないだろうが、逆の場合はそれほど簡単ではない。

身分の壁を越えるのは勇気がいった。

〝逢いたいのです。忍んで来てはくれませんか〟

何度目かの文を見て、市郎太は、遣わされた牛車に乗った。めくるめく感覚、身分違いと知りながらも互いに止められない想い。どうしても一緒になりたい、妻になってくれないか。

思いきって告げたとき、

「嬉しい」

雪路は頬を染めて言った。

「わたしも同じ気持ちです。ただ、ひとつだけ片づけなければならない仕事があるのです。これを無事、終えられれば、まとまったお金が入ります。それを持って、あなたのもとにまいりましょう」

だが、文はぷつりと途絶えた。何度、御所を訪ねても話は得られない。仕方なく顔見知りになった女房――雪路に仕えていた女房に、金を渡して事情を聞いた。

「死んだ、と言われました」

顔がゆがむ。

「とても信じられませんでした。他の男に乗り換えたのではないか、貴族の男から正妻として迎えたいと申し込まれたのではないか、御所の女房は不実な真似(まね)をするのがあたりまえなのか。戯(たわむ)れだったならそう言ってくれればいいものを」

悶々(もんもん)としていたある夜、

「夢を見たのです、はい、おそらく雪路様だと思います」

雪路と思(おぼ)しき女子は、殺められたのだと訴えた。手をくだしたのは私度の僧であり、会ったこともない男。胸を竹刀(あをひえ)で刺された。

痛い、痛い、痛い！

「激しい痛みで目が覚めました」

人々が視る夢は意味のある予言と考えられていた。夢は神仏が未来や起きたことを知らせる回路とされていた。

「なぜ、『おそらく雪路様だと思います』と言ったのか」

晴明の問いには、ぶるっと大きく震えて答えた。

「夢の中の女君には、顔がなかったのです。目や鼻、口もなにもない顔でした。桜襲の十二単衣を纏っておりましたので、雪路様ではないのかと思った次第です。今、申しあげた十二単衣で宴に参加する話を聞いておりましたので。届けられたという素晴らしい衣裳を、この目で見ました」

左大臣・道長が予定していた『皐月の宴』であるのは確かだろう。いつ執り行われる予定だったのかはわからない。しかし、あらかじめ衣裳を届けたりするのだろうか。

もしかしたら、と、小鹿は思った。

——雪路様を油断させるために、わざわざ衣裳を届けたのかもしれない。

殺めたときに血で汚れるのは、承知のうえだったのか。平民には考えられないことだが、栄耀栄華を誇る左大臣ならではのやり方に思えた。桜襲の十二単衣が届き、油断しきっていた雪路は、助けを呼ぶ暇もなく殺された。

「雪路様の里第（実家）で、男の方が手を合わせていた姿を見た者がいるのです。あれは、もしや」

小鹿の問いに、市郎太は顔をあげて答えた。

「わたしです。一緒になった後は、あの館を手入れして住もうと話しておりました。わたしの工房を作ろう、仕事がしやすい館にすると言ってくれたのです。年老いた母の世話をしながら暮らすには、この家はいささか手狭でございますゆえ、相談して決めました」

「あの館は雪路様が親から伝領（土地の相続）したものだったのか？」

晴明が確認するように訊いた。

「はい。当初はまめに手入れをしていたらしいですが、とにかく貴族の館は維持するだけで金がかかります。持て余してしまい、最近では売ろうと思っていたとか」

館は荒れ果てていた印象を受けたが、雪路は生まれ育った家で愛する男と暮らしたかったのだろう。が、館を修復するには大金がかかる。そういった事情が、手に入れた『葉二つ』の値を吊りあげた原因のように思えた。

「最後にひとつ、訊ねたい」

晴明が重い口調で切り出した。

「雪路様を殺めたのは、そのほうなのか」

「わたしではありません」

市郎太は即座に頭を振る。

「殺めることなど考えてもおりませんでした。わたしの望みは、雪路様が昔、暮らしていた館で、雪路様と暮らすことだったのです」

涙ながらに訴えた。

「お許しいただけるのであれば、雪路様の遺骨を引き取らせていただきたいと思っております。先祖代々の墓に納めて、せめて菩提を弔いたいと」

したたり落ちた涙をきっかけに、小鹿と晴明は暇を告げて外に出た。待っていた吉平が、牛車の戸を開ける。二人が乗るのを待って、ゆっくり動き出した。

「あの男は、『真実の罪人』ではないな。雪路様を殺めてはおらぬ」

言い切った晴明に同意する。

「わたしもそう思いました」

「悼む者、弔うてくれる者がいたのは、幸いであった」

「せめてもの慰めです。雪路様は『葉二つ』などに関わらず、真っ直ぐあの方の胸に飛び込めばよかったのに」

「鬼の笛だけではなく、紅花がらみの一件も、おそらく無関係ではあるまい。だからこそ、源成信様の館から紅花の色見本と思しき小冊子が消えた。放っておけばよいものを、後ろめたいことがあるため、盗まずにはいられないのであろう。厄介な話よ」

「雪路様の騒ぎには関わりないのですが、ひとつ、気になっていることがあります」

小鹿は小声で言った。

「ずっと浮かぬ顔をしているのは、藤袴様が昨日からおらぬせいかと思うていたが」

「それもあります。お顔を見ないだけで不安になるのです。甘え心が出ているのかもしれません。ですが、引っかかっているのは別の話です」

「言うてみるがよい」

「わたしは椿さんの父・又兵衛さんに、椿さんの偽者、いえ、椿さん自身だったのかもしれませんが、とにかく渡された文を届けました。晴明様もご存じの通り、読んだとたん安堵なさいましたが」

「椿の手蹟だと話した件が引っかかっているのだな」

自信たっぷりに継いだ。確認ではなく、確信しているがゆえの問いに感じられた。

「はい」

「突然、出てきた清原元輔様の遺言書によって、小鹿は少納言様の妹ではないのかという話になった。しかし、元輔様が亡くなられたのは十年近く前の話。当初から小鹿は気になっていたが、椿の件で『もしや』と思った。だれかが元輔様の手蹟を真似て記した偽(にせ)の遺言書ではあるまいか」

　先んじて言った。

「そうです。おかしな話だと思っていました。今頃になって見つかるのは、あまりにも不自然ではないでしょうか。なり手の少ない中宮様の下方として仕えさせるための偽りではないのかと、わたしは深読みしましたが」

　ちらついていた疑惑が、はっきり形をなしてきた。だれかが椿や清原元輔の手蹟そっくりに記した文に違いない。だが、と、さらに深い疑問が湧くのだった。

　なぜなのか？

「わたしの考え通りだとした場合、だれがそのようなことをやったのかという、新たな疑問が浮かびます。椿さんのときは理由がわかるのです。両親に疑惑を持たれないために、椿さんのふりをして文を書いた」

「さよう。つまらぬ疑いをいだかれて、御所を訪ねられれば、正体があきらかになってしまうかもしれぬ。われらは気づかなんだが、それは顔を奪われる前の椿に会うたことがないからじゃ。いくら妖面(あやおもて)を用いても、身内には視破られてしもうたかもしれぬ。懸念するがゆえの偽の文であろうな」

うなずいて、小鹿は続ける。

「わたしも同じ考えです。でも、わたしの場合は、なぜなのかがわかりません。中宮様に仕えさせるためなのか。中宮様に仕えさせて、わたしから話を得ようとしたのか」

「あるいは、そなたを清原家に引き取ってもらいたかったのか」

晴明の答えは、大きな驚きをもたらした。しばし黙り込んでしまう。考えてもみないことだった。

「だれがそれを仕組んだのでしょうか」

「わからぬ。だが、悪意は感じられぬように思うがな」

「そう、でしょうか」

否定を含む呟きになったが、確かに貧民街で死ぬよりは、御所の下方として生きる方がずっといい。小鹿の努力次第では、高位の女房になれるかもしれないのだ。比べものにならないほど明日が広がったのは確かだった。

「良い兆しであることを祈ります。話は戻りますが、雪路様の美しいお顔は、今、どこにあるのでしょうか」

「式神を飛ばして探させているが、手がかりは得られぬ。妖面などという技を用いる呪術師だからな。強力な結界を張りめぐらせているに相違ない。簡単にはいかぬわ」

「木偶人形に顔を貼りつけて、だれを騙しているのでしょうか。雪路様を必要としている者を探し当てられれば……」

小鹿の言葉が終わらないうちに、晴明の表情が険しくなる。牛車の壁面を通り抜けるようにして、十二神将の式神が出現した。少し遅れて小鹿の犬顔式神・緒都も現れる。二体の式神は、それぞれの主の肩に舞い降りた。

「父上。重家様と成信様が、馬でこちらに来られます」

吉平がほとんど同時に牛車の戸を開ける。

「用向きについては承知した。このまま賀茂神社に行こうかと思ったが、一度、御所に戻った方がよかろうな。賀茂神社に行かせたくない輩がいるようじゃ」

「承知いたしました」

吉平は、知らせに来た二人の貴公子に事の次第を告げる。馬を降りた重家が、牛車に乗り込んで来た。

「明日、『葉二つの宴』が執り行われるそうです。場所は白河の別荘で、宴では名器と謳われる『葉二つ』が披露される由。手に入れたのは、賀茂神社の斎院ではないのかもしれません。意外な人物の名があがりました」

「鬼の笛の宴か」

晴明がぽつりと言った。

騒ぎの大本になった『葉二つ』が、お披露目される宴。手に入れた者は、小鹿たちを賀茂神社に行かせたくない人物なのか。

耳の奥で笛の音が響いていた。

四

二日後。

小鹿たちは、未明に白河の地に着いていた。『葉二つの宴』が開かれるのは、この地に新しく建てられた別荘だった。

洛東とも呼ばれる京の東郊外にある白河は、早くから貴族たちの別荘や寺院が営まれた場所だ。花見の名所としても有名で、多くの都人が桜見物のために、しばしばここを訪れる。都会に近い山里として親しまれていた。

また、東山山系の花崗岩が運ばれることによって、白い砂が堆積した川床は、白河の名に恥じず、清々しいまでの輝きを放っている。日射しを受けて輝くさまは地名の由来を示していた。

「まさかの人物が開く宴じゃ」

晴明は門前で呟いた。宴が開かれる別荘の持ち主は、おおかたの予想を裏切って、左大臣・道長ではなかったのである。

右大臣・藤原顕光の新たな館だった。

野菜の動きを追ったとき、貴族の二家から大量の注文があったことがわかっている。一家は左大臣家、もう一家は右大臣家だった。

「右大臣様は、賀茂神社の斎院というお方から、『葉二つ』をお買い求めになられたのでしょうか」

小鹿は囁き声で訊いた。二藍の狩衣姿で男子を装っている。『葉二つ』に関しては、今ひとつ繋がりがわかりにくかった。左大臣や斎院といった登場人物は、口にするのが憚られる貴人たち。そのせいで話が複雑になっているように思えた。

「断定はできぬが」

前置きして、晴明は言った。

「賀茂神社の斎院・選子内親王様は、おそらく、だれかの代理人として『葉二つ』を手に入れようとなされたのであろう。しかし、雪路様は簡単には手放さなかった。他にも欲しいという貴族がいたからに相違ない。水面下で笛の値は、どんどん上がっていく」

だれかというのは言うまでもない、左大臣・藤原道長だ。

「左大臣様は金額の話し合いだけだと思っていたものを、面倒な対抗馬が現れた」

顎で立派な門を指した。別荘の持ち主は、道長よりも高い金額を提示したのだろうか。そこでまたひとつ、疑問が湧いた。

「殺められたとき、『葉二つ』は雪路様の手許にあったのでしょうか」

「いや、今日の宴が答えであろうな。すでに右大臣様の手に、渡っていたのではあるまいか」

「そこで殺意が湧いた？」

自問まじりの問いに、晴明は小さくうなずき返した。

「うむ。買い求めようとしていた笛は、他の貴族に売られてしまった。怒りに駆られた『真実の罪人』は、雪路様を始末しろという命をくだした」

得心できる説明だった。直接、手をくだすわけではなくても、後宮の女房を殺めるのは覚悟が要る。だが、裏切られた結果となれば、それなりに筋が通るような気がした。

「もしかすると」

小鹿は思いをめぐらせる。道長は、雪路と男女の仲になっていたのかもしれない。愛しい男ができて後宮を去るという噂話も、怒りに拍車をかけたのではないか。

口にしない部分を、晴明は正確に読み取った。

「小鹿の考え通りかもしれぬ。思っていたよりずっと厄介な話だったのは確かであろうな。あるいは、左大臣様に『葉二つ』が渡っていれば」

殺められることまでは、なかったのかもしれぬ。

晴明の呟きが、沈みがちな気持ちをさらに暗くする。小鹿は小競り合いが続く門前に目を向けた。

「招待状がない者は入れぬ」

武装した随身の門番は、頑なに一行を拒んでいた。

「確かに『葉二つの宴』は執り行われるがな。使いを差し向けて、客人には滞りなく招待状をお渡しした。右大臣様のお許しがなければ、通してはならぬときつく申し渡されておるのじゃ」

「さよう。われらは右大臣様の配下ゆえ、勝手な真似はできぬ」

七、八人いる随身たちはみな武装していた。重家と成信が袖の下を渡そうとしても、絶対に受け取らない。充分すぎるほどの金を与えられているのか、目もくれなかった。

「だめです。どうしても、応じません」

重家が、二人のところに来た。成信は辛抱強く、門番役の随身に頼んでいる。晴明はそれを見ながら提案した。

「裏から入れぬか」

中宮側の顔ぶれは、小鹿と晴明、倅の吉平、藤原重家、源成信、そして、一条天皇が配してくれた十人の随身だった。蔵人頭の藤原行成や勘解由（かげゆ）長官の藤原斉信（ただのぶ）は、帝か左大臣と来る予定らしく一緒ではない。

「裏門にも、かなりの数の随身がおりますので、密かに潜入するのは無理だと思います。袖の下は通用しないのではないかと」

重家がうんざりした様子で答えた。いったい、いつ、どこで道長主催の『皐月の宴』が、顕光主催の『葉二つの宴』にすり替わったのか。

「気にするほどの話ではないと思うのですが、先程、随身のひとりに、小鹿のことを訊かれました。『狩衣姿のあれはだれだ』と、顎で指したのです」

門を振り返りつつ、重家は言った。

「わたしではなく、晴明様ではないのですか。ご高名は知れわたっておりますから、あれが噂の陰陽師かとなったのではありませんか」

「いや」

否定しかけて、貴公子は首を傾げる。

「晴明様かもしれません。わたしは裏門を当たってみます。あまり期待せずに、お待ちください」

言い置いて重家は、数人の随身と裏門に足を向けた。夜は明けているはずなのだが、重い灰色の雲が垂れこめている。着いたときには生温かった風が、今はやけにひんやりしていた。

「本当に右大臣様は、鬼の笛をお持ちなのでしょうか」

思いつくまま口にする。

「どこにあったのか、だれが持っていたのか、どんな笛なのか、見た者はいるのか。まったくあきらかにされていない謎の笛です。腕の良い職人が作った笛を見せて、これは『葉二つ』であると言えば、通るような気がしなくもありません」

「そなたは、本当におもしろいことを考えるな。なるほど、本物か、偽物かは神のみぞ知るか。わしが確かめた話では、笛の音がひびくと見えぬものが視え、聞こえぬ音が聴こえるとか」

「それでは、わたしたちが聴いた笛の音は、『葉二つ』によるものだったのですね」

「否定はできぬ。だれが吹いていたのかもまた、謎だがな」

答えながら晴明は、天を見やっている。小鹿も気づいていたが、瘴気のようなものが時折、漂っていた。不吉な暗雲を思わせなくもない。

「今、視えている黒いあれは雲なのですか」

「いや、あれは雲にあらず。瘴気や邪気の類じゃ。長橋の局の鬼に似ているかもしれぬ。いずれにしても、凶兆よ」

「この後、なにが起きるのでしょう。わたしは恐くてたまりません」

小鹿は小さく震えた。一昨日と昨日も藤袴は戻って来なかった。母のように慕っていたことに、遅ればせながら気づいている。御所にあがったばかりの昏い不安が甦っていた。気持ちが沈みがちになっていた。

――守られていた気配が感じられなくなった。

幾度となくひびいた聲は、もしや、藤袴のものだったのか。確かめてみればよかったと後悔の繰り返しになっていた。

「必要以上に恐れれば取り憑かれやすくなる。馬鹿にすれば祟られる。怨霊や鬼と相対したときは対等に扱うのが肝要じゃ。むずかしいかもしれぬがな」

晴明の言葉が心に刺さる。

「無意味に恐れると威丈高に振る舞う、馬鹿にすると怨まれる。人への対応と同じなのですね」

思わず出た言葉を聞いて、老陰陽師は高らかに笑った。

「なるほどな、小鹿の言う通りじゃ。元々は人だった鬼であり、人が発した邪気や瘴気が集まって障りとなる。両者は違う存在ではないので、対応は同じにするのがよかろうとなるわけか。わしはあらためて感じ入ったわ。肝に銘じるとしよう」

「父上」

吉平が、式神を肩に乗せてこちらへ来る。あちこちに飛ばして様子を探っていたに違いない。

「左大臣様ご一行が、おいでになられました。開催する側から招待客に変わったのが、お気に召さないのかもしれません。不機嫌極まりないお顔をしておられました。仕方なく参加されるような感じです」

それを聞いたとたん、

「あ」

「お」

師弟は同時に声をあげる。顔を見合わせて、これまた同時にニンマリと笑った。左大臣の先触れが門番に訪れを告げた後、ほどなく豪華な牛車が到着する。自慢の女房衆も同道したらしく、牛車が延々と後ろに連なっていた。

「『真実の罪人』と思しきお方に仕掛けてみるか。行くぞ、小鹿」

「仕掛ける？　なにをですか？」

疑問を投げたが、晴明はいち早く道長の牛車に駆け寄って跪いた。小鹿も慌てて老陰陽師の斜め後ろに跪き、頭をさげる。

「道長様、安倍晴明でございます。後ろに控えておりますのは、弟子の小鹿。すでに目通りいたしておりますゆえ、紹介は要らぬものと思います。お願いの儀あって、お待ちいたしておりました」

特に待ってはいなかったが、嘘も方便、こういうときは臨機応変に対応するのが肝要だ。牛車に付き従っていた随身が伝えたのだろう、

「晴明か」

道長が戸を開けて顔を覗かせた。紅花で染めた深紅の直衣が、どこか誇らしげに見えた。乗るように仕草で示したので、小鹿は晴明とともに広々とした牛車に乗り込み、

左大臣の向かい側に腰を落ち着ける。

——なんて贅沢な造りなのかしら。

冷ややかな感想が浮かんだ。四、五人はゆったり寛げそうな車内は、手の込んだ装飾が施されている。座り心地もよく、殿舎の一郭にいるような気がした。

「小鹿であったな」

道長は、熱っぽい目で小鹿を凝視めた。遠慮のない好色心あふれる視線だった。

「はい」

「やはり」

と、言いかけて口をつぐんだ。未明に支度を終えたとき、手伝ってくれた少納言は狩衣が本当によく似合うと告げた後、しばらくの間、物言いたげな目をしていた。あれに似た眼差しに思える。やはり、の後に続いたのは、童随身に欲しいという要請だろうか。

——道長様はあのとき『どこかで会ったことがあるような』とも仰せになられた。

疑問は胸にしまい、深々と辞儀をする。

「左大臣様。われらは招待されておりませぬ。ですが、天にはすでに禍々しい瘴気が顕れております。騒ぎが起きる前に収めるのが、宮廷陰陽師の役目。同道させていただくわけにはいきませぬか」

「わかった」

道長はあっさり答えた。

「右大臣には、わたしから言うておく。我が家の臣下として一緒に参加するがよい」

それにしても、と、続ける。

「まさか、横取りされるとは思わなんだわ。まったくもって腹立たしいことよ。昨夜は悔しくて眠れなんだ」

独り言のような呟きには、格下の顕光への怒りや憎しみが浮かびあがっていた。鬼の笛を横取りされたからだろう。いつもよりずっと鼻や頬骨の皮膚が赤くなっている。怒りを押し隠す余裕を失っているように思えた。

——赤鼻の左大臣様。

心の中でのみ、そう呼んでみる。右大臣の顕光は、中宮・定子に無礼な振る舞いをしたため、小鹿は好きではないものの、今回のこれは拍手を送りたかった。憤懣（ふんまん）やるかたない様子の左大臣を見ると少しだけ気持ちが晴れる。

たかが笛、されど、なのだろうか。

——許せない。

二人の女子が犠牲になった。小鹿にしてみれば、たかが笛という怒りがある。命を犠牲にしてまで争奪戦を繰り広げる貴族たちの気が知れなかった。

始めるぞ。

というように、晴明が軽く肩を叩いた。左大臣相手になにを仕掛けるのだろう。小鹿はぴんと背筋を伸ばした。

五

「気になる話が御所に広がっております。賀茂神社の斎院・選子内親王様についてでございます」

晴明は重々しく切り出した。

「む？」

道長の顔に緊張が走る。牛車の空気が、一気に引き締まったように思えた。老陰陽師は相手を揺さぶって、本音を引き出そうとしているのだろうか。

いやでも身体に力が入る。息を詰めて次の言葉を待った。

「右大臣様は今年の正月、選子内親王様への雪見舞いをお断りなされた由。確か『御前が汚れているから見舞いには行けない』というものだったと聞き及びましたが」

「………」

道長の顔色が、あきらかに変わる。貴族にしては珍しく、喜怒哀楽を表す男のように感じられた。あるいは恐れるもののない地位がもたらす驕りなのか。藤原行成や斉信よりずっと表情を読みやすかった。

――『御前が汚れている』とは、どういう意味なのだろう。

張り詰めた雰囲気であるため、問いかけるのはやめた。そのまま受け取れば、神社の前庭が汚れているという意味になるが……そうではないように思えた。

小鹿の表情を読んだのかもしれない、

「若い小鹿には意味がわからぬか」

道長が唇をゆがめて言った。

「『御前』というのは内親王の前庭という以外に、なんというのか、まあ、ありていに申せば男との関わりを比喩しているのだ。右大臣は恋人がいると言いたかったのであろうが、選子内親王は清廉潔白。勘違いもはなはだしいわ。右大臣の言葉はあてにならぬ」

吐き捨てるような口調になっていた。斎院や斎宮は生娘の皇女しか就けないうえ、その役目に就いている限りは、聖(きよ)らかな暮らしぶりを求められる。言い訳めいたことを告げた眼前の左大臣こそが、選子内親王の恋人ではないのか。

——その件で脅された、とか？

新たな疑惑が湧いた。顕光は公にはできない醜聞を盾にして、『葉二つ』の争奪戦を制したのではないか。公然の秘密であろうとも、右大臣が本気で糾弾するとなれば話は違ってくる。帝も捨て置けず、審議にとなる可能性もあった。

気まずい空気を感じたのだろう、

「本日、帝はおいでにならないのですか」

晴明は露骨に話を変えた。

「帝は、風病らしくご気分がすぐれぬとのことであった。幸い症状は軽いようだが、宴には参加せぬと仰せになられた。藤原行成と藤原斉信は、護衛役としてお側に……」

答えを遮るように牛車が揺れる。ゴゴゴゴゴという地鳴りのような音が聞こえた瞬間、小鹿は隣の老陰陽師にしがみついた。

「晴明様！」

「大事ない、落ち着け」

九字を切って素早く呪文を唱える。耳に心地よい呪文が、徐々に恐怖心を鎮めてくれた。しかし、小さな揺れは続いている。

「左大臣様」

右大臣家の随身が来た。

「大丈夫でございましたか」

「見ればわかるであろう。わたしには稀代の陰陽師が付いているゆえ、なにも案じておらぬ。地震が苦手な右大臣は、さぞかし慌てておろうな。宴は取りやめか？」

嫌みたっぷりに訊いた。このまま帰りたいのかもしれない。気乗りしない様子が見て取れた。

「いいえ、予定通りだと通達がございました。お出迎えの準備が調い次第、門を開けます。ですが、安倍晴明様たちは……」

「本日は、わたしの配下として右大臣の宴に訪れた」

道長は強い口調で遮る。

「その旨、申し伝えよ。安倍晴明一行も『葉二つの宴』に参加する。わたしの言葉は、帝の言葉と心得よ。もし、受け入れられぬ場合には、このまま帰ると伝えるがよい。だれも宴には参加せぬ、とな」

唇をゆがめた顔は、赤鬼のごとき底意地の悪さが表れていた。『葉二つ』を手に入れて天皇のご機嫌伺いをするつもりだったのはあきらか。飛ぶ鳥を落とす勢いの道長が、参加しないよう通達すれば、貴族たちはそのまま帰ってしまうだろう。

「し、承知いたしました。主に申し伝えます」

随身は慌てふためき、門に取って返した。道長は相変わらず、ちらちらと小鹿に目を走らせている。晴明は開けられたままの戸から天を見あげた。

「新たに建てられた別荘の上空には、くろぐろとした瘴気が流れております。どうも長橋の局に似ているような気がいたします」

その言葉に、道長は反応した。

「過日、火事と盗人騒ぎが起きた場所か」

「はい」

晴明はいったん牛車の戸を閉める。

「倅と色々調べたのですが、あの殿舎は昔、さよう、醍醐(だいご)天皇の折には仁寿殿だった由。火事で焼亡し、幾度となく御所を移したため、わからなくなっておりましたが、御灯鬼(みあかしき)が現れたという殿舎にござります」

小鹿も初めて聞く話だった。一言一句、聞きのがすまいと集中する。

「なに?」

道長の片眉が、ぴくりとあがる。

「では、醍醐天皇の時代に、御灯鬼が現れた話という噂は真実なのか?」

「おそらくは」

答えて、さらに言った。

「御灯油を盗みに来る御灯鬼でございます。姿形がどのようなものであるかは、絵などが残っておりませぬゆえわかりませぬ。なれど京や御所の邪気を喰い、ふたたび目覚めた可能性がなきにしもあらず。先程も言いましたが、なぜか、この別荘の上空にも似たような鬼が漂っております」

「元凶は右大臣かもしれぬ。ずいぶん雪路に入れあげていたと聞いた。粘っこい気質だからな。その尋常ならざる執着心で『葉二つ』を手に入れたのであろう」

「雪路様に……さようでございましたか」

晴明の答えを聞きながら、小鹿は胸元をそっと押さえる。懐に入れたままの眉掃が、熱を帯びたように感じられた。他の遺品も雪路の想い人にまだ返していない。この騒ぎがおさまってからと思い、今日はお守りのように眉掃を懐に入れていた。

「藤袴だが」

今度は道長が話を変える。

「ここ数日、姿を見ないと女房たちが話していた。旅や物見遊山に出かけるときは、必ずわたしの館へ挨拶に訪れるのだがな。どこかに隠し持っているという別荘にでも療治に行っているのか？」

と、二人を交互に見やった。

「わかりません」

小鹿は躊躇いがちに頭を振る。

「わたしは、なにも聞いておりませんので」

さらに不安が増した。道長から藤袴の話が出るとは思わず、当惑してもいる。自分が知らない顔を見るようで、なんとなく恐かった。

「晴明はどうだ。伝説の貴婦人の行方を知らぬか」

伝説の貴婦人というのは、藤袴のことだろうか。後宮の主、先例を駆使して助言する優れた媼、紫雪をはじめとする若返り薬の医師等々、いくつもの顔を持っている。だが、聞いたことのない異名だった。

「なにも聞いておりませぬ。小鹿が不安でたまらぬ様子。わたしも案じておりますが、あるいは帝のお側に付いているのかもしれませぬ。中宮・定子様が宿直をなさるとき、お召しがあると伺った憶えが……」

　ふたたび牛車が大きく揺れた。が、すぐにおさまって今度は地鳴りも響かない。奇妙な揺れは、なにを知らせるものなのか。

「ご無礼つかまつります。安倍吉平にございます。父はこちらでござりましょうか」

　吉平の呼びかけがひびいた。

「いかがしたのじゃ」

　戸を開けて牛車を降りた晴明に、小鹿も続いた。詳しく聞くまでもない、別荘の上空には瘴気が渦巻いていた。

「式神を飛ばして中の様子を探ろうとしたのですが、弾き返されてしまうのです。強力な結界が張られているようで」

　吉平は言い、呪文とともに式神を飛ばした。が、別荘の門の上あたりで見えない壁にぶつかったようになり、ふっと姿が消えてしまう。近頃、とみに元気のない吉平は、なさけない顔になっていた。

「だめなのです」

「わざわざ言わずともよい。視ればわかるわ」

　晴明が十二神将の式神を放った。だがしかし、門の上まで飛んだとたん、姿が視えなくなる。何度か繰り返してみたが、親子の式神はまるで役に立たなかった。

「小鹿」

晴明に呼ばれて前に出る。

「はい」

「そなたの緒都を飛ばしてみよ。小弓で矢を射るときの感覚じゃ。一点に集中して命じるとうまくいくかもしれぬ。式神が入れぬ場に無理やり入ると、われらは具合が悪くなるからな。試してみてくれぬか」

「わかりました」

二人がだめなのに、自分にできるわけがない。以前であれば及び腰になってやめただろうが、今はとにかく言われた通りにやってみるのが得策だと思った。

諦めたらそこで終わる。

「緒都」

気合いを込めて名を呼んだ。すぐに犬顔式神が出現する。

「行け!」

指さした方角へ、まさに弓から放たれた矢のように飛んだ。門の上空で撥ね返されるかと思いきや、ひゅっと中に入った。

「破った！」

晴明が叫び、すぐさま十二神将の式神を放つ。吉平の式神も後を追ったとき、わずかだが上空の瘴気が晴れた。垂れ込めていた黒い雲が、押されるようにぐっと後ろへ動いた。たじろいでさがったように視えた。

「あれは生きているのですか」

小鹿の驚きを、晴明が受ける。

「さあて、生きているような、おらぬような」

「父上、門が」

結界を破られたことに気づいたのだろう、巨大な門がゆっくり開いていった。重家と成信が、じりっと前に出る。随身たちも小鹿たちを守るように隊列を組んだ。華やかな宴のはずなのに、物々しさが増している。

「あっ」

小鹿は小さな声をあげる。緒都が視ているに違いない。眼下には、鮮(あざ)やかな深紅(くれない)が連なっていた。

第七帖　糺ノ森

一

「ここは、糺ノ森」

不意にあの聲がひびいた。と同時に重い地響きをたてながら門が開いていく。小鹿は、地獄の門が開いたように感じた。

――あなたはどなたですか。もしや、藤袴様ですか。

問いかけに答える聲はない。顔をあげたときに見えたのは、深紅の直衣や袴を着けた藤原顕光だった。両脇に従えた随身たちも、同じ色の狩衣姿である。つい今し方、緒都の眼で視た眼下に広がる深紅は、彼の者たちの衣裳だったのだ。

――家臣にまで禁じられた深紅の狩衣を着せるとは。

かなり挑戦的だった。少なくとも道長は配下に『禁色の宣旨』を守らせている。むろん自分だけの特権だと自慢したいのだろうが、不快感が増すのは確かなように思えた。

「お越しいただきまして、ありがとうございます」

顕光は畏まって辞儀をする。早くも牛車を降りた道長が、こちらに歩いて来た。宴には参加したくなさそうな様子に見えたが、内心、新しい別荘に興味津々なのかもしれない。右の方角を見やっていた。

「派手な出迎えだな」

随身たちに目を走らせて、露骨に嫌な顔をする。予測していたのだろう、顕光は揉み手せんばかりの様子で一礼した。

「宴でございますから」

「あれが噂の馬場か」

道長は、手で陽を遮りながら訊いた。貴族というのは、事前に入念な下調べをしたうえでなければ訪うことができないのだろうか。すでに別荘の造りまで、わかっているようだった。

横顔には相変わらず、不機嫌さが浮かびあがっている。

「はい」

右大臣はしたり顔でうなずいた。

「武蔵国より選りすぐりの名馬を手に入れました。左大臣様がお持ちの駒には、とうてい及びませぬが、よろしければご案内いたします。『葉二つの宴』の準備も調えてございますので」

合図を受けて輿が運ばれて来る。赤鼻の左大臣様は、いっそう鼻と頬骨のところが赤くなっていた。

——適当に言いつくろって帰ればいいのに。なんだか右大臣様や随身たちの目がおかしいわ。

着ている直衣のような赤い目をしているように視えた。霊視によるものだとすれば、右大臣派は、みな強い邪気を放っている。不安が増すばかりだが、道長はあらかじめ用意されていた輿に乗り込み、離れた馬場へと向かった。

小鹿と老陰陽師親子、二人の貴公子、晴明側と右大臣側の随身たちは徒歩であとに続いた。僧兵と思しき者も遠巻きにして様子を窺っている。かれらが武力を行使したら、と、思うだけで身体に力が入った。

「晴明様、さきほど例の聲が」

「わかっておる」

穏やかに遮って、続ける。

「わしも聴いた。しかし、ようわからぬ。ここは白河、糺ノ森からはちと離れている
ではないか。なにゆえ」

そこで突然、言葉を切った。

「そうか。もしや」

「糺すための森？」

小鹿は閃いた事柄を問いに変える。全身にあたたかさが広がり、わずかではあるも
のの気持ちが落ち着いた。

「そうかもしれぬ、いや、そうであろう。だれが、だれを糺すのか、疑問が残らなく
もないが」

「あの聲は、藤袴様のような気がします。なんとなくなのですが、そう思うのです。

先読みのお力もあるのかもしれません。感じられなくなっていた藤袴様と思しき気配
を、感じられるようになりました」

「藤袴様の霊力が、わかるのか」

「ふわっと身体が温かくなるのです。そして、不安が消える。母というものは、こう

いう安心感を与えてくれる存在なのかと思ったりもしました」

小鹿は、右大臣側の随身たちが気になっていた。

——また、なにか話している。

門前でもそうだったが、随身たちはこちらを指さして話をしている。稀代の陰陽師の親子が気になるのだろうか。自分に視線を向けられているような気もするが、気のせいだろうか。

——今朝、少納言様はわざわざ鏡を持って来た。

未明に着替えを手伝ってくれたとき、狩衣姿になった小鹿の顔を鏡に映して見せた。水鏡でしか自分の顔を見たことがなかったため、あらためて愛想のない顔だと思った憶えがある。

無表情な白い顔。

女性として魅力的だとは思えないし、狩衣姿なので男子だと勘違いしているかもしれない。やはり、随身たちが見ているのは晴明親子だろう。

「待て、小鹿」

晴明に呼び止められて立ち止まる。親子は歩みが遅くなっていた。二人が操る十二神将の式神は、いつの間にか姿を消している。空を飛んでいるのは緒都だけになっていた。

——この広さ。

敷地の広さは、いったい、どれぐらいなのか。彼方(かなた)に目を向けても塀が見えない。何棟もの殿舎や車舎(くるまやどり)、蔵などの建物、そして、緑が延々と続いていた。

「大丈夫ですか、晴明様。お顔の色が悪いようですが」

案じる小鹿に答えた。

「身体が重い」

「わたしもです、父上。われらの式神は、とうてい場の瘴気(しょうき)に耐えきれず、姿を消しました。緒都のお陰でどうにか結界内には入れましたが、瘴気は弾(はじ)き返せないようです」

二人とも見るからに具合が悪そうだった。ここに来たときから言いようのない恐れが胸にある。帰りたかったが、おそらく晴明は承知しないだろう。

「わたしたちだけ先に……」

「ならぬ」

考え通りの返事だった。

「これだけの鬼(き)が蠢(うごめ)いているのじゃ。どこかに巣があるに相違ない。叩(たた)き潰(つぶ)さねば、京や内裏に障りが顕れるは必至。雷をともなう嵐や大火、あるいは地震に襲われるかもしれぬ。瘴気と邪気で命を落とす者も出よう」

「巣とは、なんの巣ですか。もしや、御灯鬼の巣ですか。それがここにいるのですか。晴明様の天眼通で視えたのですか」

矢継ぎ早に問いかける。背筋に悪寒が走り、鳥肌立っていた。

「天眼通ではない、そなたの放った緒都よ。結界を破った瞬間、地中に蠢く御灯鬼が一瞬、視えたのじゃ。すぐに消えてしもうたがな。かつて視たことがないほど巨大な鬼であったわ」

「それじゃ、さっきの地響きは」

小鹿は慄えた。唇をわななかせながら、かろうじて問いかける。

「この下に？」

と、地面を指した。

「わからぬ。なれど、片割れはいるかもしれぬな。本拠地ではないかもしれぬが、われらが使う式神のような使い魔、もしくは術師の操る木偶人形がいるのではないか」

「木偶人形」

不吉な〝絵〟が浮かんだ。術師が操る木偶人形はおそらく、雪路から奪った貌を着けた化け物ではないのか。

歩みを止めた三人を、重家と成信が少し先で待っている。馬場の近くまで来ていたが、そこから先に進めなくなっていた。道長を乗せた輿はすでに止まり、降りた左大臣の深紅の直衣が遠目に確認できた。

「そなたは引き返すがよい」

晴明が言った。

「ここまで色々と助けてもろうた。もう充分じゃ。二人の随身に護衛役を頼むゆえ、かれらと一緒に御所へ戻るがよい」

「なぜ？」

心からの問いが出た。

「だれのために命を懸けるのですか、ご家族のためですか」

「それもある。しかし、何度も言うたように、われらは宮廷陰陽師。道長様に申しあげた通り、騒ぎが起きる前に食い止めるのが役目じゃ。民が気づかぬうちに事をおさめる。命を落とすかもしれぬが、わしはすでに齢八十じゃ。悔いはない」

「わたしはあります」

すかさず吉平が声をあげる。

「煩悩の塊でございますゆえ、まだまだこの世に未練がございます。鬼に喰われる役目は、父上におまかせいたします」

「やれやれ、薄情な倅を持つと苦労が多いわ。おまえは確かに先日から煩悩の塊になっているようじゃ。なにが起きても生き延びねばなるまいな」

「……お気づきで？」

「さて、なんのことやら」

笑って晴明は歩き出した。小鹿も仕方なく追いかける。土壇場になってみないと命を懸けられるかどうかわからない。晴明を放り出して一目散に逃げてしまうかもしれない。御灯鬼と対峙できるだろうか。考えるだけで冷や汗が滲んだ。

「緒都が」

小鹿は空を見あげる。広々とした馬場に並ぶ形で、壮麗な二棟の殿舎が建てられていた。犬顔式神はなにかを教えるように上空を旋回している。

「まさか、殿舎に御灯鬼が」

「恐れてはならぬ」

晴明は厳しい口調で告げた。

「必要以上に恐れれば」

「取り憑かれやすくなる、馬鹿にすれば祟られる」

継いで、無理に笑みを押しあげる。

「わかっています。晴明様と吉平様に出逢えたのは運命だと、わたしは思っています。恐ろしいですが、失神しない限り、ついていきます」

小鹿が側にいなければ、晴明は本来の霊力を発揮できない。吉平は父親を囮役として使い、鬼退治をするつもりなのだろうか。どこか頼りない倅殿と弱々しい翁を置いて、逃げられるわけがなかった。

「見事な若駒だな。よく手に入ったものよ」

道長は、厩舎から馬場に連れて来られた数頭の馬を見て、感嘆の声をあげた。世辞と片づけるには、あまりにも熱意がこもっていた。顕光は唇の端を吊りあげて微苦笑する。

「左大臣様への贈り物として用意いたしました。気に入った駒がおりましたら、何頭でもかまいませぬ。連れ帰ってくださいませ」

ご機嫌取りだろうが、気前のいい道長と違い、右大臣は吝嗇家として知られている。人気のない理由のひとつだった。当然のことながら意外な申し出だったに違いない。

「よいのか」

　左大臣はまず疑いの目を返した。道長ならずとも、裏になにかあるのではないかと勘繰(かんぐ)りたくなる。常とは異なる太っ腹な顕光を無遠慮に睨(ね)めつけていた。

「はい。すべて左大臣様のために買い求めた若駒でございます。馬場を調えておきましたゆえ、試し走りの競馬(くらべうま)を行わせます。左大臣様におかれましては、殿舎の前にてご覧ください。ささ、どうぞ、こちらへ」

　顕光がみずから案内役となる。ぐるりと反対側まで歩くだけでも、けっこう距離があった。ふたたび輿に乗った道長の護衛役として重家と成信が側に付く。小鹿たちと随身はふたたび徒歩で続いた。

「右大臣様らしからぬ薄気味悪い流れじゃ」

　晴明が小声で言った。

「これは……罠(わな)かもしれぬ」

「重家様と成信様も、同じお考えかもしれませぬな」

　吉平が珍しく暗い顔で継いだ。おりしも聞こえて来たのは、妙(たえ)なる雅(みやび)な楽の音。二棟建てられた右殿舎の一棟の御簾(みす)が上がって、女房装束の楽人たちが庇(ひさし)に現れた。笛や鼓(つづみ)、琵琶(びわ)といった楽器を奏でている。

「吉平様、笛の音が聞こえておりますか」

小鹿はすぐに確認した。笛は『葉二つ』ではないように思えたが、言い切る自信がない。吉平は大きくうなずいた。

「わたしにも聞こえる」

「つまり、鬼の笛ではない」

安堵したのも束の間、同道していた随身たちがざわめいた。雅楽隊が立つ奥から、十二単衣の女房が庇に出て来たからである。

「…………」

小鹿は自分の目を疑った。

二

小鹿にそっくりな女房装束の女子だった。

年は三十なかばぐらいだろうか。美しく化粧をした顔は、大人びた小鹿という印象を受けた。背丈も中程度、高からず、低からずといった感じがする。真っ直ぐ小鹿を見つめていたが、特に驚いた様子はなかった。

ごく自然に、犬顔式神の緒都が女の肩に舞い降りる。まるで主のもとに戻ったように視えた。

「……文緒（ふみお）」

道長が呟いた。顔見知りの女房が現れたことに気づき、いつの間にか側に来ていたらしい。茫然（ぼうぜん）自失という顔をしたが、

「裏切り者めが」

吐き捨てるように言った。怨嗟（えんさ）の声は、顕光に向けられたものでもある。右大臣は面白そうに笑っていた。

「文緒？」

小鹿は、頭に浮かんだ漢字にも驚いている。自分の本名は、文香（ふみか）だ。そして、今、文緒の肩に舞い降りた犬顔式神の名は緒都。単なる偶然とは思えない。

そう、のっぺらぼうの家族の夢をよく見ると話したとき、

〝同調か、共鳴か〟

晴明は言った。小鹿はだれに同調していたのか、共鳴していた相手はだれなのか。

「気づいてしもうたな。さよう。緒都はわしや吉平の式神ではない。生み出したのは、われらではないのじゃ」

「まさか」

　小鹿の脳裏をさまざまな事柄がよぎる。道長は「やはり」と言っていた、少納言の君はわざわざ鏡で小鹿に自分の顔を見せた、随身たちが指さしていたのは晴明ではなく小鹿。

　晴明親子は事実を知りながら、わざと緒都を泳がせていたのだ。

「だれ？」

　かすれた声が出る。訊きたくないが、訊いていた。知りたくないが、知らなければならなかった。椿と雪路を死に至らしめたのは……。

「おそらく、そなたの母じゃ」

　晴明が答えた。

「呪術師なのですか」

「これもおそらくだが、呪禁師であろうな。『妖面』を用いて、椿と雪路様の顔を盗んだ張本人じゃ。命じたお方の名は敢えて言わぬが」

「小鹿、いえ、文香」

　文緒が呼びかけた。

「こちらへ」

　手招きする。白い手がなよやかに動くさまは、鎌首をもたげた白蛇のように見えた。

公卿のだれかに命じられたとはいえ、実際に術を用いたのは彼女ではないか。虫も殺さぬ顔をして、二人の女子を犠牲にした。

「そなたは、そちらにいてはいけません。さあ、おいでなさい。わたくしと一緒に動くのです。さあ、文香」

「………」

小鹿は混乱している。いきなり母親だと言われても信じられない、いや、信じたくなかった。世を騒がせている呪禁師、直接ではないかもしれないが殺めたも同然の恐ろしい秘術、骸骨になって彷徨う椿や、貌を失って倒れていた雪路が脳裏に甦った。

――いやな事柄は遮断する。

自分自身に命じた。壮絶な子ども時代を過ごした小鹿は、辛い状況になったとき、気持ちを切り替えて考えないようにすることができた。生きる術として身につけた悲しい癖が、思わぬところで役に立った。

「まだ、わたくしの思い通りにはなりませんか。存外、意思が固いのですね。それでは、道長様。どうぞ、こちらへおいでくださいませ。『葉二つの宴』が始まります」

手招きが、今度は道長に向けられた。

「う」

抗おうとしたようだが、一歩、足が前に出る。早くも術にかかっていた。あるいはここに入った時点で、ほとんどの者が文緒の操り人形と化していたのかもしれない。

と突然、甲高い笛の音がひびいた。

「あ！」

小鹿は意識を集める。全身の血が沸き立つこの感じ、心がザワつく落ち着かない律動。鬼の笛だと思った。今までは夢現の状態で聴いたことしかなかったが、不気味な騒ぎを運ぶ音であり、人を惑わせる音でもある。

「左大臣様」

道長はギクシャクした動きで、文緒が待つ殿舎に向かっていた。重家や成信はもちろんのこと、随身たちも棒のように突っ立っている。右大臣の顕光は、文緒の隣で誇らしげに顎をあげていた。

「晴明様」

小鹿は老陰陽師を見たが、吉平ともども身体が硬直していた。どうやら自由に動けるのは、自分だけのようだ。

「どうしよう、どうしたら……」

「こ、小鹿、わし、わしの手を」

晴明が声を振り絞る。すぐさま手を摑み、とっさに強く引いた。魂を封じ込めようとしているような気がしたのである。招び戻そうとした刹那、晴明の身体から力が抜けてその場に崩れ落ちた。

「よ、よし、ひら、しげ、いえ、さまたちも」

軽く頭を振って訴えた。

「吉平様」

思いきり引っ張る。と、棒のようだった身体がゆるみ、溶かした飴のごとく地べたに座り込んだ。すぐには動けないのか、吉平は手で早く行けと示している。

「あ、あとで追いかけ、ます」

震える指が、殿舎を指した。見れば、道長が庇にあがっていた。

「だめですっ、行ってはいけません！」

叫びながら大急ぎで二人の貴公子のもとに行く。ご無礼仕りますと断ったうえで、順番に二人の手を引いた。ぐにゃりと力が抜けて座り込んだのを横目で見ながら、なかば強引に晴明を引っ張った。

「走ります」

動くのは辛そうだったが、呪禁師に対抗できるのは老陰陽師の霊力しかない。手を握り締めて走った。

――晴明様が言う通りだった。

これは道長を亡き者にするため、顕光が周到に用意した罠なのだ。先程の驚き方から察するに、左大臣は文緒と男女の仲だった可能性がある。金を積んだのか、極上の褒美を与えたのか。手段はわからないが、文緒は右大臣の配下となった。

考えを読んだのだろう、

「いや、配下になっているのは右大臣様じゃ。わしは貴族の方々に護符を渡しておいたのだが、顕光様には渡せなんだ。どれほど役には立つかわからぬが、わずかな間でも傀儡(かいらい)になるのは防げるようじゃ」

晴明が言った。常にできるわけではないが、手を繋(つな)いでいると心が伝わりやすくなるようだ。

「両眼が赤く光っているあれが、下僕の証(あかし)。見分けやすくてよいが、あまりにも数が多すぎる」

遠巻きにしていた随身や僧兵が、『葉二つ』の音に合わせるかのごとく、少しずつ近づいて来た。操られているからなのか、動きはかなり遅い。己を取り戻した重家と成信が、守るように二人の後ろに付いた。吉平は霊力で食い止めようとしているらしく、懸命に印を切っている。

文緒を探したが、姿を消していた。

「道長様」

小鹿はようやく晴明とともに右殿舎の庇にあがった。左大臣はゆっくり渡殿を歩いている。あくまでも案内役を務めるつもりなのだろう、顕光が少し先を歩いていた。御簾がおろされた左殿舎からは、高価な香の薫りが漂っている。

「四季の十二単衣をご用意いたしました」

顕光が立ち止まって告げた。道長が開く予定だった『皐月の宴』の演し物である。普通であれば即座に左大臣の皮肉が続いたはずだが、なかば傀儡と化しているからだろう。道長は案内されるまま左殿舎の庇に歩を進めていた。

「お気に召した十二単衣があれば、遠慮なく仰せください。すぐさま別室に案内させますので」

女房たちが懸け物だと露骨に告げた。小鹿は晴明と一緒に、渡殿を静かに進む。後ろに付いた重家と成信の守りを頼りにしていた。

「一月は氷襲、二月は紅梅」

顕光が指し示した殿舎の庇には、華やかな十二単衣の一部が御簾の下から覗いている。打出（うちいで）と称される晴れの場の装飾であり、色とりどりの衣裳が、たとえようもなく美しい。焚（た）きしめられた濃密な香の薫りで酔いそうだった。晴明の霊力が働いているからかもしれない。目や鼻、耳といった部位の感覚が、より鋭くなっていた。

「そして、三月は桜襲（さくらがさね）」

右大臣の言葉と同時に、御簾の下から勢いよく白い両手が伸びた。獲物（えもの）を捕らえる白蛇のように道長の両足にからみつく。

「う！」

短く呻（うめ）いて硬直した。小鹿は駆け寄ろうとしたが、晴明が仕草で止める。動けなくなった道長の両足から白い手が離れた。

御簾が揺れて、桜襲の女君が現れる。まるで絵に描いたような美貌の持ち主だった。綺麗（きれい）に描かれた眉や切れ長の目、すっと通った鼻筋、紅をさした形のよい唇。特に目を引くのは床まで伸びた豊かな黒髪だろう。女は道長の手を握り締めて艶然（えんぜん）と微笑（ほほえ）んだ。

「『葉二つの宴』にようこそ、おいでくださいました」

その手に頬にすり寄せる。

「道長様」

三

「ゆ、雪路」

道長は、かろうじて声を発した。逃げ出したかったのかもしれないが、直立不動のまま動けなくなっていた。

——あれが、雪路様のお貌。

小鹿は晴明と少しずつ近づいて行った。後ろには二人の貴公子の気配がある。鬼の笛は鳴りやまない。身体や足は重いものの、なんとか動けた。木偶人形に雪路の貌を貼りつけたのだろうが、心のない人形だからなのか。

両眼は赤くなかった。

「お怨(うら)みいたします、道長様。すべてわかっておりますよ。私度(しど)の僧を遣わしたのは、どなたなのか。『真実の罪人』はだれなのか」

雪路の貌を貼りつけた木偶人形は、相変わらず道長の手に頬をすり寄せている。なぜなのかはわからない。小鹿はふと違和感を覚えた。

——なんだろう？

それがなんなのかはわからないまま、渡殿を進み、左殿舎に移る。隙あらば雪路から道長を引き離そうとしたのだが、顕光はいち早く竹刀（あをひえ）を雪路に手渡した。

「近づいてはなりません」

雪路は竹刀を道長の首に突きつける。

「動けば、刺します。そう、わたくしの胸を刺した私度の僧のように」

唇の両端が吊りあがった。そのまま口が耳まで裂けるのではないかと、小鹿の脳裏には恐ろしい〝絵〟が広がる。いっそう強く晴明の手を握り締めた。

――聴こえますか、晴明様。

握り返されたのが応の返事であろう。

――どうしますか？

あとを尾行（つ）ける、と、自然に浮かんだ。雪路は竹刀を突きつけながら、顕光や道長と一緒に殿舎の奥に入って行った。御簾の向こうに並んでいた女房たちは、散りぢりになっている。小鹿は雪路を追いかけようとしたが、重家と成信が尖兵（せんぺい）役を買って出た。

「お二人は後ろに」

「わかりました」

小鹿は、晴明と貴公子たちの後ろについた。殿舎に入ったとたん、芳しい香の薫りは消え失せる。代わりに魚の腐ったような悪臭が、奥から流れて来た。

「雪路様は、木偶人形にお貌を貼りつけた傀儡なのですか。ふくよかな両手や豊かな黒髪が、まるでヒトのようでしたけれど」

悪臭をこらえて訊いた。消えない不安が、胸にくすぶっていた。

「おそらく、木偶人形であろう。しかし、わしも初めて見る妖術じゃ。小鹿と同じく、豊かな黒髪は付け毛だろうかなどという、つまらぬ考えが頭をよぎったわ」

「聴こえていますよね」

念のために確認する。

「鬼の笛か。あれが耳障りじゃ」

「晴明様。中庭に大きな穴が」

重家が廻廊の手前で足を止める。殿舎はコの字型に建てられているらしく、中庭が設けられていた。穴からは吐き気を催すほどの瘴気が噴きあがっている。小鹿は晴明や貴公子と中庭に降りて覗き込んだ。

大穴はどこが地面との境なのか、よくわからなかった。小鹿は瞬きを繰り返して懸命に目を闇に馴らした。

「階が」

　ようやく地下に降りる階段が見えた。一瞬、躊躇ったが、老陰陽師は恐れるふうもなく降り始める。仕方なく小鹿、重家、成信と続いた。

「真っ暗です」

「小鹿は、晴明様とわれらの後ろに」

　ふたたび重家が告げた。もとより尖兵役を引き受ける勇気はとてもない。急に襲われたとき、はたして、防ぎきれるかどうか。それでも、どこかに続く通路をおそるおそる進み始めた。

　──『葉二つ』の音が大きくなった。

　地下に入ったためなのか、反響するように音が心に食いこんでくる。いやな感覚だけが高まっていた。

　黙り込んだからだろう、

「大丈夫か、小鹿」

　晴明が小声で訊いた。呪禁師の文緒が母親だったことに、衝撃を受けなかったと言えば嘘になる。だが、今はこの騒ぎをおさめることに気持ちを向けた。

「たぶん大丈夫だと……」

「父上、吉平です。地下を進んでおられるのですか」

呼びかけが反響して、ウワンウワンと木霊(こだま)した。一瞬ではあるが、鬼の笛が聴こえなくなる。小鹿は思わず深呼吸した。

「吉平様」

「ここじゃ、吉平」

ほどなく追いついてきた。緊張感のない表情を見て、小鹿は心底、安堵する。晴明はよく悪態をつくが、吉平は張り詰めた場の空気をやわらげてくれた。

「随身たちに、地下へ続く階段を守らせてまいりました。父上の護符が、ある程度の効果をあげているようです。まあ、いつまで保(も)つかわかりませんが」

「いつもながら、おまえの物言いは気に入らぬ。わしだけの護符ではないぞ。おまえのもあるではないか」

「ああ、そうでした」

「確かめるまでもないと思うが、手筈(てはず)は整えておろうな」

「はい。たぶん大丈夫だと思います」

「頼りない返事よ」

いつも通りのやり取りが、ザワつきをしずめた。が、奥へ進むにつれて笛の音は大きくなってくる。文目もつかぬ闇の世界、心細さがいや増した。

「道長様は、どちらでしょうか」

耐えきれずに出た言葉を、成信が継いだ。

「前方に明かりらしきものが」

「気をつけられよ。もしかすると」

晴明は意味ありげに言葉を切る。歩くにつれて確かに明るくなってきた。前を歩く貴公子たちの輪郭が、はっきり見えている。『葉二つ』の音は美しいのだが、不安と恐ろしさを運ぶ律動でもあった。

「あれは」

重家の緊張した声が、前方の異常な光景を伝えていた。鬼の笛が奏でる音は最高潮に達している。見た瞬間、だれもがありえないとまず否定するだろう。前方に広がっていたのは――。

御所の殿舎だった。

地下に設けられた内裏である。左大臣の道長や右大臣の顕光、蔵人頭の藤原行成と勘解由長官の藤原斉信、大納言、中納言といった他の官僚たち。さらに忘れてならないのが、後宮の女房だ。

後宮十二司の雪路と呪禁師・文緒の後ろには、大勢の女房が控えている。木偶人形と思しき雪路以外の者の両眼は赤く輝いていた。陽の光とは無縁の不気味な世界。ゆらゆらと揺れる松明(たいまつ)や紙燭(しそく)の火は妖(あやし)なのか、本物なのか。

「…………」

小鹿はもちろんだが、晴明と二人の貴公子も言葉を失っていた。ここにいてはならない人物に目を吸い寄せられている。雪路と文緒を左右に立たせた真ん中に……一(いち)条(じょう)天皇が座していた。

巧みに『葉二つ』を奏でている。

小鹿が夢現で聴いたのも、おそらく主上(おかみ)が奏でた鬼の笛だったのではないだろうか。雪路がどういう経緯で渡したのかはわからない。あるいは、右大臣の顕光が献上したことも考えられる。手にした瞬間、主上は鬼にとらわれた。

「裏内裏か」

晴明が、絞り出すように言った。

「帝(みかど)のおわす場こそが、すなわち内裏なり。火事が起きるたびに移された内裏は、やがて意志を持つようになる。御灯鬼(みあかしき)とは他でもない、内裏の地下に巣くう鬼のことよ。そこは昔、裏内裏と呼ばれて恐れられた」

醍醐天皇の折に誕生したと思われる御灯鬼。仁寿殿に出没したという鬼は、夜毎、灯りの油を盗み、生きながら、人々の怒りや恐怖、怨みを餌にして成長し続けた。

小鹿が口にした「御所というのは、生き物のようですね」という言葉は、奇しくも鬼の本質を言い当てていたわけである。奏でれば奏でるほど邪気は強くなり、御灯鬼は大きくなる。寄として選んだ一条天皇は操られるまま『葉二つ』を奏で続けた。

──一条天皇を人質にしている。

小鹿の右隣で、晴明が呪文を唱え始めた。左隣には吉平が立ち、こちらも印を切りながら呪文を唱える。呼応するように笛の音が変わる。

──雪路様の貌を盗んだのは。

その目的を悟った。呪禁師の文緒は宮廷陰陽師の役目を担い、裏内裏の後宮を統べる尚侍の役目を雪路が担う。役者を揃えたのだ。

笛の音は続いている。断続的な鋭い響きは、まるで殺せと命じているかのよう。ゆらり、と、藤原行成と斉信が動いた。刀を抜き、前に出て来る。

「おやめください、行成様」

重家は素早く刀を構えたが、自分から切りつけられるわけがない。成信も同じように斉信相手に困惑していた。

「わたしです、斉信様。成信です」

呼びかけながら、それでも刀を抜いた。剣など学んだことのない小鹿でさえ、行成たちが放つ殺気を感じ取っている。両眼は真っ赤になり、火を噴いているように視えた。親子陰陽師は、呪文を唱え続けている。

「死ねっ」

行成が振りおろした剣を、重家が受け止めて弾き返した。成信もまた、斉信の攻撃を受け止める。上司を傷つけられるわけがない。

「正気を取り戻してくださいっ」

重家は懸命に声を張りあげたが、届くはずもなかった。やむなく薙(な)ぎ払った剣が、行成の腹を掠(かす)め過ぎる。狩衣が切れたように感じた瞬間、行成は裏内裏の中に戻った。と同時に切れた狩衣が元通りになる。

——修復された。

小鹿は驚きに目をみひらいた。結界内に満ちた鬼がもたらす恩恵なのか。あるいは『葉二つ』の霊力によるものなのか。

「重家様、成信様。主上から鬼の笛を奪い取ってください」

閃きを告げるや、二人の貴公子は動いた。上司たちの攻撃をかわしながら、裏内裏に入ろうとする。が、見えない壁に激突したように弾き返された。

「緒都」

犬顔式神を探したが、どこにもいなかった。文緒が行かせないようにしているのかもしれない。中に入れない限り、鬼の笛は鳴りやまないだろう。

「晴明様、吉平様。結界を破ってください」

小鹿の要請に、老陰陽師が答えた。

「そなたの霊力も借りるぞ」

後ろに来て抱きかかえるようにし、両手に皺だらけの手を重ね合わせる。小鹿の身体を使い、二人の霊力を叩きつけるつもりなのだろうか。しかし、九字を切ることさえできないのである。あとは晴明にゆだねるしかない。吉平は隣に立ったまま、呪文を唱えていた。

「臨・兵・闘・者・皆・陣・列・在・前」

九字を切るにつれて、身体が熱を帯びてくる。血が体内を駆けめぐり、晴明の氣が凄い勢いで流れた。皮膚がぷつぷつと粟立つように、毛穴が開くのを感じた。髪の毛が逆立っている、隣の吉平からも氣が流れ込む。

「哈(は)っ」

晴明が叫んだ刹那、小鹿の両手から氣が疾(はし)った。それは鬼の結界をぶち破って、『葉二つ』に当たる。一条天皇の手にあった鬼の笛が、勢いよく弾き飛ばされた。すぐさま文緒が拾い、奏でようとする。

「重家様っ、成信様っ」

小鹿の呼びかけが号令となって、全員が体当たりするように突進した。小鹿と晴明親子、二人の貴公子は、床に叩きつけられるようにして裏内裏の殿舎に入る。したたかに打ちつけた痛みとともに床に転がった。

四

「う」

小鹿は呻いた。目をしばたたかせたが、そこは闇に覆われた広い殿舎。

紙燭(しそく)の灯が、左右にずらりと並んだ道長や顕光たち重臣を、影像のように浮かびあがらせていた。赤い両眼の輝きは弱くなっているものの、蛍のように明滅している。

御簾が引きあげられた玉座には、座したままの一条天皇が虚(うつ)ろな赤い両眼を宙に向けていた。

両脇には、文緒と雪路が立っている。

――雪路様。

華やかな貌や艶めかしい手、そして、豊かな長い黒髪に小鹿はつい目を向けている。最初に覚えた不可解な違和感が消えなかった。特にふっくらした白い手から目を離せなくなっている。

――雪路様だけ両眼が赤く光っていない。

その点にも疑問が湧いた。小鹿は鬼軍隊の様子を窺いながら、晴明に手を貸して立ちあがらせた。吉平や重家、成信もゆっくり立ちあがる。だれひとりとして口をきく者はいない。大勢の人間がいるにもかかわらず、不気味な静寂が満ちていた。攻撃を仕掛けた行成と斉信もまた、刀を鞘に納めて棒のように突っ立っている。

「愚か者めが」

文緒が赤い眼を光らせて笑った。作り笑顔にしか見えない。一条天皇も同じように無表情なのだが、雪路だけは妙に人間くさい印象を受けた。両眼は赤くないうえ、わずかに顰めた眉に不安が表れているように思えた。

玉座の後ろ、一条天皇の背後の闇が、渦巻くように動き、瘴気を噴き出している。

まるで生きているようだった。

「この殿舎は、おまえたちを閉じ込める牢獄(ろうごく)なのです」

文緒は言った。

「二度と出られません。御灯鬼様が仕掛けた罠に、まんまとはまった間抜けな獲物。苦労して入ったはよいが、死ぬまで出られぬ」

「さあて、思惑通りにいくかどうか」

晴明は力強く答えた。

「上に建つ長橋の局では、宮廷陰陽師たちがすでに祈禱(きとう)を始めておる。御所を乗っ取るつもりだったのかもしれぬがな。とうの昔に気づいていたわ」

生気があふれているのかもしれない。後ろに立つ老陰陽師の霊力が、小鹿の背中を熱く刺激していた。吉平は印を組み、呪文を唱えている。重家と成信はいつでも刀を抜けるよう、腰を低くして身構えていた。

「ほう、長橋の局に裏内裏があることぐらいは摑んでいたか。しかし、もう間に合わぬ。われらには、焉皇(えんおう)様がおられますゆえ」

「焉皇様?」

小鹿の脳裏に漢字が浮かんだ。終焉の『焉』であり、雪路が遺した短歌に出てくるたのだろうか。
焉支山も同じ字を使っている。もしや、紅花の件だけでなく、このことも伝えたかっ

「晴明様」

小鹿は、一条天皇の背後に忌まわしい鬼を視た。闇がぐぅっと膨らんだ刹那、黒い礼服姿の人物が現れたのである。背格好は一条天皇に似ているが……。

顔がなかった。

黒いのっぺらぼうが、玉座の後ろに佇んでいる。この世のありとあらゆる邪気を集めて作られた木偶人形だろうか。雪路は白くてつるりとしていたが、焉皇とやらの顔には邪悪な鬼が渦巻いている。

「まさか」

不吉な考えがよぎった。

「主上のお顔を化け物に？」

思わず声になる。

「なんと!?」

「そのような真似はさせぬ!!」

重家と成信が同時に動いた。刀を抜き放って、玉座の後ろに突き立てる。が、すぐ

に弾き返された。貴公子たちは勢いよく飛ばされて床に叩きつけられる。文緒は勝ち誇ったように笑った。

「ほほほほほ、『光の少将』と『輝く中将』も、ここではただの役立たず。お気の毒ですこと。わたくしたちの配下になりなさい。そうすれば、すべての苦悩から解放されます。焉皇様に身も心もゆだねるのです」

女術師の合図を受けて、雪路が一条天皇の顔に白い手を伸ばした。『妖面』の秘術は、木偶人形の雪路も使えるらしい。あるいは、文緒が操っているため、手足のように使えるのか。

文緒は邪悪な霊力を注ぐように、素早く印を切って呪文を唱え始める。

「だめですっ」

動こうとした小鹿を、晴明が後ろから抱え込んだ。

「もう一度じゃ、小鹿。そなたの霊力を貸してもらうぞ」

背後に立って両手を包み込むように握り締める。雪路の両手はすでに一条天皇の顔に触れていた。どうやって剝がすのだろう。剝がされたとたん、命を落とすのではないだろうか。考えるだけで身体が震えた。

「恐れるな、恐れてはならぬ」

「は、い」

ごくりと唾を呑む。それでも足が震えてしまい、立っていられないほどだったが、懸命に気持ちを奮い立たせた。晴明の唱える呪文に従って、小鹿の華奢（きゃしゃ）な手が印を切り始める。と、庇の方が急に明るくなってきた。

「光の道ができる」

晴明の呟きが聞こえたのか、

「この輝きは？」

文緒は庇に目を向けた。揺れていた紙燭の灯が、ふっと消える。殿舎は闇に覆われるはずだったが……銀色の光が、ゆっくり近づいて来た。霊光であるのは確かだろう。眩（まばゆ）いほどの輝きとともに、歌うような声が聞こえてくる。

八雲立つ　京の八重垣妻ごみに
　八重垣つくる　その八重垣を

（雲がたくさん重なっている京の地で、妻を守れるようにたくさんの垣根を重ねた家をつくろう）

日本神話で須佐之男命が、新婚のときに詠んだとされる日本最古の和歌は、出雲の部分を京に変えて、一条天皇が中宮・定子に捧げたものだ。それは夫の一条天皇をも守る護歌だったのである。

「主上」

やさしい声が響いた。庇を歩いてきた定子は、眩いばかりの光に包まれていた。殿舎の両側に並んでいた道長をはじめとする臣下たちは、たじろいだようにさがる。赤い両眼の輝きが、かなり消えていた。

「中宮様」

重家と成信の声が、綺麗に重なる。殿舎に入って来た定子の両側につき、守りの姿勢を取った。

「てい、し、か?」

能面のようだった一条天皇の顔が、愛しい中宮を探すように動いた。赤かった眼の色は消え失せている。立ちあがろうとしたとき、雪路が両肩をぐっと押さえつけた。

「行かせぬ」

と、告げたのは文緒だった。雪路は話せないのかもしれない。一条天皇は玉座に押しつけられてしまい、動けなくなる。まさに以心伝心、小鹿と晴明のように二人の女は同調していた。

雪路は隠し持っていた竹刀を一条天皇の喉に当てる。

「近づけば、どうなるか」

文緒が申し渡した。小鹿と晴明の後ろに来ていた定子は立ち止まる。邪気が渦巻く玉座に入れない限り、助けることはできない。顔を剝ぎ取られれば、おそらく一条天皇は死ぬだろう。

——一か八か。

晴明が告げたように思えたが、わからない。小鹿は真っ直ぐ玉座に向かった。貴公子たち同様、撥ね返されるかと思いきや、

「え」

玉座の前に晴明とももども立っていた。焉皇の邪気が一気に弱まる。胸元が熱い、定子を思わせる輝きが、小鹿の顔を明るく照らしていた。

「そ、そなた、なにを持っている？」

雪路の口が動いた。美しい指が、胸元を指していた。

「なにを？」

小鹿が取り出したのは、小袋に入れた雪路の眉掃だ。持っていたことを忘れていた

が、眉掃が光っている。糸のように伸びた細い銀色の光は、雪路の額に当たっていた。

「あの方の、市郎太様からの贈り物」

差し出された手に、小鹿は眉掃を載せる。

「あぁ、嬉しい」

両目から大粒の涙があふれ出した。頬を濡らした貌は、きらきらと光っている。次の瞬間、ぽとりと貌が床に落ちた。剝がれた後に現れるのは木偶人形のはずだったが……。

「…………」

小鹿は、違和感の理由を知った。雪路の貌を着けていたのは、藤袴だったのである。母とも慕っていたお年召し様の貌が苦しそうにゆがむ。

「な、なぜ?」

文緒が訊いた、身体も声も震えていた。

「母上が、なぜ!?」

「えっ」

小鹿はふたたび言葉を失う。文緒は小鹿の母だ、その母は藤袴、つまり、藤袴は小鹿の祖母なのか?

「逃げなさい、逃げてくださいここは、わたくしが引き受けました」

藤袴は言い、羽ばたくように両手を大きく広げた。着ていた桜襲の十二単衣が、深紅(くれない)の輝きを放っている。焉皇の邪気はさらに弱まり、急速に力を失っていった。人を形作っていたが、もはや崩れて形はない。

深紅の光輝(こうき)に押されて視えなくなっている。

「左大臣様、右大臣様、帝と中宮様を早くっ」

晴明の叫び声で、呆然(ぼうぜん)としていた臣下たちが正気づいた。両眼の赤い輝きは、すみやかに消え失せている。行成や斉信、そして、二人の若い貴公子が先に立って動いた。中宮・定子が放つ光は、藤袴に注がれているように視えた。銀色の輝きが強くなるにつれて、深紅の光もまた、明るくなってくる。

小鹿の心を読んだのだろう、

「先程も言うたが、地上では宮廷陰陽師たちが祈禱を執り行っている。定子様のお陰で光の道が繋がったのじゃ。今のうちですっ、お逃げください！」

ふたたび晴明が促した。弾かれたように、文緒と貴族たちはいっせいに走る。地上への出口めざして、暗黒の裏内裏から逃げ出した。地鳴りが大きくなっている、床が波打つように激しく揺れ始めた。

「われらも逃げるぞ、小鹿」

晴明に手を引かれたが、藤袴を置いていけるわけがない。

「おばあさまっ」

思わずそう呼んでいた。聞こえたのだろう、藤袴は肩越しに見やる。美しい微笑が泣き笑いのようになった瞬間、バシュッと全身が爆(は)ぜた。焉皇の邪悪な力をすべて受け、肉体を保っていることができなくなったのかもしれない。

「いやあぁ〰〰っ」

喉の奥から絶叫が迸(ほとばし)る。藤袴のもとへ行こうとしたが、晴明と吉平に抱え込まれてしまった。と同時に爆発するような衝撃が襲いかかる。

裏内裏が大きく揺れる、雷撃のような音が轟(とどろ)きわたる。

ゴゴゴゴゴと地響きが聞こえた。

――藤袴様、おばあさま。

小鹿の頬を涙が伝い落ちる。

御灯鬼の巣窟(そうくつ)は、地鳴りとともに沈んでいった。

五

「藤袴様の本名は」

　少納言が言った。

「多治比文子(たじひのあやこ)様と仰(おっしゃ)るのです。菅原道真(すがわらのみちざね)公が祀(まつ)られた北野天満宮(きたのてんまんぐう)の始まりは、文子様に下された神の託宣(たくせん)だったとか。選ばれた方なのでしょう。『伝説の貴婦人』と呼ばれる所以(ゆえん)です。優れた霊力を用いれば、宮廷陰陽師になれたと思います。ですが、どちらかと言えば平凡な、いえ、平凡ではないかもしれませんが」

　苦笑いして、続けた。

「御所の女房として生きる道を選びました。すべての財産を小鹿に譲る旨、お預かりしていた遺言書に記されていたと思います。わたしには、そなたが大人になるまでの間、後見役を務(つと)めてほしいとのことでした。小鹿に異存がなければ、務めさせていただきたいと思っています」

　異存などあろうはずがない。

「お願いいたします」

「それから、そなたの母親・多治比文緒ですが、佐渡(さど)への流刑(るけい)と決まりました。左大臣様は死罪を申し立てたようですが、藤袴様の長年にわたる功績を考慮して、流罪となった由。わかりましたね」

少納言は案じるような顔になっていたが、不思議となにも感じなかった。冷ややかな赤い眼しか憶えていない。顔が似ていることは認めるものの、自分は違う、邪悪な気質ではないと懸命に否定していた。

「はい」

ひとりのお年召し様が命を懸けて守った内裏。そこでは、何事もなかったかのように、常と変わらぬ日々が戻っていた。

半年後の十一月七日。

「小鹿、お湯の用意をお願いします。中宮様と宮様の、お着替えの準備も手配りしておきました。大丈夫だと思いますが、念のために確認してください」

少納言はピリピリしていた。中宮・定子が昨日から産気づいていたからである。お産は触穢(しょくえ)とされるため、定子一行は八月から中宮大進(だいしん)・平生昌(たいらのなりまさ)邸に移っていた。門が狭くて牛車が入るのに難儀するほどの小さな邸(やしき)だが、左大臣を畏(おそ)れる者が多く、滞在を引き受けてくれただけでも上出来なのだった。

「わかりました」

小鹿は、厨で大量の湯を沸かしている。女房や針女などの下方たちも、忙しく動きまわっていた。殿舎では、安倍晴明が祈禱を執り行い、医師も付き添っている。一条天皇との繋ぎ役の藤原斉信もまた、落ち着かない様子で前庭を行き来していた。

――親王様を授かりますように。

祈りながらであるのは言うまでもない。

「手が空いた者から、中食を摂っておいてください。お産まれあそばされた後は、目のまわるような忙しさになりますから」

少納言が申し渡した。二人目こそはと気合いが入っているのだろう。目が血走っているように見えた。

十一月一日には、左大臣・道長の娘・彰子が后として、入内している。飛香舎（藤壺）の女御となっていたが、かぞえで十二歳とまだ若い。定子の産む二人目が親王であればと、少納言も思っているに違いなかった。

「小鹿」

名指しして告げる。

「朝からなにも食べていないのではありませんか。今からそれでは、身体がもちませんよ。ひとり倒れられたら、それだけ他の下方に迷惑がかかります。少し休みなさい」

「では、お言葉に甘えさせていただきます」

答えながら手を拭いた。茶碗に飯を盛りつけて、梅干しや野菜の煮浸しを入れた小鉢を一緒に盆に載せる。動きやすいことから狩衣姿だが、見慣れてしまったのだろう。だれもなにも言わなかった。

裏庭に出て倒れたままの古木に腰掛ける。

——おばあさま。

胸元から藤袴の文を出した。事前に小鹿宛(あ)ての遺言書と文を、少納言に託していたらしい。何度も何度も読み返したので、広げるまでもなく、内容が浮かんだ。

「『糺(ただす)ノ森』と伝えた聲(こえ)は、わたしです」

藤袴は告白した。

「文緒は、わたしが四十八のときの子ども。御所雀(すずめ)たちは、六十で子を産んだと噂していたようですが……御所の女房にするつもりでした」

ところが、文緒は術師として高い能力を見せた。わずか五歳のとき、天皇の死を予言して見事に当てた。火事や地震といった大きな天災や不吉な予兆、そして、人の死。どういうわけか、悪い事柄だけを口にした。

「邪悪な呪禁師の前兆がありました。案じていたときです、文緒が安倍吉平様と出逢ったのは」

小鹿にとって吉平が父という話は、このうえなく嬉しいことだった。どこかとぼけたあの雰囲気が、たまらなく好きなのだ。

「吉平様は文緒が身籠(みご)もったとき、『もしや』と思われた由。我が子ではないのか。それならば正妻として文緒を迎えたい、子どもも安倍家で引き取りたい。そう言ってくださいました。わたしはありがたく思いましたよ。誠実なお人柄が、文緒の邪悪な面を糺してくれるのではないか、と」

吉平からの申し出を、文緒は受けなかった。賀茂(かも)神社の斎院(さいいん)に仕える呪禁師として、自由気儘(きまま)に贅沢な暮らしを続けたかったのだろう。しかし、藤袴は文緒を取り巻くその環境を憂えた。

「子どもを育てるには、あまり良いとは言えない雰囲気がありました。生まれた子どもはわたしが育てると申し入れて、文緒は承諾したのです。ところが」

乳母(めのと)ともども小鹿は姿を消してしまった。藤袴は八方手を尽くして探したが、居所を摑んで家司を遣わすと、そこにはもう小鹿や育ての親となった白拍子の姿はなかった。

旅から旅への移動が、妨げになったのは確かだろう。皮肉なことに育ての親が死んだとき、ようやく居所を特定できたのである。

「祖母だと名乗りをあげなかったのは、子どもを育てる自信がなかったからです」

文には驚きの言葉が記されていた。藤袴が育てた文緒は、邪悪な霊力を使う闇の呪禁師になってしまった。自分自身はもちろんだが、娘にも小鹿を育てさせたくはない。

そこで一計を案じた。

「わたしは他者の書を真似られるのです。清原家に清原元輔様の手蹟を真似た遺言書を置きました。少納言の君は、とても優秀な女房です。これならばと思いました。大切な孫娘を託せると」

椿の件については、不承不承だったと記されていた。

「文緒に頼まれて手蹟を真似た文を書きました。御所にあがる前、名前や歌を書かせた椿の文書があったのです。それを参考にしました。愚かな母と笑ってください。二度と『妖面』のような邪悪な術は使わない、椿の両親を安心させたいのだと言われて」

約束は守られなかった。すぐに椿を成仏させるだろうと思ったものを、文緒は術を解かずに捨て置いた。骸骨になって彷徨ったのは、娘を案じて御所に来た父親を想うがゆえだろうと書き添えられていた。

「幼い頃から平気で嘘をつく子でした。術を試すために小動物を殺すのも笑いながらでした。普通の子どもとは、どこかが大きく違うのです。でも、なにを、どうしたらよいのか、まったくわかりませんでした」

父親に関しては、明るく記されていた。間違いなく吉平の子かと問われれば、断定まではできない。文緒のもとを訪ねた男は、吉平だけではなかったはずだ。道長や顕光とて否定できないのではないか。

「晴明様が小鹿と呼応しているのを知り、吉平様は確信なされた由。だから浮かないお顔だったのでしょう。正直で誠実な方ですよ」

その通りだと、小鹿も思った。平らかな暮らしこそが、この世で一番大切なものなのに、文緒は逆の明日を選んだ。

「小鹿は、雪路様の貌を着けた木偶人形、本当はわたくしですが、違和感を覚えるかもしれないと思いました」

この件では、心の中で答えた。

――はい。理由はわからないのですが、なんとなく。

説明しがたい感覚、それを人は霊感や直観と呼ぶのだろうか。雪路のふりをした藤袴だけは、眼が赤く光らなかった。

「晴明様の血筋でもあるならば、霊力が強いのはあたりまえなのかもしれません。でも、わたしは……いえ、やめておきましょう。進む道を選ぶのは、小鹿です。わずかな間でしたが、一緒に過ごせて幸せでした。寝ている姿を見ると、顔がほころびましたよ」

深更、度々(たびたび)小鹿の寝所を訪れていた藤袴。扇(あお)いでもらったのなど、生まれて初めてだった。その心地良い風が、一日の疲れを癒やす褒美(ほうび)だった。絶対に忘れることはないだろう。

風のやさしさを、藤袴の心を。

「心を伝えられませんでした」

最後の部分には、後悔が浮かびあがっていた。小鹿は少納言の言葉を思い出さずにいられない。

〝女房に一番必要なのは、心を込めて仕えることなのです。主に誠を尽くすのです〟

藤袴は死ぬとわかっていながら自ら妖面を着けた。己の命を懸けて、文緒に心を伝えようとした。

視線を感じて顔をあげたとき、

「え？」

小鹿は自分の目を疑った。小さな裏門に母・文緒がいたように感じたのだ。慌てて行ってみたが……。

「小鹿」

呼びかけられて立ち止まる。庇から吉平が、裏庭に降りて来た。裏門を見やりながら訊ねる。

「どうした？」

裏門には、だれもいなかった。

「いえ、なんでもありません。定子様は大丈夫ですか」

「うむ。今少し時がかかるかもしれぬ。二度目ではあるが、華奢なお身体をしておいでだからな」

倒れたままの古木に座る。小鹿も隣に腰をおろした。照れくささと遠慮があって、小鹿はまだ「父上」と呼んだことがない。なにを話したらよいのか、迷っていた。

「御灯鬼ですが」

気になっている事柄を問いかけた。

「消滅させられたのでしょうか。裏内裏は、がらんどうになっておりましたが、気になっています」

地下に広がっていたのは、広い空間だった。藤袴の身体は飛び散ってしまったのか、肉片さえ見つけられていない。文緒を問い糺しても、御灯鬼に操られていたと言うばかりで要領をえなかった。

「そうであることを祈るしかない。ただ、父上もそうだが」

吉平はそう言いかけて、やめた。

「なんですか？」

「いや、たいしたことではない。小鹿、なにかあったら相談に乗る。父上の方が頼りになるかもしれぬが、ご高齢ゆえ、いつ、どうなるかわからぬ。だが、わたしは父上よりは若い」

そこで笑った。

「あたりまえか。また、父上に怒られるな。つまらぬ話を……」

遮るように、赤児の泣き声がひびいた。小鹿が立ちあがった瞬間、吉平は庇に駆け戻って殿舎に入る。入れ替わるようにして、少納言が現れた。

「親王様がご誕生なされました！」

頬が紅潮していた、唇が震えている。

長保元年（九九九）十一月七日。

敦康親王、誕生。

「主上にとって初めての皇子でございます。定子様と親王様は、非常にお元気であらせられます。この大きな力強い産声を……あぁ、もう、なにも言えません」

庇に座り込み、あふれる涙を拭った。小鹿もまた、涙をこらえきれない。裏内裏の騒ぎ以来、ごく自然に泣けるようになっていた。

――よかった。

天に向かって叫びたい、でも、なにを言えばいいのかわからない。

心を代弁するように、親王が泣いている。

明るい日々を予感させる、力強い産声だった。

あとがき

格差社会、金権政治、繰り返される流行病、女性蔑視の風潮。

まるで現代の話のようですが、じつは平安時代なんです。歴史は繰り返されるということなのでしょうか。もちろん衛生面や病気になったときの治療法などは、比べようがありませんけれどね。

貴族になれるのは、貴族の子だけ。

江戸時代の方が改善と言いますか。平民であっても、便宜的に大名家や旗本といった侍の家へ養子に入り、嫁入ったり、婿入りしたりという抜け道がありました。でも、平安時代はまさに抜け道なしの世界、そういう面においても（現代よりずっと）大変だったかもしれませんね。

さて、『安倍晴明くれない秘抄』は、清明が齢八十前後のときの物語です。主人公は清明ですが、小鹿という十五歳の少女の視点で描いています。平安京の貧民街暮らしだった幸薄い少女は、いきなり現れた清少納言の使いとともに御所の下働きに……慣れない暮らしではありますが、盗人や暴漢に襲われる心配がなくなっただけでもまし、みたいな感じですね。貧民街は相当、ひどい生活だったと思います。まあ、御所の下働きも働けなくなったら、路上に棄てられて野犬に喰われてしまうというような、凄惨きわまりない状態です。野犬と争って死んだ痕跡が残っていた云々という話を読んだ憶えがあります。くわばら、くわばら。現代の方がまだまし、でしょうか？

私たちも流行病の後、ずいぶん暮らしが変わりました。いったい、なにを書けばいいのかと、小説家は悩んでいると思います。私も例外ではありません。そんなとき、ふっと小鹿が現れました。

今までの六道慧には、あまりいなかったタイプのヒロインかもしれません。自然体で動き、非常に抑え気味の性格ですが、書いていて楽しく、「へぇぇ」とか、「ふぅん、そうなんだ」などと思いながら書き進めました。面白いとは思いつつも、不安がつきまとい、どうなんだろうと自問が浮かんだこともしばしば。

そんな杞憂を吹き飛ばしてくれたのが、カバーを描いてくださった下村富美さんでした。なんと、ラフを八枚も（！）あげてくださり、驚くやら感激するやら。四枚は動きを止めた感じで、残る四枚は動きを入れたラフ。私の頭の中を覗き、絵にしていただいたような印象を受けました。八枚もラフを出してくださった方は初めてです。嬉しかったですねぇ。

なにかを感じ取ってくださった、それが力の入ったラフになった。彩色して仕上げたカバーはまだ、拝見していませんが、とても楽しみです。（物書きを）続けてきてよかったと、しみじみ思いました。

下村さん、本当にありがとうございます。

感謝と感激を胸に、もう一冊、小鹿と清明の話を書かせてもらえることになりました。いいコンビなんですよ、この二人は。そこに清明の倅・吉平がとぼけた味を加えてくれて、ほのぼのとした空気感を醸し出してくれるんです。

自画自賛になりました。なにかと騒がしい世の中、ひととき憂さ晴らしになればと思います。また、『六道慧の花暦』として、時々、ｎｏｔｅに投稿しております。よろしければ、そちらもご覧くださいませ。

応援、よろしくお願いいたします。

〈参考文献〉

『風水と家相の歴史』宮内貴久・吉川弘文館
『陰陽道物語』滝沢解・春秋社
『椿の局の記』山口幸洋・近代文芸社
『中世に生きる女たち』脇田晴子・岩波新書
『平安朝の文学と色彩』伊原昭・中公新書
『飴と飴売りの文化史』牛嶋英俊・弦書房
『モナ・リザは高脂血症だった　肖像画29枚のカルテ』篠田達明・新潮新書
『日本の古代医術　光源氏が医者にかかるとき』槇佐知子・文春新書
『陰陽道の本　日本史の闇を貫く秘儀・占術の系譜』学研プラス
『日本陰陽道史総説』村山修一・塙書房
『宮廷女性の戦国史』神田裕理・山川出版社
『紅花　ものと人間の文化史』竹内淳子・法政大学出版局
『もののけⅠ　ものと人間の文化史』山内昶・法政大学出版局
『平安貴族サバイバル』木村朗子・笠間書院
『「源氏物語」の身体測定』大塚ひかり・三交社

『平安朝　女性のライフサイクル』服藤早苗・吉川弘文館
『平安貴族の実像』阿部猛・東京堂出版
『愛のしくみ　平成の平安化』大塚ひかり・角川文庫
『陰陽五行と日本の文化』宇宙の法則で秘められた謎を解く』吉野裕子・大和書房
『平安京　音の宇宙』中川真・平凡社
『枕草子つづれ織り　清少納言、奮闘す』土方洋一・花鳥社
『匂いの力』八岩まどか・青弓社
『日本昔話と古代医術』槇佐知子・東京書籍
『奈良・平安ことば百話』馬淵和夫・東京美術選書
『平安貴族の仕事と昇進　どこまで出世できるのか』井上幸治・吉川弘文館
『孫の孫が語る藤原道長　百年後から見た王朝時代』繁田信一・吉川弘文館
『平安京のニオイ』安田政彦・吉川弘文館
『文房四宝　筆の話』榊莫山・角川選書
『平安貴族とは何か　三つの日記で読む実像』倉本一宏・NHK出版新書
『古代の女性官僚　女性の出世・結婚・引退』伊集院葉子・吉川弘文館
『天災から日本史を読みなおす　先人に学ぶ防災』磯田道史・中公新書
『清少納言』岸上慎二・吉川弘文館

『平安京再現　京都1200年の暮らしと文化』井上満郎・河出書房新社
『密教呪術と権力者　貴族と天皇を支配した修法』武光誠・文春ネスコ
『承香殿の女御　復原された源氏物語の世界』角田文衞・中公新書

この作品は徳間文庫のために書下されました。

徳間文庫

安倍晴明くれない秘抄

2024年4月15日 初刷

著者 六道慧
発行者 小宮英行
発行所 株式会社徳間書店
東京都品川区上大崎三－一－一 〒141－8202
目黒セントラルスクエア
電話 編集〇三（五四〇三）四三四九
販売〇四九（二九三）五五二一
振替 〇〇一四〇－〇－四四三九二
印刷
製本 大日本印刷株式会社

ISBN978-4-19-894938-9 （乱丁、落丁本はお取りかえいたします）

徳間文庫の好評既刊

六道 慧

新・御算用日記
断金の交わり

馴染みの魚屋で起きた小火騒ぎ。生田数之進は、現場の裏口に残された湿った紙縒りを見て、附け火——放火の可能性に思い至る。また、盟友・早乙女一角とともに潜入探索にはいった越後国尾鹿藩の上屋敷では、国許からの切実な陳情、そして藩主の安藤丹波守直之が昼間から泥酔騒ぎを起こすなど、不穏な動きが……。無私の心で民を助ける幕府御算用者の千両智恵が閃く。好調第二弾。